Für Anja

Viel Vergnügen!

Herzlich,

[illegible]

Zürich, im Dezember 2014

Seit Luisa gelesen hat, dass Hochzeiten die besten Gelegenheiten seien, Männer kennenzulernen, klappert sie die Wiener Kirchen auch dann ab, wenn die Trauungen sie gar nichts angehen. Und sie stellt fest: Jeder bekommt, was er verdient. Da wählt sie doch lieber den unkonventionellen Weg; ihre Klamotten vergisst sie schon mal in Florenz, ihr Auto kann nur Kassetten abspielen und auf eine einsame Insel würde sie Nibelungenlied, Salatschleuder und Klappspaten mitnehmen. Behauptet sie zumindest im Fragebogen der Onlinedating-Seite, bei der sie sich schließlich voller Verzweiflung anmeldet. Und die Männer, die sie dort trifft, sind auch eher, nun ja – jeder bekommt, was er verdient... Oder etwa nicht?

Marie-Theres Stremnitzer, 1976 in Wien geboren, studierte Germanistik und Theaterwissenschaft und begann nach einem Aufenthalt in Italien als Regieassistentin und Regisseurin am Wiener Burgtheater. Sie schloss zudem ein Drehbuchstudium ab und arbeitet als freie Journalistin und Autorin. Marie-Theres Stremnitzer lebt mit ihrem Mann und der gemeinsamen Tochter in Wien und Zürich. Sie freut sich über Kritik, Anregungen und vor allem Lob via stremnitzer@gmx.com.

Marie-Theres Stremnitzer

Angezogen wäre das nicht passiert

Roman

Berlin Verlag Taschenbuch

MIX
Papier aus verantwortungsvollen Quellen
FSC® C019821
FSC
www.fsc.org

Oktober 2014

Umschlaggestaltung: ZERO Werbeagentur, München
unter Verwendung eines Bildes von © gettyImages/Lauren Bishop
Gesetzt aus der Dante von hanseatenSatz-bremen, Bremen
Druck und Bindung: Druckerei C. H. Beck, Nördlingen
Printed in Germany
ISBN 978-3-8333-0976-2

www.berlinverlag.de

1

Halb drei. Eine günstige Zeit. Es ist ein sonniger Samstag, und ich stöckle, in mein rosa Seidenkleid gewickelt, durch die Innere Stadt, wo ich die höchste Kirchendichte Wiens vermute. Als ich den Franziskanerplatz erreiche, entdecke ich schon die ersten mit Blumen geschmückten Autos. Zufrieden blicke ich auf die Kirchenuhr. Vermutlich hat die Trauung um zwei Uhr begonnen. Als ich durch das Tor hineinschlüpfe, stoße ich mit einer mausgrauen Mittdreißigerin zusammen, die ein quietschendes, rothaariges Kind auf dem Arm trägt. Die Frau mustert mich von Kopf bis Fuß und hebt unbeeindruckt ihr vibrierendes Handy ab.

»Bist du verrückt? Du sollst mich nicht auf diesem Handy anrufen … Ich hab auch Sehnsucht … Nein, wir können uns nicht sehen, ich bin mit meinem Mann …«

Die Tür fällt hinter ihr zu.

Ich halte Ausschau nach einem vielversprechenden freien Platz und entscheide mich für einen schlanken Mann in dunkelgrauem Anzug. Der ist aber nicht sonderlich begeistert über mich neben sich und teilt mir in knappen Worten mit, dass der Platz an seiner Seite bereits an seine Frau vergeben ist, die nur kurz mit dem Kind hinausgegangen sei. Natürlich hätte ich mir denken können, dass das rothaarige Kind im Samtkleidchen auf den einzigen anwesenden rothaarigen Erwachsenen zurückzuführen sein muss. Also drücke ich mich noch zwei Reihen weiter vorne in eine Bank neben einen krumm sitzenden Mann Anfang dreißig, der versonnen seine Schuhe betrachtet und tatsächlich allein hier zu sein scheint. Mir bleibt wie immer nur die zweite Wahl.

Verstohlen blicke ich mich um. Sehr fesch wäre der Rothaarige gewesen. Ob er wohl schon ahnt, was ich über seine Frau weiß? Er legt gelangweilt den Kopf in den Nacken. Vielleicht kommt ihm die Erleuchtung im abgeblätterten Freskohimmel.

In den anderen Bänken – nichts in Sicht. Ausschließlich gescheitelte Beamte plus Gattinnen, ein paar verschimmelte Aristokraten und lauter, selbst für eine Hochzeit zu konservativ gekleidete Menschen. Viel zu viele Kinder, die am Seitenaltar umhertoben. Das ist der Nachteil an Hochzeiten: Man kann das Lokal nicht sofort wieder verlassen.

Die Braut ist in ein gardinenartiges Kleid gehüllt, dessen Schleppe bis in die zweite Reihe reicht. Darauf steht wie angewurzelt ein Blumenmädchen und himmelt sie an.

»Lukas«, näselt der Priester in das Mikrofon. »Ich frage dich vor Gottes Angesicht: Nimmst du deine Braut Lena an als deine Frau …?«

»Lukas und Lena trauen sich« steht auch auf dem kleinen Heftchen, das vor mir liegt. Wie sinnig. Ich schlage es auf, ohne darin zu lesen. Da fällt mein Blick auf riesige Hände mit langen, dicken Fingern, locker ineinander gelegt im Schoß meines Nachbarn – Long Dong Silver, fährt es mir durch den Kopf. Ich dränge die pornografischen Assoziationen beiseite. Je verzweifelter ich aber versuche, solche Gedanken ausgerechnet in der Kirche nicht zu haben, desto mehr drängen sie sich auf. Und je mehr ich mir den vielleicht ebenso überdimensionierten Schwanz meines Nachbarn vorzustellen versuche, in desto krasserem Gegensatz dazu empfinde ich nach einem kurzen Blick zur Seite seine Gesamterscheinung.

»… und sie zu lieben, zu achten und zu ehren, bis der Toooood euch scheidet?«

Ich werde von der drohenden Stimme des Priesters zur Räson gerufen, ebenso wie der Bräutigam, der erschrocken und kaum hörbar »Ja« krächzt. Unmittelbar schäme ich mich, dass ich mich, während alle anderen ergriffen den Worten des Priesters lauschen, mit dem Genital meines Sitznachbarn beschäftige.

Ding Dong. Größe und Schlaksigkeit von Long Dongs Gliedern passen überhaupt nicht zu seinem Alter, denn sie wirken pubertär, während ihm an den Schläfen bereits die ersten Haare ergrauen, was erst recht nicht zu seinem Alter passt. Seine Schultern hängen schlaff herunter, aber dennoch sind sie beeindruckend breit, der Rücken ist von einem Leben auf zu kleinen Sesseln an zu niedrigen Tischen stark gekrümmt. Er hat die Statur eines jugendlichen Basketballers und die Ausstrahlung eines Magistratsbeamten. Long Dong Silver war, bevor er Pornostar wurde, Automechaniker. Schmutzig, aber irgendwie sexy. Ob aus ihm auch ein Pornostar geworden wäre, wenn er auf behördliche Stempelkissen eingedroschen hätte?

»Ja«, antwortet die Braut am Altar laut und deutlich, wenn auch etwas gedämpft durch die vielen Schichten Kleiderstoff. Noch bei keiner Hochzeit habe ich jemals den Bräutigam so überzeugt Ja sagen hören wie die Braut. Immer sind es die Frauen, die über jeden Zweifel erhaben zu sein scheinen. Ich spüre der Wichtigkeit des Moments nach, will die Bedeutungsschwere dieses Schrittes ins Eheleben fühlen, doch wie immer warte ich vergeblich darauf, dass die unermessliche Feierlichkeit, die eine Hochzeit in meiner Fantasie ausstrahlt, sich tatsächlich einstellt. Ich erinnere mich an die Hochzeit meiner Tante und wie ich als Fünfjährige mit dem Körbchen voller Blütenblätter dastand, überzeugt, dass dies das Erstrebenswerteste sein müsse, was die Welt den Menschen zu bieten habe: ein weißes Rüschenkleid. Meine Tante ist längst geschieden und meine romantische Überzeugung weicht einem immer größeren Unbehagen, je mehr ich drohe, das heiratsfähige Alter unverheiratet bereits wieder hinter mir zu lassen. Ich schiele zu meinem Nachbarn hinauf, dessen Kopf weit über meinem schwebt – manchmal ist die zweite Wahl … – Nein, zweite Wahl bleibt zweite Wahl.

Ob ich zum Bräutigam oder zur Braut gehöre, will Long Dong durch meinen Blick ermutigt plötzlich so laut von mir wissen, dass sich die Reihe vor uns beinahe komplett umwendet. Ich versenke meinen Blick in Lukas' und Lenas Heftchen. Cornelia Stettermaier, wahrscheinlich die beste Schulfreundin der Braut, setzt auf der Geige zum Ave-Maria an.

»Woher kennst du den Bräutigam?«, fragt Long Dong Silver neben mir erneut viel zu laut. Ich lasse das Heftchen sinken, blicke Long Dong an.

»Ich kenne den Bräutigam nicht.«

»Dann sitzt du aber auf der falschen Seite.«

Ein i-Tüpferl-Reiter, ich habe es gewusst.

»Dann kennst du die Braut?«

»Nein, die auch nicht.«

Long Dong sieht mich fragend an.

»Ich bin in der falschen Kirche.«

Long Dong lacht auf und wiederholt, sodass es alle hören können: »Du bist in der falschen Kirche?«

Ich nütze das schleppende Ave-Maria von Cornelia Stettermaier zur Flucht. Es gibt noch genügend andere Kirchen in Wien.

Eigentlich lösen Hochzeiten bei mir Unwohlsein aus. Wie in einem Horrorfilm bin ich die einzige Überlebende und muss seit Monaten zusehen, wie ich eine Freundin nach der anderen verliere. Denn in meinem Freundeskreis ist epidemisch die Heiratswut ausgebrochen. Um die ersten, zunächst nur vereinzelt auftretenden Fälle bin ich mit vorgetäuschten Krankheiten oder plötzlichen Auslandsaufenthalten beruflicher Natur elegant herumgekommen. Mit der Zeit aber häuften sich die Einladungen so sehr, dass ich beinahe jedes Wochenende »krank« im Bett oder im Ausland hätte verbringen müssen. Das wäre irgendwann nicht mehr elegant gewesen und vor allem ziemlich langweilig geworden. Seither bin ich immer anwesend, immer ohne Begleitung und immer bemüht, meine Mimik der Feierlichkeit der anderen Gäste anzupassen: Ich sitze regungslos in der Kirchenbank, versuche, an etwas Schönes zu denken und Spaß zu haben. Muss ich ja, denn Hochzeitsfeiern sind die einzigen Partys, zu denen ich noch eingeladen werde.

Seit ich aber gelesen habe, dass ausgerechnet Hochzeiten die besten Gelegenheiten seien, den Partner fürs Leben zu finden, klappere ich neuerdings sogar die Trauungen ab, die mich gar nichts angehen. Schauerlich!

Nach der Trennung von meinem letzten Freund, der wieder nicht der Richtige war, was aber bedauerlicherweise immer erst hinterher festzustellen ist, hatte er mich angeblickt und zum Abschied gemeint: »Du musst aufpassen, dass du nicht übrig bleibst.«

Ich habe gelacht.

Danach hatte ich lange Zeit vor meinem Vorzimmerspiegel gestanden und überlegt, ob eine, die aussieht wie ich, wirklich übrig bleiben könnte. Das war vor knapp zwei Jahren.

Jetzt klemmt am Vorzimmerspiegel bereits die nächste Hochzeitseinladung. In drei Wochen wird Katja ihren Alex heiraten. Katja ist zweiunddreißig und Alex, darüber sind sich alle einig, ist ein … – na ja.

»Aber die Katja will halt z'samm'g'heiratet werden«, hob Matto unlängst im *Anzengruber* seinen Spritzer und nahm einen kräftigen Schluck. »Die Zusammengeheirateten, das sind die, die jeden nehmen, nur damit sie endlich heiraten.«

Ich erinnere mich dunkel an jenen Abend bei den Festspielen in Salzburg, an dem Matto, Alex, Katja und ich uns auf der Suche nach einem muffigen Beisl, das in Katjas Jugend *Die grüne Katze* geheißen hatte, durch das Sortiment mehrerer grüner Katzen getrunken hatten, nur um hinterher jedes Mal erkennen zu müssen, dass es sich dabei wieder nicht um *die* grüne Katze gehandelt hatte, an die Katja meinte, sich ganz genau erinnern zu können. Im Morgengrauen waren wir aus irgendeiner grünen Katze, die sicher wieder nicht *die* grüne Katze gewesen war, heraus- und ins Taxi hineingekrochen, als Alex plötzlich schlecht gelaunt aus dem Fenster sah. Irgendwo auf den zehn Metern zwischen Beisl- und Taxitür war zwischen Katja und ihm ein Streit entbrannt, den keiner verstand, nicht mal sie selbst.

Der Streit zog sich hin bis in die Gmeinergasse, bis in Mattos Wohnung, bis auf den Balkon, wo die beiden eine Stunde später immer noch stritten.

»Bis zum 4. Oktober will ich einen Heiratsantrag, sonst such ich mir einen anderen!«

Katja war außer sich, während ich meinen Ohren kaum trauen konnte, denn sie hatte Alex erst ein halbes Jahr zuvor in einem Yogaseminar aufgelesen.

Weil Katja aber auf die Schnelle dann doch keinen anderen gefunden hat, musste sie ihre Deadline dreimal verlängern und einmal schwanger werden und freute sich jetzt, so hing es nun rot auf rosa in der Ecke meines Vorzimmerspiegels, bekannt zu geben, dass sie am achten achten *z'samm'g'heiratet* würde.

Das sind auch meine Aussichten: Bin ich wählerisch, werde ich übrig bleiben, bin ich es nicht, werde ich zusammengeheiratet. So wie *alle* Frauen ab dreißig.

Ein paar Straßen weiter in der Universitätskirche könnte es sich lohnen hineinzuschauen. Schon der geschmückte Traktor mit dem riesigen Weinfass auf dem Anhänger sieht nach einer lustigen Hochzeitsgesellschaft aus. Daneben parkt ein mit Blumen bedeckter pastellgrüner Volvo aus den Fünfzigern, und die Kirche ist voll mit als Cowboys und Cowgirls verkleideten Gästen. Selbst die Großeltern sind im karierten Flanellhemd erschienen.

Ein Sänger, begleitet von einer Waschrumpel, heult zu seinem Banjo *Hallelujah, I'm ready to go*, was aber vielleicht doch eher zu einem Begräbnis passen würde. Humor haben die hier wenigstens; ich bleibe.

Die meisten Gäste folgen, wenn auch zögerlich, der Aufforderung der Braut, ins Singen und Klatschen einzustimmen. Ich arbeite mich in die fünfte Reihe vor. Die Kirche ist zum Bersten voll, ich finde keinen guten Platz. Zahlreiche Kameraleute und Fotografen sind erschienen, und als sich die ziemlich üppige Braut zu ihren Gästen umdreht, erkenne ich in ihr die oberste Klatschbase eines Hochglanzmagazins, die berühmt dafür ist, Kleider zu tragen, bei denen das unterste Ende des Ausschnitts und der Rocksaum nur wenige Zentimeter voneinander getrennt sind. Zu allem Überdruss pflegt sie selbst bei Fernsehauftritten breitbeinig dazusitzen und jedem, der es will oder nicht, tiefe Einblicke in die bunte Welt ihrer Unterhosen zu gewähren. Jeder Journalist hat eben ein Markenzeichen. Sogar heute sitzt sie genauso da, das linke Bein schwer auf dem Betschemel abgestützt. Die hat es also auch geschafft. Ihr Bräutigam sieht, wie jeder schlanke Mann neben einer Rubensfrau, aus wie ein Spargel.

Das seltsame Paar ist flankiert von zwei riesigen dunkelgrauen deutschen Doggen, die unbewegt wie Porzellanstatuen dasitzen. Nur ab und zu, wenn es still wird, hört man es tropfen, weil ihnen abwechselnd der Sabber aus den hängenden Lefzen trieft und auf den Steinboden klatscht. Der Einzige, der von diesem Schauspiel wenig angetan scheint, ist der Priester, der sich zu keinem einzigen Cowboyaccessoire hat überreden lassen und nach dem Country-Gospel mürrisch zur Trauung übergeht. Der große Moment ist gekommen: der Austausch der Ringe. Nachdem der Bräutigam brav seinen Treueschwur aufgesagt hat, wird es still.

Nichts regt sich, die Kameras halten inne, noch immer passiert nichts, das Publikum neigt sich vor, als könnte es dadurch besser sehen, was vor dem Brautpaar ins Stocken geraten ist. Die Hunde tropfen vor sich hin. Ich erhoffe mir insgeheim einen Skandal, macht sie einen Rückzieher?

Aber am Altar will keiner aussteigen. Die Braut zerrt nervös an dem Pölsterchen herum, das ihr von einem kleinen Jungen entgegengestreckt wird, und an dem der Ring so gut verschnürt ist, dass sich der Knoten nicht mehr lösen lässt. Als sie versucht, dem Kleinen das Pölsterchen aus der Hand zu nehmen, beginnt der Junge zu plärren. Die Braut gerät in Panik und reißt hektisch an dem Ring, was das Kind nur noch lauter plärren lässt.

»Ich lass dir das Scheißkissen ja«, faucht sie und blickt sich hilfesuchend um, doch keiner rührt sich, bis auf die Trauzeugin, die es aber auch sofort wieder lässt, als sich ihr die Dogge knurrend in den Weg stellt. Ein kurzer Blick zum Priester und der Braut ist klar, dass Gott mithört. Hilf dir selbst, dann hilft dir Gott: Mit ihrer Geduld am Ende herrscht sie den Bräutigam an, den Faden endlich zu zerreißen, was dieser prompt tut. Und schon springt der Ring davon, rollt unter den Betschemel und die Braut kriecht dem Ding hinterher, das ihren Mann für immer an sie ketten soll. Nur der Trauzeuge des Bräutigams geht entschieden dazwischen. Gespannt beobachten etwa zweihundert Augenpaare, wie sich auch der Trauzeuge bückt, da beginnt es plötzlich zu knattern. Es folgt ein feines Pfeifen und dann donnert ein nicht enden wollender Furz aus den Gedärmen der brautseitigen Dogge, die unverändert dümmlich vor sich hin dämmert und schließlich zufrieden über die Erleichterung die Lefzen hochzieht und die Augen schließt.

»Die Gäste sind beinahe geplatzt vor Lachen! Die Braut war die Verzweiflung selbst. Die Feierlichkeit war dahin, die Heiligkeit totgefurzt und selbst der Weihrauch hat gegen das halb verdaute Chappi, das sich in der Kirche ausbreitete, nichts ausrichten können. Ich will unbedingt nachher auf die Feier gehen, in der *Marina*.«

Ich muss jetzt noch lachen bei der Vorstellung.

»Wie viele Hochzeiten hast du heute abgeklappert?«, will Milli wissen.

»Zwei, warum?«, setze ich im Liegestuhl auf Millis Terrasse meine Unschuldsmiene auf. Milli schüttelt den Kopf und trinkt einen großen Schluck Aperol Spritz aus dem Rotweinglas.

»Du musst das pragmatischer, zielorientierter angehen.«

»Das ist mir viel zu unromantisch«, setze ich zum Protest an und weiß im selben Moment, dass das völlig paradox klingt aus dem Mund von einer, die auf fremden Hochzeiten tanzt. Aber ein besonderer Moment sollte es schon sein, wenn ich meinem Traummann begegne, und eine Hochzeit wäre wenigstens ein prächtiger Rahmen. Eine gut strukturierte, parametergebundene Suche nach Mr. Right im Internet schließt das definitiv aus. Aber so hat Milli ihren Ole gefunden.

Was sollte ich denn bitte meinen Kindern erzählen? Ich habe euren Vater auf der Seite Singlehearts.at in der Rubrik *Sie sucht Ihn* zum *dreimonatigen Spezialpreis* von 99 Euro kennengelernt?

»Wann hattest du dein letztes Date?«

Milli blickt mich durchdringend an.

»Wie meinst du – Date?«, frage ich gedehnt.

»Ein Date, na komm schon, wenn ein Mann dich anruft und fragt, ob du mit ihm ausgehen willst, Abendessen, ins Kino, einen Wein trinken oder so.«

»Gilt Kaffeetrinken mit einem ehemaligen Kollegen auch?«

»Nein.«

»Okay. Dann war das Rolf.«

»Der Mann vom deutschen CIA?«

»Es gibt keinen CIA in Deutschland, der war bei einer Spezialeinheit des deutschen Geheimdienstes.«

»Aber mit dem hast du doch nur …« Milli bricht ab.

»Sprichst du das jetzt plötzlich nicht mehr aus, weil du verheiratet bist?«

»Hast du ihn jemals wiedergesehen?«

»Nein, der musste wieder zu seinem Spezialeinsatz nach Israel.«

»Ah. Ja. Hm. Spezialeinsatz. Aber Date war das keines.«

»Doch sicher.«

»Du hast ihn abgeschleppt bei irgendeiner Hochzeit.«

»Ja, also haben wir vorher eh quasi zusammen gegessen.«

»Du hast eine intensivere Beziehung zu Wiener Barhockern als zu irgendeinem Mann in den letzten … wie viel Jahren?«

»Monaten, es sind nur dreiundzwanzig Monate!«

»Luisa, jetzt kommt der Sommer, mach dir eine schöne Zeit. Such dir ein paar gut aussehende, zur Abwechslung vielleicht einmal unverheiratete Männer aus, triff dich mit ihnen und schau, was passiert. Und vor allem: Hab Spaß.«

»Also kommst du jetzt mit in die *Marina*?«

»Ach, weißt du«, drückt sich Milli tiefer in den Liegestuhl, »ich hab noch so viel zu tun, Ole kommt morgen aus Budapest zurück und am Abend schauen ein paar Freunde vorbei.«

»Wer denn?«

»Du kennst sie alle schon, Luisa.«

»Schon klar.«

Ich stehe unwillig auf.

»Ich geh allein auf die Party, du bist schuld, wenn ich keinen finde. Wer will schon eine Frau, die offensichtlich keine Freundinnen hat.«

Die Freunde der Freunde meiner Freundinnen habe ich schon alle durch, nein, nicht so wie Rolf, der war eher die Ausnahme, außerdem haben wir uns öfter als zweimal gesehen, uns vor und nach dem Sex unterhalten, das grenzte schon beinahe an etwas mit Tiefgang. Zumindest so lange, bis sich sein Spezialeinsatz als Ehefrau mit zwei Kindern und daher als vollkommen inkompatibel mit meinen Wünschen entpuppte; so betrachtet, mutierte Rolf schlussendlich von der Ausnahme dann doch zur Regel.

Es heißt, wenn die Liebe da ist, kannst du ihr nicht mehr ausweichen, wohin du auch gehst, wie viele Haken du schlägst, sie ist dir auf den Fersen. Dieser Überzeugung ist auch Milli:

»Unverhofft kommt oft! Eines Tages wird Mr. Right einfach vor dir stehen, du wirst es sofort spüren, wenn er dir begegnet«, wiederholt sie gebetsmühlenartig bei jedem zweiten unserer Telefonate, die früher oder später immer in dieses Thema münden. Nun, gespürt habe ich es noch jedes Mal!

An solchen Tagen habe ich dann beim Anblick so ziemlich jeden Mannes proaktives Herzklopfen, in ständiger

Erwartung *des* großen Moments. Er an der Straßenbahnhaltestelle, im Theater, im Finanzamt, an der Kasse im Supermarkt könnte endlich Mr. Right sein: Der Student in der Schlange vor mir mit der Packung Kaugummis und dem Sechserpack Ottakringer in der Hand. (Der Hintern war nett!) Oder der elegante Blonde im Akademietheater neben mir, der ungeduldig mit seinen Schuhen auf den Theaterteppich klopft und sich intellektuell die Haare rauft. Oder gar der freundliche Finanzbeamte, der mein Zettelwerk entgegennimmt, mir wegen Unvollständigkeit zurückwirft und mich mit »Mahlzeit!« aus dem Amtszimmer komplimentiert. Nun, sie alle wären – wie heißt es so schön – verbesserungswürdig, und mit ein bisschen Fantasie … Dann fasse ich mir ein Herz und beschließe, großzügig meine Telefonnummer zu verteilen. Aber schwupps, hatte ich meine Telefonnummer doch nicht übergeben, weil der Student ein T-Shirt mit den Abzeichen seines Lieblingsfußballklubs getragen, der Blonde nach Schweiß gerochen und der Finanzbeamte die Tupperwaredose mit dem Vorgekochten aus der Aktentasche hervorgezogen hatte. Vollkommen inkompatibel, das war die Regel. Bei Rolf hatte ich nur etwas länger gebraucht, um es herauszufinden.

Manchmal, in besonders romantischer Umgebung, habe ich noch weit mehr riskiert, um endlich an den Richtigen zu gelangen, denn ich gehöre in Sachen Männersuche wohl inzwischen zu den Fortgeschrittenen. Das mag beim Skifahren oder Sprachkurs erstrebenswert sein, hier nicht. Hier bezieht sich der Fortschritt lediglich auf das Alter und das muss ich jetzt durch Geschwindigkeit wettmachen:

Vergangenen Sommer bei den Festspielen in der Perner-insel, da saß ER – groß, schlank, dunkles, zugegebenermaßen ein wenig schütteres Haar – in der Premiere von *Kabale und Liebe*, machte sich Notizen und klatschte nicht. Ein Kritiker? Ein Journalist, das war sexy. Er saß allein, ohne weibliche Begleitung. Ich spähte auf seine Hände: kein Ring am Finger. Vielleicht schwul, raunte ich Matto zu, der neben mir saß.

»Nein, der schaut doch die ganze Zeit her.«

»Aber vielleicht schielt er und meint in Wirklichkeit dich?«

Draußen verwandelte der Salzburger Schnürlregen den Parkplatz in ein Watt, durch das das elegant beschuhte weibliche Publikum um die Pfützen herum zu den Autos sprang. Ich hatte aus den vergangenen verregneten Festspielen gelernt. Während ich Matto kurzfristig an einen ihm bekannten Bühnenbildner verloren hatte, tauschte ich unter dem Torbogen, vom hinausströmenden Publikum in die Ecke gedrängt, meine Pumps gegen zu kleine rote Gummistiefel. Schließlich wollte ich trockenen Fußes zum Auto und weiter ins *Andreas Hofer* auf ein Bier und eine Kaspressknödelsuppe gelangen. Ich zog und zerrte, Pumps, Handtasche und Plastiksack unter die Arme geklemmt, an dem Gummi, verlor das Gleichgewicht, stampfte entnervt auf. Als ich die Gummistiefel endlich an mir befestigt hatte, richtete ich mich auf und spürte, wie mein Gesicht die Farbe meiner Stiefel annahm: Vor mir stand der schöne Kritiker und musterte mich schmunzelnd. Da kam Matto angerannt, um mir das Neueste zu berichten. Der Kritiker suchte das Weite. Meine Wangen brannten wie Feuer, und ich war sicher: Das war ER gewesen. Ich lief in den strömenden Regen hinaus in die Dunkelheit, in die der Mann meines Lebens verschwunden war.

Im Stau zur Ausfahrt des schlammigen Parkplatzes wurde ich panisch.

»Fahr schon, du Blindschleiche!«

Matto drückte auf die Hupe, mittlerweile ebenfalls wild entschlossen, mir zu meinem Liebesglück zu verhelfen.

»Der ist sicher zur Bushaltestelle gegangen«, vermutete er. »Wir könnten ihn mit reinnehmen nach Salzburg.«

Wir umkreisten die Bushaltestelle, den Parkplatz, suchten die Bundesstraße ab, doch der Kritiker blieb verschwunden. Nach der zehnten Runde waren die Perner-insel, der Parkplatz und die Bushaltestelle menschenleer. Nur ein kleiner schwarzer Fiat fuhr noch immer im Kreis. Plötzlich hielt Matto entmutigt an.

»Einmal noch«, flehte ich.

»Nein. Ich will jetzt ein Bier trinken. Wenn das der Mann deines Lebens ist, wirst du ihn garantiert wiedersehen.«

Matto klebte nachtblind seine Nase an die Windschutzscheibe und bog endlich Richtung Salzburg ab. Ich schwieg vorwurfsvoll und grübelte über mein Schicksal nach.

»Wahrscheinlich sehe ich ihn erst wieder, wenn wir runzelig und alt sind. Und impotent! Dann brauch ich ihn nicht mehr.«

»Salzburg ist ein Dorf, Luisa! Da kann man sich gar nicht nicht wiedersehen.«

Meine Miene hellte sich auf.

»Er sitzt vielleicht auch schon längst bei einem Bier im *Andreas Hofer*. Gib Gas!«

Am nächsten Morgen schlenderten Matto und ich

durch die immer noch wolkenverhangene, aber wenigstens trockene Salzburger Innenstadt, durch die Getreidegasse, über den Domplatz zum *Café Tomaselli*. Da zwickte mich Matto am Eingang des überfüllten *Tomasellis* in den Arm.

»Au!«

Mit sensationsgeweiteten Augen verkündete er: »Weißt du, wer gerade an uns vorbeigegangen ist?«

»Wer denn?«

»Rate!«

»Keine Ahnung, der Moretti? Die Minichmayr? Die Netrebko?«

»Der Mann deines Lebens!«

»Wer?«

Der Mann meines Lebens, der natürlich nicht auch im *Andreas Hofer* auf ein Bier gewesen war, war über Nacht ein wenig in Vergessenheit geraten und schoss nun umso überraschender wieder in mein Gehirn. Ich sollte ihm also tatsächlich gleich am nächsten Tag mitten in Salzburg wiederbegegnen, nicht alt, nicht runzelig und auch nicht impotent – hoffentlich! Man muss die Zeichen nur zu deuten wissen. Es war so weit! Mit pochendem Herzen stürzte ich ihm ins *Tomaselli* hinterher, konnte ihn jedoch nirgendwo entdecken. Ich blickte mich enttäuscht nach Matto um, der inzwischen den einzigen freien Tisch ergattert hatte. Er sei im Nichtraucherraum verschwunden, um die Ecke, bedeutete er mir. Ich ließ mich neben Matto auf der Bank nieder.

»Schau du«, bat ich ihn.

Matto lugte ausgiebig in das kleine Nebenzimmer.

»Sitzt er da?«

Matto grinste: »Mit seinen Eltern.«

»Komm wieder her«, zischte ich.

Nun saß ich Wand an Wand mit dem Mann meines Lebens, der dort ausgerechnet mit seinen Eltern saß, und traute mich nicht hin. Ob er immer noch so gut aussähe wie gestern?

»Jetzt geh hin«, drängte Matto.

Doch ich verschwand lieber hinter der Speisekarte. Zuerst brauchte ich dringend ein Frühstück, Kaffee, Semmel und Marmelade, ein weiches Ei und ein Kipferl. Ich wollte mich meinem Zukünftigen frisch gestärkt widmen.

»Hat er mich gesehen?«

»Bestimmt«, versicherte mir Matto kauend.

Ich beschloss, eine Zeitung zu holen und dabei zufällig um die Ecke ins Nebenzimmer zu spähen. Einen Moment lang blickte der fesche Kritiker, dessen Haar heute Morgen bereits schütterer wirkte als noch gestern Abend, von seiner Tasse auf in mein Gesicht. Vielleicht steht er doch eher nicht auf Frauen, dachte ich beim Anblick der olivgrünen Kombination aus Hose und dazu passendem, figurbetontem Jäckchen mit aufgesticktem Drachen und aufgestelltem Kragen. Außerdem ein Teetrinker. Es gibt zwei Arten von Menschen: Kaffeetrinker und Teetrinker. Und Letztere finde ich definitiv langweiliger. Einzige Ausnahme: Engländer. Die sind von Natur aus witzig und trinken ihren Tee zum ersten Bier um fünf. Da ist der Tag ohnehin gelaufen.

Ich ließ mich mit der *Kronen Zeitung* auf die Sitzbank plumpsen und schlug das Horoskop auf. Auch die Sterne standen gut.

»Eine Herzensangelegenheit entwickelt sich zum vollen Erfolg.«

»Worauf willst du noch warten«, mampfte Matto seine

zweite Marmeladensemmel. »Der wird nicht ewig da sitzen.«

Doch ich fürchtete, kein Wort herauszubekommen, wenn ich erst vor ihm (und seinen Eltern!) stünde.

Also winkte ich die rüschenbeschürzte Kellnerin herbei und zog ein Buch aus meiner Tasche. Kurt Tucholskys *Schloß Gripsholm*. Irgendwie passend. »Eine Sommerliebe in Schweden. Schwebend wie ein Schmetterling und sonnendurchflutet wie der Sommer selbst« stand auf dem Buchrücken. »IN GROSSER SCHRIFT.« Leider hatte ich den Großdruck für Sehbehinderte erwischt, aber es zählte ja schließlich die Geste. Ich schlug die erste Seite auf, kritzelte Namen und Telefonnummer hinein und überreichte dem Fräulein das Buch. Sie möge es bitte dem jungen Mann, also unbedingt dem jüngeren der beiden Männer, der genau auf der anderen Seite der Wand sitze, überreichen. Das Fräulein entfernte sich.

»Halt«, rief ich sie zurück und fühlte meine romantischen Pläne durchkreuzt. Wenn er mich durch die Wand nicht sehen konnte, wie sollte er dann wissen, von wem der Liebesgruß stammte?

Also schrieb ich: »Mir, in der Reihe hinter Dir, hat *Kabale und Liebe* auch nicht gefallen …«

»Soll ich noch etwas über die Gummistiefel schreiben?«

»Nein«, protestierte Matto.

Zufrieden klappte ich das Buch zu.

»Sagen Sie ihm, er habe das gestern in der Pernerinsel verloren.«

Die Kellnerin grinste, sie verstand ihre Rolle als Postillon d'Amour sofort. Musste sie ja. Zwischen den verspiegelten Wänden, grünen Stofftapeten und Kaffee schlürfenden Gästen an den Biedermeiertischen waren in der dreihundertjährigen Geschichte des *Tomasellis* durch die Tortentabletts und Botschaften hin- und hertragenden Kellner bestimmt schon Tausende Liebschaften angezettelt und Ehen angebahnt worden. Wenn es hier nicht klappte, wo sonst? Matto blickte mich erstaunt an und fand mich äußerst mutig. Er würde sofort anrufen, wenn er so charmant eine Telefonnummer übermittelt bekäme.

Keine fünf Sekunden später stand die Kellnerin wieder da und hielt mir das Buch hin.

»Er sagt, er hat das nicht verloren.«

»Was?«

»Er hat das nicht verloren.«

»Wie genau – nicht verloren?«

»Nein.«

»Nein?«

»Er hat nur Nein gesagt.«

»Spricht er überhaupt deutsch?«

»Doch. Ja. Sehr deutsch.«

»Deutsches Deutsch?«

»Ja.«

»Bringen Sie mir noch einen Melange.«

»Ein Kai-Uwe«, johlte Matto. »Also, die Deutschen haben ja überhaupt keinen Sinn für Romantik.«

Vielleicht liegt es doch an der Ausgabe im Großdruck und Kai-Uwe denkt, ich sei fünfundsiebzig und blind, vermutete ich, als Kai-Uwe kurz darauf im Gänsemarsch mit seinen Eltern das Café verließ.

Vielleicht aber lag es auch daran, dass die *Tomaselli*-Art, jemanden kennenzulernen, einfach nicht mehr modern genug war.

Es kommt nichts Besseres nach, heißt es. Aber schlimmer kann es auch nicht werden, denke ich, als ich als Einzige ohne Begleitung meinen Barhocker auf der Countryhochzeitsfeier in der *Marina* erklimme. Ich habe eine Jeans geopfert und recht knapp abgeschnitten, einen rosa mit Strasssteinen besetzten Cowboyhut aus dem Ein-Euro-Shop aufgesetzt, mir Zöpfe geflochten und ein rot-blau-weiß kariertes Flanellhemd in der Taille zusammengeknotet.

Vier Caipirinhas später habe ich sechs *glückliche* Ehepaare, zwei pubertierende Emos, die sich zu Tode langweilen, und den Großvater der Braut kennengelernt. Wieder einen Caipirinha später bekomme ich die Telefonnummer des Barkeepers, mit dem Angebot, bei meiner Hochzeitsfeier die Cocktails zu mixen. Beim sechsten Caipirinha wähle ich die Telefonnummer eines Taxiunternehmens und lande stattdessen im Allgemeinen Krankenhaus. Dessen Telefonnummer unterscheidet sich von der des Taxiunternehmens nur durch eine Ziffer. Ich versuche, den Mann von der Krankenhaustelefonvermittlung dazu zu bringen, mich abzuholen, lege schließlich auf und lasse mich von den beiden fünfzehnjährigen Mädchen zum Taxi schleppen. Sie sollen bloß nicht zu lang mit dem Heiraten warten, fuchtele ich warnend mit dem Zeigefinger. Die Mädchen blicken einander an, brechen in schallendes Gelächter aus. Die eine tippt sich an die Stirn, die andere verdreht die Augen.

»Damit wir so enden wie die Langweiler da?«

»Sicher nicht. Wir wollen überhaupt nicht heiraten.«

»Ich auch nicht! Aber ihr werdet noch an mich denken, spätestens wenn ihr immer noch Single und so alt seid wie ich!«

Ich wanke zu meinem Taxi und versuche, auf die Hinterbank zu klettern, was mir jedoch nicht gelingt. Sosehr ich mich auch abmühe, ich erwische immer nur die Vordertüre.

Schließlich gebe ich es auf und lasse mich auf den Vordersitz des Zweitürers fallen. Ein wenig verwundert akzeptiert der Taxifahrer mein Fahrziel und tritt aufs Gas. Ich mustere ihn. Warum er sich ausgerechnet so ein kleines Auto genommen habe, wenn er allein schon die Hälfte seines Taxis ausfüllt? Da sei nicht einmal für einen Fahrgast genug Platz. Der Taxifahrer grinst. Er habe auch einen größeren Wagen, doch den fahre er nur unter der Woche. Leider entpuppt sich der Fahrer als einer von der gesprächigen Sorte. Ich aber kämpfe bereits nach wenigen Metern mit meinem Mageninhalt. Um die Konversation abzukürzen, hänge ich mir meinen Cowboyhut vor das Gesicht und klappe die Rückenlehne meines Sitzes nach hinten.

»Ich hab ja eigentlich einen Krankenwagen bestellt«, höre ich mich noch lallen, »aber der wollte mich auch nicht heiraten …«

Vor meiner Haustür werde ich sanft wach gerüttelt. Als ich bezahlen will, zögert der Taxifahrer einen Moment.

»Eins fünfzig«, verlangt er dann.

»Eins fünfzig? Sie sind aber günstig.«

Ich kratze die Einsfünfzig aus meiner Geldbörse zusammen und lege großzügig fünfzig Cent Trinkgeld drauf.

»Kann ich Ihre Telefonnummer haben? Ich fahre nur noch mit Ihnen«, sage ich und schenke ihm ein Lächeln unter meinem schiefen Cowboyhut hervor.

Der Taxifahrer schreibt mir seine Telefonnummer auf ein Stückchen Papier.

»Haben Sie keine Karte?«

»Nein.«

Ich nehme die Telefonnummer, falle aus dem Taxi, rapple mich auf und versuche, möglichst ohne Umschweife auf meine Haustür zuzusteuern. Der Taxifahrer lässt das Fenster hinunter: »Wie heißt du denn?«

»Luisa.«

Das Auto braust davon. Ein Porsche-Taxi für eins fünfzig. Ich darf nicht mehr so viel trinken. Nachdem ich alle Schlüssel durchprobiert habe, passt der letzte endlich doch auch ins Schloss.

Am nächsten Morgen erwache ich am schlimmsten Tag der Woche. Ich hasse diesen Familientag, Kuscheltag, Pärchentag, Hobbytag, Ausflugmitkinderntag, Pärchentreffenanderepärchentag. Mit einem Wort, Sonntag. Alle lieben diesen Tag, nur ich würde diesen Niemandhatzeitfürmichtag, Ichbinalleinundmiristlangweiligtag am liebsten ersatzlos streichen.

Immer noch benommen von den Caipirinhas versuche ich, zwei Stunden mit Zeitunglesen und Kaffeetrinken totzuschlagen. Schon der Gang zum Bäcker ist eine Qual gewesen. Alle kaufen säckeweise Gebäck für ihre Familien ein, nur ich brauche einfach nur ein Kipferl. Ein einsames, einzelnes, kleines Kipferl.

»Ist das alles?«, fragt mich die Verkäuferin jedes Mal ungläubig. Ja! Kann die sich das nicht endlich merken?

»Nein – geben Sie mir noch drei Semmeln und ein halbes Kilo Brot.«

Zu Hause esse ich dann das Kipferl, den Rest stopfe ich ins Gefrierfach, das mittlerweile vor Semmeln und Brot überquillt.

Nach dem Frühstück ist es immer noch erst zwölf. Ich durchforste das Kontaktverzeichnis meines Handys. Vierhundertneunzehn Kontakte und niemand, den ich anrufen kann.

Wieder zwei totgeschlagene Stunden später sitze ich vor dem Computer. www.singlehearts.at. Nur mal schauen. *Nur wenige Klicks von Ihrem Traumpartner entfernt*, lese ich. *Kostenlos testen und Partnervorschläge erhalten. Registrieren Sie sich jetzt.* Geht das nicht ohne Registrieren? Nein. Schließlich tippe ich. Luisa.Kornhaber@mymail … Schnell klicke ich die Seite weg, verschränke die Arme, wippe nervös mit dem Fuß. So tief bin ich gesunken. Was erwartet mich auf so einer Seite? Psychopathen vielleicht, Ehebrecher, Perverse auf der Suche nach schnellem Sex? Männer jedenfalls, die keine will. Wahrscheinlich bin ich die einzige Frau auf dieser Seite.

Oder es gibt Tausende verzweifelte Frauen, die sich um die letzten zwei Männer prügeln, von denen einer behaart ist wie ein Bär und der andere ein Muttersöhnchen.

Am Ende werde ich mich womöglich in einen Vorarlberger Bergbauern verlieben. Mit dem hause ich neben Ziegen und Heuballen und hocke morgens mit der Zeitung von vorgestern, weil die Zustellung zwei Tage dauert, auf dem zugigen Plumpsklo und hole mir einen Blasenkatarrh. Oder ich erwische einen von der Müllabfuhr, der mir abends einen Sack voll Geschenke mitbringt, die er für mich aus dem Abfall gefischt hat. Alte Stoffbären,

Schuhe (über die würde ich mich besonders freuen), gestickte Landschaften in Plastikrahmen, vielleicht sogar ein ganzes Abendessen samt Kerzenstummel. Es könnte aber auch passieren, dass ich an einen Schönheitschirurgen gerate: zu jedem Geburtstag ein Gutschein für eine neue Nase, neue Brüste, Facelifting oder Fettabsaugen.

Ich stoße einen Seufzer aus.

Okay, also die Anzeigen von Bergbauern, Müllmännern und Schönheitschirurgen werde ich einfach nicht anklicken und auch keine Anfragen beantworten. Auch nicht von Botendienstfahrern (die sind immer verschwitzt), Physikern, Mathematikern und Chemikern (verhasste Schulfächer, was soll ich mit solchen Leuten anfangen?), Beamten (fallen Staatsanwälte auch unter Beamte?), Schauspielern (meistens zu klein), Sportlern (zu anstrengend), Piloten (untreu und nie zu Hause), zu Dicken, zu Dünnen, Vätern, Männern unter eins achtzig oder vom Land. Praktisch wäre: Arzt (falls ich krank werde), Jurist (falls ich verklagt werde), Computerprogrammierer (der könnte mir mal meinen Computer erklären), Architekt (obwohl – ein Haus werde ich vermutlich nie bauen), Fotograf vielleicht (beruflich irgendwie artverwandt), Automechaniker (wäre auch nicht unpraktisch), Schneider und Friseur (kann man beides immer brauchen, leider können die mit Frauen meistens nichts anfangen).

Von heftigem Schamgefühl begleitet, öffne ich erneut die Seite, die mir in wenigen Schritten Zugang zu meinem Traumpartner verspricht. Auf der Suche nach einem richtig guten, verheißungsvollen Benutzernamen fallen mir nur Fermina Daza, Sugar Kowalski, Mata Hari, Lorelei, Kleopatra und Scarlett O'Hara ein. Doch all diese tollen Frauen waren unglückliche Kreaturen, haben die Liebe nicht oder zu spät erkannt, haben den Falschen erwischt oder sind grausam zu Tode gekommen. Kein gutes Omen. Einzig Aschenputtel durfte ihre bösen Stiefschwestern mit den abgeschnittenen Zehen im Kampf um den Prinzen besiegen und als lachende Dritte in die Kutsche steigen. Aber welcher Mann würde schon Aschenputtel anklicken wollen?

Vielleicht sollte ich es mit Assoziationen versuchen? Honigmund, Stormy Weather, Paprika, Lustundliebe. Das gibt es alles schon. Genau wie Burgfräulein, Prinzessin auf der Erbse, Rapunzel und tatsächlich: Aschenputtel. Ganz zu schweigen von sexyHexi, Vamp, Lovetramp, Sexgöttin_419, Mausimaus und Kussmonster, Kuschelmaus_97, Traumfrau382. Ich wäre die dreihundertdreiundachtzigste Traumfrau, die vierhundertzwanzigste Sexgöttin, aber immerhin erst die achtundneunzigste Kuschelmaus. Echt verlockend. Dagegen ist das Paradies mit seinen zweiundsiebzig Jungfrauen, in das sich übereifrige Moslems sprengen dürfen, eigentlich nichts. Vielleicht sollte man denen einfach mal den Link zu dieser Seite schicken.

Frustriert versuche ich es mit *Paprikahuhn*. Klar, das wollte noch niemand. Ich drücke Enter und trete als Paprikahuhn ins Singleparadies ein. Überall poppen Fenster auf. *Präsentieren Sie sich! Rücken Sie sich ins beste Licht!* Folgsam beginne ich, meinen Steckbrief auszufüllen. *Beruf*: Restauratorin. Das geht ja noch. *Alter:* zum vierten Mal siebenundzwanzig. Siebenundzwanzig habe ich immer als gutes Alter empfunden, und wo steht geschrieben, dass man siebenundzwanzig nur ein Jahr lang sein darf?

Größe: Hier beginnen bereits die Probleme. Ich habe das Pech, etwas groß geraten zu sein. Allein dadurch fällt nämlich, will ich Stöckelschuhe tragen und dem Mann dabei nicht mit meiner Nase einen Scheitel ziehen können, schon etwa die Hälfte aller Männer weg. Die Hälfte der anderen Hälfte, also jener Männer über 180 cm, ist mit Frauen zusammen, die viel zu klein sind für sie. Das sollte besser geregelt sein, finde ich.

Und es ist ja nicht so, dass ich es nicht auch mit einem wirklich kleinen Mann versucht hätte. Ein sehr hübscher Tscheche, Peter, von ihm gab es genau 163 und wirklich keinen Zentimeter mehr. Unverdrossen hatte ich meine Zehn-Zentimeter-Absätze trotzdem getragen, überzeugt, Körpergröße wäre gänzlich überbewertet. Im Gegenteil, Peters Größe empfand ich, besonders abends, wenn wir müde und auf dem Heimweg waren, sogar als äußerst praktisch. Ich legte dann einfach den Arm um seine Schultern und hängte mich mit meinem ganzen Gewicht an ihn. Nie wieder war ich zu Fuß so bequem nach Hause gelangt. Auch sonst war Peter wirklich ein Gewinn. Er war charmant, hatte Humor, baute geniale Lampen, die er überall in seiner Wohnung hängen hatte, er war ein toller Liebhaber, konnte hervorragend kochen und er war bis über beide Ohren, die sich etwa 158 cm über dem Boden befanden, in mich verliebt. Ob er sich jemals Gedanken über unseren Größenunterschied gemacht hat? In den drei Wochen, die wir zusammen gewesen waren und uns im Liebestaumel befunden hatten, hatten wir niemals darüber gesprochen. Auch ich hatte nicht ein Mal daran gedacht, bis wir eines Nachts zu Peter nach Hause die Strudlhofstiege zur Liechtensteinstraße hinuntergingen. Hand in Hand schlenderten wir in der Mitte der unbefahrenen Straße unter den Straßenlaternen hindurch und wurden wieder und wieder im Schein der Lampen von unseren eigenen Schatten überholt. Und da sah ich mich selbst als lange Bohnenstange, die ihren Schatten weit, sehr weit voraus warf, während der kleine Peterschatten immer wie verspätet erst lang nach mir zum Vorschein kam und mich niemals einholen konnte, und ich wusste, dass ich Peter heute zum letzten Mal sah. Bis dahin war alles sehr schnell gegangen, die ersten Küsse, Liebesschwüre, die ersten romantischen Abendessen bei ihm zu Hause, Geschenke. In diesem Moment kam es mir so vor, als hätte Peter schon aus Erfahrung gewusst, dass so eine Liaison nicht von Dauer sein konnte und sich bemüht, alles, was er zu bieten hatte, in die kurze Zeit mit mir zu packen.

Am nächsten Morgen hatte ich mich angezogen, meine Sachen zusammengesucht und war für immer aus Peters Leben verschwunden. Kommentarlos. Auch er hat sich nie wieder bei mir gemeldet. Vielleicht hat er an jenem Abend auf der Liechtensteinstraße das Gleiche gesehen wie ich. Ein unmögliches Liebespaar.

Was mich gerade bewegt, möchte Singlehearts wissen. Meine Größe! Mein Auto, mein Fahrrad, mein Kontostand. Man kann auch mal was auslassen. Weiter.

Kinder: Nein.

Bildungsabschluss: Studium. Ich habe Konservierung und Restauration studiert und Klassische Archäologie. Letzteres habe ich jedoch nie abgeschlossen. Ich weiß nicht, ob ich es überhaupt jemals richtig begonnen habe.

Fünf Worte, die mein Äußeres beschreiben …

Auf meinen Händen bildet sich Schweiß wie bei einer schriftlichen Klausur. Schreibe ich das Falsche, falle ich bei den Männern durch, schreibe ich, was alle schreiben, falle ich nicht auf. Man solle spontan sein beim Beantworten der Fragen, steht da als Anweisung. Eine halbe Stunde später habe ich, ganz spontan, Folgendes getippt: groß.

Ich habe volle rote Lippen, die einen großen Mund umschließen, mit dem ich viel zu laut lache, ich habe widerspenstiges Haar, eine unübersehbare Nase und einen schmalen Körperbau, zumindest oben herum. Denn meine gesamte Weiblichkeit konzentriert sich um den Hintern, weshalb ich am liebsten enge Hosen oder kurze Röcke trage. Irgendwie muss ich ja auf mich aufmerksam machen und mit Körbchengröße A kann man keine Schlacht gewinnen. Glücklicherweise lässt sich die Männerwelt grob in zwei Gruppen einteilen: die einen, die sich gern weich in ein ausladendes Dekolleté fallen, und die anderen, die sich lieber den Kopf von einem schönen Hintern verdrehen lassen. Es hat mich Jahre gekostet herauszufinden, dass sich nicht alle Männer gleichermaßen von Brüsten angezogen fühlen, aber jetzt trage ich meinen Hintern wie andere Frauen ihr Dekolleté: mit Nachdruck. Der Nachteil, wenn man zur Gruppe der hinten herum bestaunten Frauen gehört: Man kriegt es praktisch nie mit. Der Vorteil: Ich könnte, selbst wenn mich kein Mann der Welt anschauen würde, trotzdem fest daran glauben.

Es nervt mich, dass ich so sehr dem Durchschnitt entspreche. Und je mehr ich über mich und mein Äußeres nachdenke, desto unzufriedener fühle ich mich. Also hole ich tief Luft und tippe: groß, unvollbusig (das klingt besser als kleiner Busen und ist auch die Wahrheit), vorlauter Mund, pfiffige Nase, in Jeans knackiger Hintern. Ich bin zufrieden. Ich habe all meine Problemstellen zugegeben und plötzlich klingen sie ganz ansprechend.

Weiter.

Drei Dinge, die mir wichtig sind.

Diese drei Dinge habe ich meinem Großvater zu verdanken, der uns zahlreichen Kindern, Enkeln und Urenkeln auf seiner diamantenen Hochzeit folgenden Ratschlag mit auf den Weg gab: »Wenn ihr zufrieden mit euch selbst und glücklich mit anderen werden wollt, seid in allem, was ihr tut, vor allem eines: groß. Seid groß in euren Gesten, in eurem Herzen und in eurem Geiste. Seid großzügig, großherzig und großmütig.«

Diese drei Wörter fassen alles zusammen, was mir wichtig scheint, auch wenn ich selbst ziemlich oft daran vorbei lebe.

Ein Tag ist für mich perfekt …

… wenn mir kein Ziegel auf den Kopf fällt.

Wenn ich nichts zu tun habe, mache ich Folgendes:

Singlehearts-Profil ausfüllen.

Ich überspringe *Ich wünschte, ich könnte …*, *Darüber lache ich* und *Deswegen habe ich geweint* und widme mich *Ich reagiere allergisch auf:*

Sonntag, Dummheit, Geschmacklosigkeit, Humorlosigkeit und Intoleranz, T-Shirts mit Sprüchen, Persönlichkeitsbeschreibungen und Witzen darauf, Füße, Socken in Sandalen mit Klettverschlüssen, Baustellen, Diddl-Mäuse …

Ich bin dabei, die Liste ins Endlose fortzusetzen, als das Handy klingelt. Meine Mutter ruft an. Ich drücke den Anruf weg, obwohl ich weiß, dass sie sich sofort Sorgen machen wird. Das Handy meldet pflichtbewusst eine Nachricht auf der Mobilbox, und ich ärgere mich, weil ich genau weiß, dass Mutter wie immer nur auf die Mobilbox geredet hat, um zu reden und weil sie es nicht erträgt, etwas vergeblich getan zu haben. Und wenn sie einfach auflegt, ohne wenigstens zu sagen, »ruf mich an, ich habe seit zwei Tagen nichts von dir gehört«, würde das in ihrer Welt bedeuten, dass ihr Anruf sinnlos war. Mit Müttern ist es eben kompliziert.

Ich wähle die Nummer meiner Mobilbox. Doch das übliche *Ruf mich an* erhält diesmal eine neue Dimension.

»Du wirst Tante! Ruf mich an!«

Ich drücke auf Wiederholen: »Du wirst Tante! Ruf mich an!«

Es werden nicht mehr, aber auch nicht weniger Worte, egal, wie oft ich die Nachricht abhöre. Allerdings bedeuten diese Worte, dass sich mit einem Schlag alles verändern wird. Einzig, ob diese Veränderung gut oder schlecht sein wird, ist mir nach dem zehnten Mal Anhören immer noch nicht klar. Ich wähle die Nummer meiner Mutter, lege aber noch vor dem ersten Klingeln auf.

Lieblingsspeisen, Hobbys, positive und negative Eigenschaften, Sport, Lieblingsfilme. Je vollständiger mein Profil, desto höher die Erfolgschancen. Die müssen es ja wissen. *Zehn Jahre Partnervermittlungserfahrung.* Über die Erfolgsquote steht da allerdings nichts. Ich beiße mir auf die Lippe.

Mit meiner Mutter ist es besonders kompliziert. Seit sie in Pension gegangen ist, überhaupt. Der wahre Grund, weshalb Kinder Kinder bekommen, ist nicht, damit die Menschheit nicht ausstirbt, sondern damit die Mütter der Mütter wieder etwas zu tun haben. Der Lebensplan meiner Mutter war darauf ausgelegt, sich in der Sekunde ihrer Pensionierung wieder mit voller Kraft auf die Familie zu stürzen. Nur dass es diese Familie so nicht mehr gab. Das hatte sie irgendwie übersehen und ich und meine Schwestern Loredana und Leonie – ja, wir fangen alle mit L an – hatten es versäumt, rechtzeitig für Nachwuchs zu sorgen. So stand meine Mutter nun voller Tatendrang einem Zweipersonenhaushalt vor, der ohnehin seit Jahrzehnten von der Putzfrau organisiert wurde. Meine jüngste Schwester Leonie ist zum Studieren nach Paris gegangen und Loredana, die Mittlere, ist gleich bis Buenos Aires ausgewandert, wo sie ein Hotel leitet. Deshalb bleiben alle Liebe und Zuneigung an mir in Wien hängen, wenn ich sie nicht regelmäßig daran erinnere, dass sie noch zwei andere Töchter hat, die sie bemuttern könnte.

Manchmal fühle ich mich von meiner Verwandtschaft mehr gejagt als von meinen eigenen Wünschen. Während meine Onkel und Tanten längst zu Großvätern und Großmüttern gemacht worden sind, ist dies meiner Mutter nicht beschieden. Die Frohbotschaften über Schwangerschaften und Geburten bei meinen Cousinen und Cousins stehen daher ebenso wie Hochzeitseinladungen aus dem Freundeskreis ganz oben auf meiner Liste in der Abteilung *Ich reagiere allergisch auf.*

Das sei überhaupt kein Problem, winkt Mutter jedes Mal mit feuchten Augen ab, wenn ich mich nach Eintreffen einer neuen Schwangerschaftsmeldung bei ihr entschuldige, dass ich es noch nicht einmal geschafft habe, wenigstens einen Mann für Nachwuchs in Aussicht zu haben. Sie habe es überhaupt nicht eilig, Großmutter zu werden, es sei auch so genug zu tun, lügt Mama dann tapfer weiter und bietet mir an, Eintopf und Suppen auf Vorrat zu kochen und vorbeizubringen, was ich dankend ablehne, da mein Tiefkühler ja schon mit Brot für die nächsten Jahre vollgestopft ist.

Drei Dinge für die Insel:

Buch, Handy und Rückflugticket.

Nein. Ich versuche es mit Romantik: Dich, mich …

»Du wirst Tante! Ruf mich an!«

… Kondome!

Ich lösche die Romantik und nehme Nibelungenlied, Salatschleuder und Klappspaten auf die Insel mit. Das Erste habe ich noch nie gelesen, das Zweite habe ich noch nie getestet und das Dritte habe ich noch nie gebraucht. Auf der Insel könnte ich mich diesen drei Dingen endlich ungestört widmen.

Zwei Dinge, von denen ich mich nie trennen werde:

Meine Schwestern und ich waren immer unzertrennlich gewesen. Doch jetzt fühle ich mich durch diesen »Du-wirst-Tante«-Anruf weiter von Leonie und Loredana entfernt, als sie es in Paris und Buenos Aires je sein könnten. Lichtjahre trennen mich von beiden. Welche Schwester hat mich denn in der Lebensplanung überholt? Es war mir komplett entgangen, dass eine der beiden ihr Leben in jene Bahnen gelenkt hatte, die ich immer noch vergeblich suchte.

Haben Sie einen Kinderwunsch?

Die Profil-Fragen nehmen kein Ende und bringen mich ebenso wenig weiter wie die *Fragebogen* von Max Frisch. Die sollte man wenigstens einmal im Leben gelesen haben, um sich selbst kennenzulernen, heißt es. Nächtelang hatte ich vor ein paar Jahren nicht schlafen können, weil es mir nicht gelungen war, nur eine einzige von Frischs Fragen sinnvoll zu beantworten. Und noch heute reicht es mir schon, an diese unbeantworteten und unbeantwortbaren Fragen zu denken, und ich kriege schlechte

Laune. Ich will nicht darüber grübeln, wie alt ich werden möchte. Auch nicht darüber, ob ich jemanden liebe und vor allem nicht, woraus ich das schließe. *Hätten Sie von sich aus die Ehe erfunden?* Wohl kaum. *Wie lange leben Sie durchschnittlich mit einem Partner zusammen, bis die Aufrichtigkeit vor sich selbst verschwindet?* Menschen, die andere Menschen mit solchen Fragen quälen, sind Misanthropen, Spaßverderber. *Was fehlt Ihnen zum Glück?* Wie soll man da je wieder glücklich sein, wenn man anfängt, darüber nachzudenken?

Auch beim Rest der Fragen über Freundschaft, Frauen (Ein *Fragebogen* beginnt mit der befremdlichen Frage »Tun Ihnen die Frauen leid?«) oder zur Erhaltung des Menschengeschlechts war ich über das Lesen kaum hinausgekommen. Für solche Angelegenheiten bin ich zu gründlich und perfektionistisch. Das mag zwar für meine Arbeit von Vorteil sein, beim Grübeln über Menschen, mich selbst und das Leben an sich jedoch nicht. Es macht mich unglücklich. Und die Antworten, die in meinem Inneren auf all diese Fragen lauern, machen mich nervös. Sie machen mir Angst. Beim Abschnitt über den Tod konnte ich überhaupt nicht mehr weiterlesen. Über den Tod will ich nicht nachdenken, denn der Tod bedeutet, dass ich mich von mir selbst und meinem Leben trennen müsste, und beides will ich eigentlich nicht hergeben.

Zwei Dinge, von denen ich mich nie trennen werde, zumindest freiwillig nicht: mir selbst und meinem Leben.

Anfang dreißig mit dem Leben abzurechnen erscheint mir ohnehin verfrüht. Deshalb habe ich es mir eines Tages, eigentlich direkt im Anschluss an die Verbannung der Frisch'schen *Fragebogen* ins hinterste Bücherregal, verboten, noch weiter über mich selbst nachzudenken und das auf später, viel später, verschoben. Mit leidlichem Erfolg.

Ich garniere mein Profil mit ein paar Sprachen, Englisch, Italienisch und Portugiesisch, erwähne, dass ich schlecht, aber dafür gerne tanze, viel lese, reise und zum Kyu-Do, dem japanischen Bogenschießen, gehe, und außerdem oft ins Kino, worin ich mich von anderen Frauen vermutlich keinen Zentimeter unterscheide, und finalisiere meine Partnersuche mit dem *Lebensmotto*: Nein, keine Motten.

Gib dir Mühe, Luisa!

… mit dem *Lebensmotto*: Lieben und lieben lassen.

Nein.

Lebensmotto: Aus den Augen aus dem Sinn.

Nein.

Lebensmotto: Die letzte U-Bahn geht später.

Als meine Kreditkarte verlangt wird, zögere ich nicht. Ich habe nämlich schon zwei Nachrichten bekommen, die ich aber leider nicht öffnen kann. Kaufzwang nennt man das. Meine Neugier siegt. Drei Monate, sechs Monate oder zwölf … ZWÖLF Monate???!! Wie lang soll das denn dauern? Zwölf Monate – da kann ich ja gleich so weitersuchen wie bisher. Ich nehme drei Monate. Das muss reichen. Juli, August, September eignen sich doch hervorragend für die Suche. Im Sommer ist schließlich immer alles besser. Ich bin mir auch sicher, dass ich weniger Schwierigkeiten hätte bei der Partnersuche, wenn ich in der Karibik geboren wäre, weil die Menschen dort das ganze Jahr auf der Straße sind. Bei uns verschwinden sie von Oktober bis April hinter ihren Öfen und dann fahren sie von Juli bis September in den Süden. Vielleicht sollte ich doch sechs

Monate nehmen, sicher ist sicher. Ich strapaziere meine Kreditkarte und weiß jetzt schon, dass ich mich für die Abrechnung schämen werde. Ganz Visa wird wissen, dass ich mir jetzt für Geld einen Mann suche.

Gespannt öffne ich meine ersten beiden Nachrichten. *Willkommen bei Singlehearts. Sie haben 86 Partnervorschläge.* Die zweite Nachricht: *Um Ihre Suchergebnisse zu verbessern, verfeinern Sie Ihr Profil.* Ich habe gerade drei Stunden mit Psychotests, Partnerfragen und mit für meinen Geschmack viel zu vielen *Ichübermichs* verbracht! Was, bitte, kann man da noch verfeinern?

Hundertzwanzig Euro für sechsundachtzig Männer, die alle hundertachtzig Zentimeter groß sind. Das macht eins vierzig pro Mann. Leider muss also eher die Theorie stimmen, dass sich hier Tausende Frauen um die letzten zwei Männer prügeln. Wenn alle Frauen diese paar Männer vor mir daten, dann brauche ich kein Zwölf-Monats-, sondern ein Dreißig-Jahres-Abo, bis ich endlich an der Reihe bin.

Erbost schreibe ich ein gar nicht freundliches Mail an Singlehearts und kriege natürlich keine Antwort.

Stattdessen ruft Loredana an.

»Du bist schwanger!«, falle ich mit der Tür ins Haus.

»Wie kommst du denn darauf? Da lasse ich dir gerne den Vortritt! Du bist die Älteste, du kommst als Erste dran. Wenn du das alles überlebt hast, fange ich vielleicht an, darüber nachzudenken. Kann ich nicht einfach so bei dir anrufen? Wie ist es in Wien?«

»Du wirst Tante«, setze ich nach.

Loredana schnauft hörbar. Ich weiß genau, dass sie in

diesem Moment dasselbe Problem mit der Nachricht hat wie ich etwa zwei Stunden zuvor.

»Und du bist es wohl nicht, oder?«, fragt sie zögerlich.

»Nein.«

Loredana schweigt. Wenn Loredana nichts sagt, ist das weit schlimmer, als wenn sie wie ein Wasserfall redet. Loredana hat nämlich die Angewohnheit, über alles zu reden, nur nicht über das, was sie wirklich bewegt. Und wenn man nicht zufällig gerade dabei war und mitgekriegt hat, was passiert ist, dann wird man es nie erfahren.

Nach etwa einer Minute ist das Schweigen beendet.

»Wie geht es Mama?«

»Das weiß ich nicht.«

»Was heißt, das weißt du nicht? Hast du nicht mit ihr gesprochen?«

»Loredana, warum sprichst du nicht mit ihr?«

»Ich bin in Buenos Aires.«

»Klar und dort gibt es nur ein Telefon für alle und einmal im Jahr bist du dran.«

Loredana lacht: »Ich rufe Mama an und melde mich nachher.«

Wenn Loredana etwas in die Hand nimmt, gibt es zwei Minuten später Chaos. Aber in Buenos Aires ist das normal. Deswegen war es folgerichtig, dass Loredana nicht nach Kitzbühel, sondern gleich nach Argentinien gegangen ist, um dort ein Hotel zu leiten.

Exakt eineinhalb Minuten später habe ich meine aufgelöste Mutter am Telefon, und Leonie aus Paris klopft in den Anruf hinein, und weil für Loredana in den verstopften Satellitenwellen kein Platz mehr ist, ruft sie einfach auf dem Festnetz an. Ich muss das Festnetz jetzt endlich abmelden, nehme ich mir zum hundertsten Mal vor und will nicht abheben, was meine Mutter in Rage treibt, weil sie laute, schrille Geräusche nicht aushält, schon gar nicht am Telefon. Ich makle Leonies Anruf, hänge meine Mutter in die Warteschleife und hebe gleichzeitig den Anruf von Loredana ab. Jetzt schreien mir beide ins Ohr. Leonie zetert, wie ich dazu komme, ihr die Überraschung ihrer Nachricht zu verderben, Loredana ist fassungslos, dass Leonie, die Kleinste, mit ihren zweiundzwanzig Jahren jetzt Mutter wird, Mutter hat inzwischen aufgelegt, weil sie keine Lust mehr hat, in der Schleife zu hängen. Sie klopft erneut an, ich hänge Leonie in die Schleife, werfe meiner Mutter vor, dass sie mir, wie immer, nur halbe Informationen geliefert hat, und nicht beispielsweise auch, dass ich die Sensationsnachricht nicht sofort verbreiten sollte, was in diesem Falle viel wichtiger gewesen wäre als die Sensation an sich. Dann hätte ich halt abheben oder wenigstens einmal zurückrufen sollen, statt sie immer wegzudrücken und nie zurückzurufen, kontert meine Mutter beleidigt, sie wisse genau den Unterschied zwischen nicht abheben und wegdrücken, also sei ich selbst schuld, wenn ich wieder nur die Hälfte mitgekriegt habe, und Leonie sei bereits im vierten Monat.

»Ende oder Anfang?«, will ich wissen.

»Anfang«, beschwichtigt meine Mutter, als würde das irgendetwas besser machen. Mama kommt zurück in die Schleife.

»Hast du das gehört?«, kreische ich außer mir ins Telefon. »Loredana?«

»Nein. Hier ist Leonie.«

»Wer?«

»Leonie.«

»Ach so. Sie ist im vierten Monat!«

»Das weiß ich, vielen Dank.«

»Nein, nicht du, Loredana.«

»Loredana ist auch schwanger?«

»Was? Nein!«

Ich schiebe Leonie in die Schleife ab.

Ja, das hätte Leonie ihr auch mitgeteilt, ich hätte ihr ruhig sagen können, meint Loredana vorwurfsvoll, dass sie erst mit Mama hätte reden müssen. Jetzt kapier ich gar nichts mehr. Hat Loredana nicht vor etwa zweieinhalb Minuten in Buenos Aires gemeint, sie würde jetzt Mama anrufen? Ich makle wieder zu Leonie hinüber, die inzwischen heult. Das teile ich umgehend Loredana mit, weil sie ja Schuld daran hat, woraufhin Loredana lospoltert, dass sie überhaupt nicht verstehe, wie Leonie so verrückt sein könne, sich das Leben mit einem Kind zu ruinieren.

»Soll ich ihr das jetzt sagen?«, frage ich.

»Wieso du?«, fragt Loredana ungehalten. »Nein! Gib sie mir mal!«

Buenos Airestische Loredana-Logik. Ich halte Leonie in Paris am Handy in der linken Hand, Loredana in Buenos Aires am Festnetz in der rechten und stehe in Wien dazwischen. In den Leitungen brutzelt es gefährlich, Handy und Festnetz aneinandergehalten vertragen sich nicht besonders gut. Gleich wird eines der beiden explodieren, und wie immer erwischt es dann unbeteiligte Dritte. Da höre ich Leonie schon heulen, sie freue sich auf das Kind und von uns zwei Phobikerinnen würde sie sich das sicher nicht verderben lassen.

»Jetzt klopft sie bei mir rein!«

Plötzlich hänge ich in der Schleife, Mama hat genug von meiner Schleife gehabt und bei Leonie reingeklopft.

»Loredana?«, frage ich. »Was machen wir denn jetzt?«

»Was weiß denn ich? Die Kleine hockt in Paris und hat dort niemanden.«

»Wer ist der Vater?«

Loredana schweigt. Nicht gut.

»War es ein One-Night-Stand?«

»Nein. Es ist Philipp.«

»Philipp, das Würschtel?«

Oh nein. Philipp das Würschtel ist leider Leonies große Liebe. Die beiden waren seit ihrem achtzehnten Lebensjahr ein Paar und seit ihrem dreizehnten waren sie ineinander verliebt. Und jetzt, da Leonie schwanger ist, sind sie eigentlich kein Paar mehr, und verliebt ist auch nur noch Leonie, weil Philipp gemeint hat, er müsse doch etwas erleben und nur Leonie allein sei ihm nicht genug, weshalb er sich Jenny zugelegt hat, mit der er seit knapp einem Jahr zusammen ist. Seither heißt Philipp bei uns das Würschtel. Als ob er mit einer Jenny mehr erleben könnte als mit meiner entzückenden, wunderhübschen, lustigen Schwester Leonie. Sie hat daraufhin ihre Sachen gepackt und ist nach Paris gezogen. Offenbar hat das Würschtel sie in Paris besucht, denn telepathisch wird er sie vermutlich nicht geschwängert haben.

Inzwischen hat Leonie aufgelegt und Mutter ruft an. Sie fliege jetzt nach Paris, teilt sie mir mit. Ich leite das umgehend an Loredana am Festnetz weiter. Leonie sei total hysterisch und brauche sie jetzt, sie müsse ausbaden, was wir angerichtet hätten, meint Mutter.

»Was heißt wir? Das war ja wohl das Würschtel!«

»Das Würschtel heißt Philipp!«, sagt Mutter und legt auf.

Ich schnaufe hörbar, Loredana in Buenos Aires lacht: »Ich komme auch.«

»Was?«

»Ich fliege nach Paris. Ist doch nett, ich hab euch sowieso seit sechs Monaten nicht gesehen. Ich komme am Donnerstag. Kommst du auch?«

Und das ist der Grund, weshalb ich keinen Mann finde. Immer kommt mir was dazwischen. Statt am Wochenende Männer zu treffen, werde ich mit meinen Schwestern Paris leer shoppen, pleite nach Wien zurückfliegen und dann erst recht keine Zeit haben, weil ich doppelt so viel arbeiten muss, um das Loch auf meinem Konto zu stopfen.

»Also bis Donnerstag«, zwitschert Loredana südamerikanisch gut gelaunt ins Telefon.

Ich werde mein Festnetz und mein Handy abmelden. Man erreicht mich ab sofort nur noch per Telegramm.

2

In der Warteschlange für die letzten *86 Männer* bin ich zwar noch nicht weiter vorgerückt, aber der Singlehearts-Administrator hat mir sehr freundlich auf mein gar nicht freundliches Mail geantwortet, ich solle doch bei meinen *Ich-suche*-Einstellungen nicht nur *Männer von 180 cm bis 180 cm* eingeben, sondern auch den Größeren eine Chance geben. Außerdem wäre es recht günstig, nicht nur *Männer zwischen 25 und 25* zu suchen, sondern vielleicht auch die zuzulassen, die schon ein wenig älter sind. Ich hatte vor lauter Profil-Ausfüllen vergessen anzugeben, was ich eigentlich will.

Jetzt suche ich also Männer zwischen eins Komma acht und zwei Metern, zwischen fünfundzwanzig und vierzig, ohne Kinder, nicht geschieden (das ist ganz wichtig, denn ich habe überhaupt keine Lust auf unbewältigte Scheidungsdramen und Rosenkriege), aber natürlich auch nicht verheiratet. Verwitwet, meinetwegen, das geht, das ist was anderes. Sportlich und gut aussehend, aber kein Macho, erfolgreich und karriereorientiert, aber mit Familiensinn. Anders gesagt, ich suche das, was alle suchen und keine findet: die Quadratur des Kreises. Einen abenteuerlustigen Stubenhocker, ein Superhirn mit Fußballerbody, einen weltgewandten, gut situierten Topmanager mit tausend

Interessen aber nur einer Leidenschaft, mich. Ich klicke auf *OK* und habe plötzlich 1685 Männer zur Auswahl. Fantastisch.

Bevor ich morgen nach Paris fliege, will ich unbedingt noch einen Mann treffen. Was heißt will, ich muss! Bruno aus Tirol. Bruno ist der Erste gewesen, der mich angeschrieben hat. *First come, first served.* Ich bin da vielleicht ein bisschen komisch, aber ich glaube eben ans Schicksal, nicht an Zufälle. Was an Bruno schicksalhaft ist? Er ist der Erste, den ich treffe, mit ihm habe ich keine einzige Gemeinsamkeit, seine Interessen sind von allem, was ich will, das genaue Gegenteil, und noch dazu wohnt er eigentlich in Tirol, da, wo ich von allen Bundesländern am allerwenigsten hin will. Die besten Voraussetzungen für eine große Liebesgeschichte.

Immerhin ist Bruno kein Vorarlberger Bergbauer, sonst hätte ich ja nicht geantwortet, sondern ein vierunddreißigjähriger Tiroler Bankberater, und wenn er nichts zu tun hat, dann geht er in die Berge. Na ja, das wird er halt auch in Zukunft ohne mich tun. Auf die Insel nimmt er sich, mich und Rückflugtickets mit – das hätten wir gemeinsam, hätte ich mich nicht stattdessen für Nibelungenlied, Salatschleuder und Klappspaten entschieden. Von Freitag bis Sonntag lässt er sich einen Dreitagebart wachsen, verwegen irgendwie, finde ich. Dreitagebart ist äußerst sexy. Bruno wäre allerdings nur in einem sehr beschränkten Zeitrahmen sexy, von Sonntagnachmittag bis Montagfrüh, dann muss der Bart wieder ab, wegen des Bankschalters. Sein Foto zeigt ihn nur im Profil, etwas unscharf und auch ziemlich schlecht beleuchtet. Wahrscheinlich ist er auf dem Foto einfach nicht gut getroffen. Ich habe auf die Auswahl meines Fotos den restlichen Sonntag verwendet. Das ist der bescheiden positive Nebeneffekt, wenn man häufig auf Hochzeiten verkehrt. Man wird, wenn man sich ein bisschen ins Zeug legt und beharrlich immer dort auftaucht, wo sich der Fotograf befindet, recht oft und manchmal sogar vorteilhaft abgelichtet. Ein Foto von Millis Hochzeit ist es schließlich geworden, jenes Foto, bei dem sich der ganze Hochzeits- und Blumenschnickschnack rundum am besten wegschneiden hat lassen. Richtige Männer hingegen legen eben nicht viel Wert auf gute Fotos, beschließe ich und beschließe ebenso, mich auf dieses erste großartige Treffen mit Bruno zu freuen, denn unsere Geschichte nimmt doch längst einen vielversprechenden Lauf.

Ich fahre mit meinem klapprigen Polo in der Vor-zwölf-Jahren-schon-nicht-und-in-zwölf-Jahren-wahrscheinlich-noch-immer-nicht-Modefarbe Bordeaux in die Innenstadt. Die Wahl des Lokals habe ich Bruno überlassen. Sie sagt nämlich ungefähr so viel über einen Menschen aus, wie seine Schuhe oder die Frisur und damit viel mehr als ein unmodischer Pullover oder eine hässliche Hose. Ein cooles Shirt bringt gar nichts, wenn man als Mann dazu stinkende Sportschuhe oder einen Mittelscheitel trägt. Und für genauso aussagekräftig halte ich die Entscheidung für ein Lokal. Würde mich ein Mann beim ersten Date ins Fast-Food-Restaurant oder zum Würstelstand ausführen, würde ich mich schon fragen, wieso. Habe ich nichts Besseres verdient, oder weiß er noch nicht, dass man auch mit Messer und Gabel essen kann?

Bruno entscheidet sich für ein Lokal, mit dem man nichts falsch, aber auch nichts richtig machen kann. Eine Weinbar, die gleichzeitig Weinhandlung ist und die es mehrfach geklont an verschiedenen Standorten in Wien gibt. Ein McDonald's für Weintrinker sozusagen – aber immerhin mit Bedienung. Man bekennt sich zu nichts, wirkt aber so, als wüsste man Bescheid. Über Wein muss man hier allerdings am allerwenigsten Bescheid wissen. Unter jedem Preisschildchen ist eine ausführliche Beschreibung angebracht, wo draufsteht, was drin ist, sofern man nach der dritten Flasche überhaupt noch lesen kann. Im *Tropfenkönig* trifft sich gerne die Schickeria, um nach der Arbeit bei gefüllten Oliven, Schinkenröllchen und vertrocknetem Brot teure Weine im Glas zu schwenken und Champagner zu schlürfen. Dass es hier ungefähr so sinnlich wie bei McDonald's zugeht, macht auch die Art, wie der Wein gekühlt wird, deutlich: Man sucht sich eine Flasche in den nach Ländern geordneten Gängen aus, dann wird die Flasche aus dem Regal gefischt und schockgekühlt. Aber den *Tropfenkönig* werde ich Bruno schon noch abgewöhnen, kein Problem.

Ich lasse ihn eine Viertelstunde warten, um seine Vorfreude ins Unermessliche zu steigern. Als die Pummerin oder irgendeine andere Glocke des nahe gelegenen Stephansdoms Viertel schlägt, biege ich theatralisch in die kurze von noblen Boutiquen und Schanigärten gesäumte Jasomirgottstraße ein. Ich nähere mich den Gästen, die auf eckigen Barhockern über dem Boden schweben und sondiere die Lage. An drei Tischen sitzen Männer ohne Begleitung und beobachten mich interessiert, also verlangsame ich meinen Schritt. Ich bin nie besonders gut darin gewesen, ein Foto in die Realität zu übertragen. Selbst Brad Pitt würde ich vermutlich nicht erkennen, wenn er mir im Frisiersalon statt der guten Frau Sonja plötzlich die Haare schneiden würde. Deshalb habe ich Bruno geraten, er solle sich doch bitte im Profil hinsetzen, wie auf dem Foto. Bruno hat den missglückten Scherz in die Tat umgesetzt. Ich erkenne ihn sofort. Er reckt mir sein Profil entgegen. Nein, das ist er nicht. Das kann nicht der Mann sein, den ich verdiene. Leider ist es nichts als schnöde Realitätsverweigerung, die mich nicht glauben lässt, dass ich jetzt in Wirklichkeit sehe, was ich schon auf dem Foto nicht sehen wollte. Je hilfloser ich um mich blicke, desto mehr hält Bruno mir seine linke Gesichtshälfte hin und schielt in meine Richtung. Ich schlage die entgegengesetzte Richtung ein, gehe entschlossen auf einen attraktiven Mittvierziger zu, der mich mit Wohlwollen betrachtet. Aber der Graumelierte mit dem Oliventeint wartet nicht auf mich, auch nicht der große Athletische mit den vollen Lippen, der sich gerade eine dicke Zigarre anzündet und die Speisekarte studiert. Nein, auf mich wartet der zerzauste Blonde in Trachtenhemd und Anzughose, erstarrt wie ein verschrecktes Huhn auf der Schlachtbank. Und ja, er sieht genauso aus wie auf dem Foto, nur dass das Licht an diesem Abend offensichtlich noch unvorteilhafter ist. Ich beschließe, einfach bei dem Graumelierten Platz zu nehmen und ihn um Rettung anzuflehen. Da kommt dessen schlauchbootlippige, blond gesträhnte Geliebte zurück, klappt ihre Gazellenbeine zusammen und setzt sich auf *meinen* Platz. Der Graumelierte grinst mich an und zeigt null Ambitionen, mir zu helfen. Seufzend biege ich zu Brunos Tisch ab und stelle mich diesem Abend. Vielleicht ist er ja wenigstens lustig.

Das Huhn Bruno befindet sich anscheinend noch immer in Schockstarre, denn meine Hand lässt er gar nicht mehr los. Mit einem Ruck ziehe ich sie weg und rette mich auf meine Insel: den Barhocker gegenüber. Dazwischen ein wackeliger Tisch als Sicherheitsabstand. Bruno wendet mir noch immer seine linke Gesichtshälfte zu, sodass ich mich eigentlich mit seinem Ohr unterhalten muss. Und da sein Ohr nicht sprechen kann, schweigt er eben. Auf meine Frage, ob er denn schon bestellt habe, nimmt Bruno einen tiefen Schluck Weißwein und tupft sich danach den Mund mit einem Taschentuch ab. Befremdlich.

»Was willscht'n trinckch'n, Käferle?«, fragt er mich und kracht beim Sprechen wie alle Tiroler.

Hat der mich gerade *Käferle* genannt?

»Riesling«, rufe ich um Hilfe, da hält mir Bruno sein Weinglas hin.

Normalerweise graust mir vor fremden Gläsern, aber in diesem Moment ist mir alles egal. Ich kann einfach nicht glauben, was mir Singlehearts hier vorgesetzt hat. Ich trinke und blicke Bruno, oder besser: die linke Hälfte von Bruno, an. Sein weiches aschblondes Haar steht ihm wie Daunenfedern vom Kopf ab. Sein Dreitagebart ist unsichtbar, stattdessen hat er semmelbleiche Haut mit nervösen Flecken. Noch ein Schluck und das Glas ist leer. Bruno stützt den Ellenbogen lässig auf den Tisch, hat den Kopf dabei aber so sonderbar in den Nacken verdreht, dass sein spitzer Adamsapfel wie ein Schnabel aus dem mageren Hals steht. Ich habe Angst, dass die dünne Haut reißt. Er schlägt die Beine übereinander, wackelt nervös mit der Fußspitze und versetzt damit den ganzen Tisch in Schwingungen. Bruno wackelt, der Tisch wackelt, ich wackle.

Wahnsinnig gern würde ich einfach gehen, aber das kann ich nicht. Daran ist meine Mutter schuld. Meiner Meinung nach bin ich viel zu gut erzogen.

Ich habe mir wirklich Mühe gegeben mit meinem Aussehen, ich bin gut geschminkt, habe zur Abwechslung einmal keinen Pickel, bin von der ersten Junisonne leicht gebräunt und aus irgendeinem mir nicht näher bekannten Grund fallen meine Haare ganz wunderbar. Ich bin sehr zufrieden gewesen mit mir selbst, als ich von zu Hause weggefahren bin, bereit, dem Mann meiner Träume den Kopf zu verdrehen. Ob ich gut aussehe oder nicht, das lehrt mich die Erfahrung, hängt vom puren Zufall ab und nie, wirklich nie, von mir. Was aber nicht bedeutet, dass ich dem Zufall kampflos das Feld überlasse. Denn ich habe tausend Mittelchen, ein ganzes Waffenarsenal, zur Fehlerbekämpfung in meinem Badezimmerschrank. Ich finde das unfair. Wenn Männer einen Pickel auf der Wange haben, lassen sie sich einfach einen Bart wachsen. Wenn sie sich beim Rasieren schneiden, picken sie ein Fetzerl Papiertaschentuch darüber, bis es aufhört zu bluten, man sieht nachher einfach nichts mehr. Wenn ich mir dagegen auf der Wange einen Pickel aufkratze, blutet oder nässt er minutenlang, dann bildet sich eine dicke Kruste, die, sobald ich Make-up daraufpappe, wieder aufreißt und aufs Neue zu bluten beginnt, woraufhin sich eine noch dickere Kruste bildet, auf der sich das Make-up noch schlechter auftragen lässt. Auf jeden Fall ist der Tag mit so einem Ding im Gesicht gelaufen und eigentlich die ganze Woche danach auch, bis der Pickel endlich von selbst beschließt, das Schlachtfeld, also mein Gesicht, zu räumen.

Einmal, als ich besonders verzweifelt versuchte, mein

Äußeres in den Griff zu bekommen, hatte ich die ultimative Idee. Seitdem warte ich auf eine Gelegenheit, sie Gott zu unterbreiten. Ich könnte doch das ganze Jahr über super aussehen. Dafür würde ich meinetwegen einmal im Jahr für eine ganze Woche komprimiert hässlich sein: mit allen Pickeln auf einmal, die sich das ganze Jahr über grell leuchtend an den unmöglichsten Stellen bilden und den Rest meines Gesichtes dahinter verschwinden lassen. Wo ist denn Luisa? Ah, da ist sie ja, ich hab sie gar nicht gesehen hinter ihrem Pickel. Ich könnte in dieser einen Woche dann auch alle *bad hair days* auf einmal haben, schlechte Laune für drei prämenstruelle Frauen, einen aufgeblähten Bauch und eine fahle, fettige, schlaffe Haut und Augenringe bis zum Kinn. Das wäre perfekt. Ich würde diese Woche effizient nutzen und auch gleich die jährliche Grippe hinter mich bringen und die Wohnung ausmisten. Danach könnte ich für die restlichen Wochen des Jahres gut aussehen und meinetwegen das Geld, das ich sonst in pharmazeutisch kosmetische Waffen stecke, für einen guten Zweck spenden.

Heute, und das kommt ungefähr einmal im Jahr und immer völlig überraschend vor, hätte ich auch ungeschminkt das Haus verlassen können und wäre trotzdem für meine Verhältnisse makellos schön gewesen. Und was bekomme ich dafür? Ein Huhn. Besser gesagt, ein halbes Huhn, denn die andere Hälfte habe ich immer noch nicht gesehen. Das Huhn Bruno hätte ich auch mit Pickel, an einem *bad hair day* samt schlechter Laune beeindrucken können, denn Bruno sitzt vor mir und bestaunt mich wie einen Lottoschein, auf dem die sechs Richtigen angekreuzt sind. Was für eine Verschwendung.

»Wein: Gift für den Körper, aber Balsam für die Seele«, stöhne ich das leer getrunkene Glas an.

Bruno fixiert mich bedrohlich aus dem Augenwinkel.

»Suchst du Gelegenheiten zum Trinken?«

»Nein, die Gelegenheiten suchen mich.«

Brunos linkes Auge verrät Skepsis.

»Zum Beispiel heute, oder?«

»Ja«, lächle ich.

Ich spüre, wie mir der saure Wein die Kehle hochkriecht, ich muss rülpsen. Ich kann nichts sagen, nur doof lächeln, während ich versuche, die Weinsäure wieder zurück in meinen Magen zu zwingen. Bruno betrachtet mich versonnen.

Ich bemühe mich um ein Lächeln und wundere mich gleichzeitig, warum es mir überhaupt ein Anliegen ist, hier noch einen guten Eindruck zu machen. Aber daran ist, wie gesagt, meine Mutter schuld.

»Man muss beim Weintrinken sorgfältig sein«, sagt Bruno und wirkt erleichtert, dass ich vielleicht doch keine Alkoholikerin bin, bevor er mir vorschlägt, beim Smaragd zu bleiben, einem erlesenen Riesling aus der Wachau, wie er meint. Meinetwegen. Ich würde gerade auch Tafelwein aus dem Tetrapak nehmen, Hauptsache nur, er wirkt.

Als der Kellner die schockgekühlte Flasche bringt, beendet Bruno eben einen Vortrag über Weinverkostungen.

»In zahlreichen Weinseminaren habe ich mir einen Gaumen gezüchtet.«

»Wirklich?«

»Ja.«

»Aha.«

»Man muss den Wein über die Zunge und den Gaumen zurückströmen lassen und die Geschmacksknospen von allen Seiten umspülen«, erklärt er mit spitzen Lippen und simuliert, wie er Luft einsaugt. »Die Form des Weinglases ist dabei auch entscheidend. Sie bestimmt, wo auf der Zunge der Wein zuerst auftrifft.«

»Ah jaaaa«, lege ich interessiert den Kopf zur Seite und schiele nach dem Kellner, der die Flasche umständlich entkorkt.

»Der Riesling beispielsweise schmeckt am besten aus einem eiförmigen Glas, das eine sofortige Aufnahme des Weines auf der Zungenmitte ermöglicht. Dadurch werden Säure, Salz und Bittergeschmack noch vor der Süße wahrgenommen. Gleichzeitig wird der Textur des Weines nachgespürt, während man ihn durchkaut.«

Das muss wohl der Fachausdruck für die unappetitliche Gurgelei sein.

»Tatsächlich ist es so, dass der Wein durch die Luftzufuhr im Mund praktisch noch mehr Wirkung entfaltet, daher die komischen Saugbewegungen bei der Verkostung«, amüsiert sich Bruno über sich selbst und betrachtet die Weinfarbe. »Damit die Aromen durch den Gaumen besser in die Nase aufsteigen können.«

Er schiebt seine Nase in das Glas.

»Die Nase trinkt mit«, näselt er in das Glas hinein, bis es innen anläuft. Schließlich beutelt er das Glas so, dass der Wein über den Rand schwappt, trinkt einen Schluck, zutzelt daran, gurgelt damit und verschluckt sich so sehr an dem »durchgekauten« Wein, dass er dem Kellner vor die Füße spuckt. Der springt entsetzt zur Seite. Zu spät. Bruno hat seine Schuhe getroffen. Während Bruno erstickt, blickt mich der Kellner an, als könnte ich etwas dafür. Bruno stemmt sich mit beiden Armen gegen den Tisch, um so besser zwischen seine Knie husten zu können. Hocker, Tisch und Weinflasche, die der Kellner abgestellt hat, um seine Schuhe trockenzulegen, schwanken gefährlich. Ich beobachte, wie zwei Männer wegen ein paar Tropfen Weines völlig aus dem Lot geraten; der eine, weil er an seinem Leben, der andere, weil er an seinen Schuhen hängt. Kurz bevor sie umkippt, rette ich heldenhaft die Flasche und halte sie hoch, die Augen sämtlicher Gäste sind auf uns gerichtet. Alles normal, oder? Sicherheitshalber schaue ich woandershin. Falls Bruno jetzt noch samt Hocker, Tisch und Kellner umkippt, werde ich es einfach nicht sehen. Superman kann ja auch nicht überall gleichzeitig sein.

Irgendwann ist der Kellner dazu übergegangen, Bruno auf den Rücken zu schlagen. Bruno macht einen letzten Röchler, er schwitzt.

»Alles gut?«, fragt der Kellner trotz seiner Berliner Schnauze erstaunlich besorgt.

»Ja.«

Bruno wehrt krächzend ab. Sein spitzer Adamsapfel bewegt sich unter hektischen Schluckbewegungen wie ein Aufzug in seinem Hals auf und ab. Irgendwie tut er mir leid. Ich nehme mir vor, nett zu Bruno zu sein, und schenke ihm ein Lächeln.

Mit der besorgten Miene eines Oberarztes überwacht der Kellner Brunos Atem, der sich langsam beruhigt. Doch statt dankbar zu sein, bedeutet Bruno ihm mit ungeduldig herablassender Geste nur, dass er mit dem Wein einverstanden sei. Die Gesichtszüge des Kellners erstarren für den Bruchteil einer Sekunde. Vorwurfsvoll nimmt er mir die Flasche aus der Hand, als hätte ich sie nicht gerettet, sondern gestohlen, und füllt die Gläser.

»Bei uns müssen Sie übrigens nicht mit dem Leben bezahlen, wir nehmen auch Euro«, muntert er Bruno kameradschaftlich auf und drückt die Flasche zwischen das Eis im Weinkühler. Mich dagegen würdigt er keines Blickes und verschwindet. So funktioniert Verbrüderung. Ein Typ baut Scheiße und der andere gibt der Frau die Schuld dafür.

Übergangslos widmet mir Bruno wieder sein linkes Profil und ätzt: »Ich weiß nicht, was schlimmer ist, wenn uns die Piefke anschließen, bei uns Urlaub machen oder uns bedienen.«

Bruno lacht. Und ich weiß jetzt, wo die Deutschen die Idee herhaben, dass wir Österreicher bescheuert sind. Aus Tirol. Und sie waren alle bei Bruno am Bankschalter. Mit unangenehmer Beharrlichkeit starrt er mich von oben herab an und wartet darauf, dass ich lache. Ich fühle mich schlecht. Hätte ich eben lebensrettende Sofortmaßnahmen einleiten müssen, ich hätte ihn vermutlich sterben lassen aus Angst, er könnte das als Annäherungsversuch interpretieren. Doch Bruno hat überlebt. Wortlos greift er nach meiner Hand. Ich weiche aus und klammere mich an mein Glas. Aber Bruno will nicht aufgeben, sein Bedürfnis nach Romantik stellt sich meinem Bedürfnis nach Alkohol entgegen, eine Pattsituation.

»Ich habe mich sehr darauf gefreut, dich zu treffen. Was sucht eine Frau wie du auf solchen Seiten?«

Er spricht von *solchen Seiten*, als habe er mein Inserat auf einer Sexseite für Seitensprünge auf Autobahnparkplätzen gefunden. Weil ich nicht loslasse, führt er meine Hand eben samt Glas zärtlich an seinen Mundwinkel.

»Tatsächlich ist es so, dass ich Durst und keine Lust zu kochen habe«, protestiere ich, »und so komme ich wenigstens einmal täglich zu einer warmen Mahlzeit.«

Ich schaffe es einfach nicht, nett zu sein.

Ohne aufzusehen, streichelt Bruno verzweifelt weiter meine Hand. Ich versuche erneut, sie wegzuziehen, er hält sie trotzdem fest. Der Wein schwappt gefährlich hin und her. Ich ergebe mich. Noch eine Bescherung, wie die vorhin, muss ja wirklich nicht sein. Dann werde ich mir eben nachher die Hände desinfizieren. Ob ich denn nicht auf der Suche sei, murmelt Bruno humorlos in meine Hand. Ich fühle mich entwaffnet. Was soll ich darauf antworten? Warum sonst säße ich hier? Auf der Fahrt in die Stadt habe ich Bruce Springsteen im Radio gehört. *Everybody's got a hungry heart*. Und ich war mir sicher gewesen, dass mein Hunger endlich gestillt würde. Aber jetzt ist mir der Appetit vergangen.

Ich nehme großen Anlauf und höre mich selbst die unglaublichsten Dinge sagen: »Ich suche den Mann meines Lebens. Die große Liebe. Ich weiß nicht, ob es irgendwo auf der Welt den einen Menschen gibt für mich, der mich auffängt, der mich liebt, der mir meine Angst nimmt, sodass ich mich eines Tages vielleicht endlich traue zu sagen: Ja, ich will.«

Jetzt ist Bruno verliebt. Ich dachte immer, von Heirat zu sprechen sei das probateste Mittel, um Männer zu vertreiben. Aber ausgerechnet Bruno scheint die Ausnahme zu sein. Überglücklich drückt er seine Lippen auf meine Hand und vergisst, was er sich wahrscheinlich für den Abend vorgenommen hat: mich nur mit seiner linken Seite bekannt zu machen.

Sein rechtes Auge, das er bisher sorgfältig hinter der Nase verborgen hat, steht in einem völlig widersinnigen Winkel von seinem Gesicht ab. Plötzlich hat Bruno zwei Augen und ich weiß beim besten Willen nicht, in welches ich schauen soll. Erschrocken lässt er meine Hand los und wendet mir wieder sein Ohr zu. Ich leere endlich mein Glas. Bruno nimmt die Speisekarte und beginnt, mir daraus vorzulesen. Zwei Männer passieren unseren Tisch, sie überlegen, ob sie sich draußen oder im Lokal einen Tisch suchen sollen, ich schenke mir Wein nach. Die beiden lächeln mich an und verschwinden im *Tropfenkönig*-Supermarkt. Bruno ist inzwischen bei den Salaten angekommen.

»Hast du ein Glasauge?«

So was fragt man nicht – ich höre schon wieder meine Mutter.

Bruno hört auf zu lesen. Stattdessen wackelt er wieder mit dem Bein. Bruno wackelt, der Tisch wackelt, ich wackle. Sein linkes Ohr schweigt mich an. Schließlich gibt er seine Deckung hinter der Speisekarte auf. Das braune Glasauge blickt mich leer an. Ich kämpfe gegen den Drang, es anzustieren, aber vielleicht sieht es das Glasauge ja nicht.

»Mein Bruder und ich haben Indianer gespielt.«

Unwillkürlich muss ich lachen. Es ist entsetzlich unangebracht, aber ich kann mich einfach nicht beherrschen. Brunos Augen starren mich und noch irgendeinen anderen Gegenstand schräg hinter mir entsetzt an. Ich stelle mir Bruno in seinem Indianergewand vor, mit Kriegsbemalung im Gesicht. Bruno ist etwa acht Jahre alt. Auf seinem Kinderkörper sitzt in meiner Fantasie aber der Kopf eines Vierunddreißigjährigen. Woher soll ich schließlich wissen, wie Bruno vor sechsundzwanzig Jahren ausgesehen hat? Statt seiner blonden Daunenhaare hat er bunte Vogelfedern auf dem Kopf. Hinter ihm die Tiroler Berge. Er setzt zum Indianergeheul an. Doch schon nach dem ersten Ton fällt er einfach um.

»Au!«

Aus seinem rechten Auge ragt ein spitzer Pfeil. Ich schlage meine Hände vor das Gesicht, um das Bild zu verjagen und ringe um Fassung.

»Entschuldigung, es tut mir leid, aber das ist furchtbar!«, grunze ich noch zwischen zwei Restlachern.

Bruno bleibt erstaunlich ruhig. Endlich scheine ich erreicht zu haben, was ich vorhin schon vergeblich versucht habe: Er findet mich unsympathisch. Als ich mich wieder beruhigt habe, fragt er mich trotzdem, ob ich denn etwas essen wolle.

»Ja, sehr gerne«, antworte ich höflich. Meine Mutter hat sich durchgesetzt.

Ich entscheide mich für den Antipastiteller und bekomme drei Scheibchen Salami, Tomaten zwischen Salatbergen und auf Zahnstocher gespießte Minimozzarellabällchen. Bruno säbelt an einem Toast herum und erklärt mir, wie überglücklich er sei, dass ich kein Problem mit seinem Glasauge habe. Was, bitte, hätte ich ihm denn sonst auf die Frage »Stört dich das?« antworten sollen? Ich nehme ein Mozzarellabällchen, doch bevor ich es in den Mund stecken kann, fällt es hinunter und kullert über den Tisch zu Bruno hinüber. Ich muss schon wieder lachen.

Sieht aus wie ein Auge! Ich versuche, unbemerkt das Bällchen unter Brunos Teller hervorzufingern, und lenke geschickt ab, indem ich seinen Freitag-bis-Sonntag-Bart ins Spiel bringe. An Brunos irritiertem Blick erkenne ich, dass er meine Hand wohl bemerkt haben muss, denn sein gesundes Auge entdeckt nun auch die verirrte Käsekugel. Er spießt sie mit seiner Gabel auf und hält sie mir vor den Mund. Ich habe das Bedürfnis, mich im Weinglas zu ertränken.

»Magst du den Mozzarella nicht?«, will Bruno wissen und zerbeißt gut gelaunt das Käseauge und langt schon nach dem nächsten. Aus irgendeinem Grund, der mir während Brunos Indianergeheul entgangen sein musste, hat sich zwischen diesem mir völlig fremden, mich als *Käferle* betitelnden Tiroler Bankbeamten und mir eine Vertrautheit eingestellt, die ihm Anlass dazu gegeben hat, einfach in meinen Teller zu grapschen.

»Warum greifst du in meinen Teller?«

»Ich bezahle ja auch dafür«, witzelt Bruno und bestellt flugs beim Kellner noch eine Flasche Wein.

Ich höre Bruno lachen. Schon wieder läuft er in seinem Indianerpyjama durch den Garten. Der Bruder hinterher. »Bruno«, ruft er, da schnurrt der Pfeil durch die Luft. Auf meinem Teller raschelt es. Die Salatblätter bewegen sich. Ich meine, Brunos Bruder dahinter entdecken zu können. Jetzt tanzt er.

Der Kellner tauscht die alte gegen eine neue Flasche Wein aus, diesmal gibt es keine Kostprobe. Wortlos füllt er unsere Gläser. Dabei ist für eine zweite Flasche in meinem Kopf wirklich kein Platz mehr. Ich habe exakt eine Stunde gebraucht, um die erste Flasche zu leeren. Das ist mein persönliches Rekordtempo. Ähnlich geht es auch in meinem Hirn zu, wo Bruno und sein Bruder mit etwa zwei Promille herumrasen. Ich versuche, meine Gedanken zu bremsen. Gleichzeitig möchte ich den Abend beschleunigen. Ich stürze also das nächste Glas hinunter. Dann wage ich einen Blick auf die Salatgarnitur. Nichts regt sich. Ich atme auf.

Inzwischen ist Bruno dazu übergegangen, mir ausführlich von seiner Pilgerreise auf dem Jakobsweg zu berichten. Nein, Bruno hat sich nicht in der kanadischen Wildnis aussetzen lassen, um dort zu überleben und mit Grizzlybären zu kämpfen, er ist auf den Jakobsweg gegangen, um, wie er sagt, zu *entschleunigen*. Sein Jakobsweg beginnt ungefähr hinter Hainburg und Bruno hat es tatsächlich nicht eilig. Nach einer halben Stunde ist Bruno zehn Kilometer weiter bei Carnuntum und ich beim dritten Glas aus der zweiten Flasche angekommen und während er sich mit Naturschilderungen aufhält und von seinen Tierfotografien erzählt, stelle ich Überlegungen an, ob er beim Fotografieren sein Glasauge zukneift oder offen lässt. Das Entsetzliche am Jakobsweg ist ja, dass man darauf jahrelang im Kreis durch Europa gehen kann, ohne jemals in Santiago de Compostela anzukommen. Zum wiederholten Mal schon hebt Bruno während des Berichts über seine *Totalreduktion auf Eigendynamik* das Glas und führt es dann doch nicht an die Lippen. Stattdessen stellt er es unverrichteter Dinge exakt auf den Abdruck zurück, den das Glas auf dem Tischtuch hinterlassen hat. Das macht mich wahnsinnig. Auf die Entschleunigung sei er übrigens durch die Weinseminare gekommen. Wie hat er das bloß gemacht? Meine Weinverkostung heute Abend ist eher das Gegenteil davon. Ich lasse Bruno reden und widme mich, um meinen Schwindel in den Griff zu bekommen, der restlichen Natur auf meinem Teller. Ich steche mit der Gabel in den Salathaufen und habe Angst, dabei Brunos Bruder aufzuspießen. Ein Mozzarella-Auge springt zwischen den saftigen Schnittlauchhalmen herum.

»Hoppla, dir kugelt schon wieder das Essen davon!« Und schon hat Bruno wieder die Finger auf meinem Teller. »In La Rochelle habe ich sogar Fortpflanzungspaare der Termiten fotografiert. Die werden auch von ihren Sklaven gefüttert«, säuselt er und schiebt mir zärtlich den widerspenstigen Mozzarella zwischen die Zähne »Am liebsten fotografiere ich Tierpaare. Tiere, die in lebenslangen Partnerschaften verbunden bleiben, so wie wir Menschen.«

Bruno sitzt auf seinem Hocker und lächelt mich selig an.

Dazu habe ich endlich etwas beizutragen. Ich spucke das Käsebällchen auf meinen Teller zurück, um besser reden zu können.

»In einem Zoo in Amerika«, lalle ich, »hat ein Pinguin, Harry heißt er, seinen schwulen Freund Pepper wegen einer Frau verlassen. Linda heißt sie. Sie ist auch ein Pinguin. Linda verschlingt Männer, also Pinguine verschlingt sie, und Harry und Pepper sind Männer, haben aber ein Pinguinkind. Und Pepper steht jetzt mit dem Pinguin alleine da. Er ist übrigens auch ein Pinguin und Pinguine sind übrigens schwul. Hab ich in der Zeitung gelesen.«

Mit einem Schlag ist mir sonnenklar, dass ich völlig betrunken bin. Ich muss unbedingt auf die Toilette und dort frische Luft schnappen.

Als ich mir schwankend den Weg zwischen den gut gefüllten Tischreihen von der Toilette zurück ins Freie bahne, erkenne ich auch die beiden Männer wieder, die mich zuvor angelächelt haben. Jetzt sind sie zu viert. Jeder von ihnen hat einen Zwilling dazubekommen. Ich kneife ein Auge zu, da sind die Zwillinge verschwunden.

»Schöne Frau«, fühlt sich der eine von meinem Zwinkern animiert und hält mich am Arm fest, »organisier uns noch eine Flasche und setz dich dazu.«

»Schau ich aus wie ein Personal?«

Jetzt lachen alle Zwillinge, die beiden Hässlicheren legen noch eins drauf:

»Was willst du denn mit dem schielenden Trachtenfuzzi da draußen? Ist das dein Freund? Der hat gerade den Kellner mit Wein begattet, wer weiß, was der bei dir heute sonst noch an Flüssigkeiten loswerden will.«

Die vier finden sich furchtbar lustig. Den beiden Hübscheren sind ihre ordinären Freunde wenigstens einen Anflug von peinlich. Ich aber habe genug Zeit, um wütend zu werden, während es mir die Sprache verschlägt. Ich bin wütend auf Bruno, auf sein Glasauge, auf Singlehearts, darauf, dass ich schon Kopfschmerzen bekomme, obwohl noch gar nicht morgen ist, und dass ich mich für jemanden beleidigen lassen muss, den ich selbst nicht kenne. Ehe ich die letzten Wortreste, die in meinem Gehirn herumschwimmen, zusammenfischen kann, greift meine Hand bereits an zwei Blondinen vorbei nach einem gut gefüllten Rotweinkelch, um die Angelegenheit nonverbal zu lösen. Ich kneife mein Auge zu, um besser zu treffen und schütte dem Hübscheren den Wein ins Gesicht. Gezielt habe ich eigentlich auf seinen ordinären Freund, getroffen habe ich vor allem den Tisch dahinter.

»Ihr habt Wein bestellt, oder?«

Jetzt sind es die Zwillinge, denen es die Sprache verschlägt. Der Hässliche grinst schief, vielleicht weil er jetzt endlich etwas besser aussieht als sein rotweingetränkter Freund.

Und weil das alles nicht genug war, mischen sich die Blondinen auch noch ein. Keine Kellnerin weit und breit, die mir auf den Rücken klopft, keine Frau, die sich mit mir *verbrüdert*. Es gibt ja nicht einmal ein Wort dafür. Verschwestert – das gibt es nicht, denn bei uns Frauen funktioniert das genau anders herum: Einer passiert ein Missgeschick und die anderen zeigen entrüstet mit dem Finger auf sie.

»Was für eine frustrierte Tussi!«, distanziert sich die eine.

»Das war ein teurer Brunello«, echauffiert sich die andere.

»Reg dich ab«, schnaube ich. »Die Rechnung geht auf die zwei Depperten.«

Da kommt auch schon Brunos Freund, der deutsche Kellner, angerannt, um den Tisch hinter den Zwillingen trockenzulegen. Zuvor aber entfernt er mich aus dem Lokal. Fast flehend bittet er mich, samt Bruno zu gehen und einfach nie wieder zu kommen.

»So sind sie, die Piefke«, erklärt mir Bruno achselzuckend auf dem Beifahrersitz meines Klapperpolos und lässt sich ganz selbstverständlich von mir nach Hause bringen.

»Das liegt genau auf deinem Weg!« Bruno denkt nämlich auch noch praktisch und von öffentlichen Verkehrsmitteln hat er anscheinend nie gehört.

Als wir endlich vor seinem Haus stehen, setzt mir Bruno unsere Seelenverwandtschaft auseinander und, dass er sich jetzt schon mehr mit mir vorstellen könne. Er habe einen wundervollen Abend mit mir erlebt, immerhin, es sei das erste Mal, dass er wegen einer Frau eines Lokals verwiesen wurde, lacht er stolz und ballt die Faust. Das ist mehr Rebellion an einem Mittwoch als alle Bartstoppeln vor der Rasur am Montagmorgen zusammengezählt. Bei unserer nächsten Verabredung müsse ich aber unbedingt ein bisschen mehr von mir erzählen.

»Ich hab ja den ganzen Abend den Alleinunterhalter gespielt!«

»Nein, das war auch wirklich interessant!«

»Dabei habe ich dir von den Bergen noch gar nichts erzählt.«

»Schade! Echt.«

Ich beuge mich über Bruno und öffne ihm die Wagentür. Keine gute Idee, denn er missversteht das und nimmt mein Gesicht zwischen seine Hände, um mich zu küssen. Ich weiche aus, meine Nase landet in seinem Glasauge. Nun ist mir endgültig zum Heulen zumute. Und ich fühle mich miserabel, weil ich so sehr über die Vorstellung lachen musste, wie Bruno sein Auge verloren hat. Über Behinderte macht man sich nicht lustig, das habe ich doch schon im Kindergarten gelernt, als ich mich mit Betty angefreundet habe, die immer so komisch gegangen ist. Aber Betty war lustig. Mit Betty habe ich den Buben die Hosen runtergezogen, ihnen ein Bein gestellt und sie in der Bauecke mit Holzklötzen beworfen. Wenn Betty gelacht und sich auf dem Boden gewälzt hat, habe ich auch immer lachen müssen, so ansteckend war das. Wenn jemand etwas Blödes über Bettys schiefe Beine gesagt hat, hat es mir das Herz gebrochen, nicht Betty, denn an ihr sind Beleidigungen abgeperlt wie Wasser an einer frisch polierten Motorhaube. Und plötzlich verstehe ich, dass es nicht das Glasauge ist, das mich abstößt, sondern Brunos

Wesen. Er hat kein Gespür für Nähe oder Distanz. Das hat er sich vermutlich zur Waffe gemacht. Weil er Zurückweisungen nicht mehr aushalten konnte, hat er wohl eines Tages beschlossen, sie einfach nicht mehr zu bemerken. Ich winde mich aus seiner Umarmung und schreie, dass er sofort aus meinem Auto steigen soll. Erschrocken starrt er mich an. Mit so viel Abneigung hat er nicht gerechnet. Ich auch nicht. Mit einem Satz springt er auf den Gehsteig und knallt die Türe zu. Ich verriegle das Auto. Wütend starrt er durch die Scheibe, und ich schere hastig aus, um diesen Abend endlich hinter mir zu lassen. Dabei touchiere ich beinahe ein Taxi, das mich hupend überholt, das Auto schlingert, ich verreiße das Lenkrad, mein Herz rast. Im Rückspiegel sehe ich Bruno hämisch lachen und sich mit dem Finger an die Stirn tippen.

Sicherheitshalber schleiche ich mit einer Geschwindigkeit von etwa fünfzehn km/h nach Hause und frage mich, ob so etwas, abgesehen davon, dass ich stockbesoffen bin, vielleicht auch strafbar ist. Führerscheinentzug wegen Unterschreitens der Mindestgeschwindigkeit. Morgen werde ich beim Verkehrsamt anrufen und nachfragen. Irgendwie interessiert mich das jetzt. Ich bemühe mich, die Spur zu halten. Während ich noch rätsele, welcher der drei Mittelstreifen der richtige ist und bete, dass ich in keine Verkehrskontrolle gerate, habe ich es plötzlich geschafft und biege in die Einfahrt meines Hauses. Als ich mit dem Hinterrad am Gehsteig hängen bleibe, weil ich die Kurve zu eng genommen habe, steige ich einfach aufs Gas. Der Polo heult auf, überwindet die Gehsteigkante und kracht ungebremst in das Einfahrtstor.

Fürchterliches Klingeln schreckt mich auf. Vor meiner Tür steht Matto, draußen im Flur ist es viel zu hell. Ich kneife die Augen zu, mein Gesicht fühlt sich zerknautscht an, die Zunge geschwollen. Vermutlich klebt sie an meinem Gaumen fest. Matto hält mir seinen Autoschlüssel entgegen.

»Ich würde gerne wegfahren.«

Komisch, das erzählt er mir doch sonst auch nicht.

»Dein Auto blockiert die Einfahrt.«

Da, wo ich ihn gestern Nacht mit Schwung hineingesetzt habe, steht noch immer mein Polo, verkeilt in das verbeulte Tor, mit verbogener Motorhaube und zersplitterten Scheinwerfern. Ein Haufen Elend aus Blech. Ich habe das Auto einfach stehen lassen, nicht einmal zugesperrt habe ich.

»Das wird teuer«, stellt Matto trocken fest.

Ziemlich teuer, ja. Das Auto springt natürlich nicht mehr an. Dafür funktioniert die Musik umso besser. Aus dem letzten Auto der Welt mit Kassettendeck tönt *Today is the Greatest Day I've Ever Known*. Definitiv nicht mein Lied. Gestern schon nicht und heute wieder nicht. Ich fühle mich wie in meiner Pubertät, als ich die Smashing Pumpkins in voller Lautstärke durch das Haus habe dröhnen lassen: von der Ungerechtigkeit der Welt erdrückt. Die einzigen Musikkassetten, die ich besitze, sind jene von damals. Deshalb kann ich auch heute im Auto ausschließlich die Musik hören, unter der ich die Ohren meiner Familie besonders effizient leiden lassen konnte – selbst mit meinem Minikassettenrekorder. Mit Mozart hätten sich meine Eltern vielleicht eher für eine Stereoanlage mit ordentlicher Klangqualität erweichen lassen, aber die Fähigkeit zu derart vernunftgeleiteten Rückschlüssen habe ich mir erst in späteren Jahren erarbeitet. Damals schien mir Erpressung das Mittel der Wahl. Je lauter ich sie mit Rock, Hip-Hop oder Heavy Metal quälte, desto bereitwilliger würden sie sich mit einem CD-Player freikaufen. Ich bekam Kopfhörer geschenkt. Wenn ich im Auto Musik höre, oute ich mich also musikalisch als Dinosaurier, denn an der Ampel kann ja keiner wissen, dass ich das nur höre, weil ich noch immer keinen CD-Player habe. Ich könnte mir einen CD-Player einbauen lassen und Katie Melua hören wie alle Single-Frauen über dreißig, diese Idee kommt mir jetzt gerade zum ersten Mal, nämlich in dem Moment, als Matto zu mir sagt: »Bei der Musik ist es um das Auto auch nicht mehr schade.«

Er blickt ungläubig ins Innere meines Wagens, als hätte er so etwas noch nie gesehen. Wie jedes Mal, wenn er zu mir ins Auto steigt.

»Ist das ein Kassettenspieler?«

»Musst du nicht wegfahren?«

Matto ist seit vielen Jahren mein Freund und seit Kurzem auch noch mein Nachbar, seither mag er mich doppelt so gern, da ich wegen seiner lauten Partys meistens nachsichtig bin. Keuchend schieben wir das Auto in den Hof auf meinen Parkplatz, er verspricht mir, sich um das verbeulte Tor zu kümmern, die Auto-Misere verschiebe ich auf nach Paris oder irgendwann. Ich muss Koffer packen.

Die Dame von der Taxihotline erklärt mir, dass das Taxi zum Flughafen fünfunddreißig Euro kostet. Das finde ich unverschämt und beschließe, zu Fuß zu gehen. Ich muss sofort anfangen zu sparen – für ein neues Garagentor.

Gratulation, Luisa. Eigentlich könnte ich gleich hierbleiben. Was soll ich ohne Geld in Paris?

Trotzdem zerre ich meinen Koffer die Josefstädterstraße hinunter in die Richtung, in der ich den Flughafen vermute. Nach zweihundert Metern habe ich genug. In eineinhalb Stunden geht mein Flieger, nüchtern bin ich immer noch nicht. Mein Kopf schmerzt, ich schwitze, der Koffer wiegt etwa fünfundzwanzig Kilo. Da ich mir nichts kaufen kann, muss ich ja alles mitnehmen. Hoffnungslos blicke ich mich nach der Straßenbahn um, die an mir vorbeirauscht und die ich nicht erwischen werde. Mir fällt mein Taxifahrer vom vergangenen Wochenende ein. Aus dem hintersten Fach meiner Geldbörse ziehe ich das Papierfetzchen heraus, kein Name, kein Unternehmen, nichts, nur eine Handynummer.

»Ritter?«

»Hallo? Ist dort das Taxi?«

»Welches Taxi?«

Warum stellt sich der jetzt so blöd? Ich versuche, freundlich zu bleiben, obwohl mir der Stress durch alle Poren schießt.

»Sind Sie am vergangenen Samstag mein Taxi gewesen, oder nicht?«

»Luisa?«

Er erinnert sich an meinen Namen!

»Ja! Wie viel kosten Sie bis zum Flughafen? In zwanzig Minuten muss ich dort sein. Und ich stehe auf der Josefstädterstraße! Mit Koffer.«

»Du hast Glück. Ich bin gerade in der Gegend.«

Duzen wir uns? Daran kann ich mich überhaupt nicht erinnern.

Zehn Minuten später hält eine schwarze Mercedes-Limousine vor dem Supermarkt, auf dessen Eingangstreppe ich mich mit meinen Habseligkeiten abgelagert habe. Im Unterschied zu mir ist mein Taxifahrer bester Laune. Schwungvoll verstaut er meinen Koffer, als hätte er Gewicht und Größe eines Laibes Brot. Er hält mir die Tür auf und lässt mich einsteigen.

»Schaffen wir es in fünfzehn Minuten zum Flughafen?«

Mein Taxifahrer grinst mich über den Rückspiegel an, als er den Motor startet: »Zwanzig Minuten.«

»Ich habe die miserabelsten vierundzwanzig Stunden meines Lebens hinter mir. Du bist der erste Lichtblick, das kann ich dir versichern.«

Ich atme durch, während ich in dem weichen, hell gepolsterten Rücksitz versinke, der Lärm der Stadt, die Hitze, der Gestank bleiben draußen, nur die trockene Kühle der Klimaanlage und ein Hauch herbes Männerparfüm.

Mittags scheint er nicht so gesprächig zu sein wie samstagsnachts. Er begnügt sich damit, ab und zu im Rückspiegel zu kontrollieren, ob ich noch da bin, dann lächelt er zufrieden. Ich sehe die Stadt an mir vorbeiziehen und lasse meinen Frust am Stuck der sonnenbeschienenen Hausfassaden hängen. Trotzdem kommen die Bilder des gestrigen Abends zurück. Die hässlichen Zwillinge, die Rotweinüberschwemmung, der deutsche Kellner, der mich wie eine Verbrecherin abführt, das Huhn Bruno, das mir zum Abschied noch den Vogel zeigt. Und sofort ärgere ich mich wieder über Singlehearts. Was für eine Geldverschwendung dafür, dass mein Garagentor zerbeult und mein Auto kaputt ist. Und für die Vermutung, dass sich unter den *1685 Männern* nur weitere *1684* unbrauchbare befinden werden. Vor lauter Sinnlosigkeit muss ich lachen. Auf seinen fragenden Blick erzähle ich dem Taxifahrer, dass ich am Vorabend aus dem *Tropfenkönig* geflogen sei, weil ich dort Männer mit Rotwein angeschüttet hätte.

»So etwas ist mir noch nie passiert!«

Zwar bin ich auch heute noch davon überzeugt, dass sie es verdient haben, habe jedoch das Bedürfnis entwickelt, eine zweite Meinung einzuholen. Mein Taxifahrer verzieht das Gesicht zu einem breiten Grinsen.

»Ah, du warst das?«

»Bitte?«

»Du warst nicht zufällig im *Tropfenkönig* in der Jasomirgottstraße?«

Die Sache zu leugnen ist zwecklos, ganz Wien weiß anscheinend bereits Bescheid.

»Der, den du angeschüttet hast, ist Büroleiter des Finanzstaatssekretärs und mein Schulfreund.«

In all das mischt sich plötzlich eine unbändige Vorfreude auf meine Schwestern in Paris. Es ist gut, dass ich die Stadt verlasse, ein guter Zeitpunkt, um unterzutauchen.

Ich habe den Schulfreund meines Taxifahrers mit Rotwein übergossen. So ungerecht ist das Schicksal. Der eine wird Finanzstaatssekretärsbüroleiter, während sein Banknachbar es nur zum Taxifahrer bringt. Ich fühle mich besser, denn jetzt ist meine Tat im Nachhinein gleich doppelt gerechtfertigt. Über Nacht ist mein Ausraster quasi zum politischen Protest geworden. Immerhin habe ich zumindest für ein bisschen ausgleichende Gerechtigkeit gesorgt, wenn schon, wie immer, der Unsympathische derjenige ist, der die Karriereleiter emporklettert. Mein Taxifahrer entgegnet, er sei ganz zufrieden mit seinem Leben. Er sei zwar den Launen seiner Fahrgäste ausgesetzt, aber niemals den Launen der Politik, und die seien wesentlich schwerer zu ertragen.

»Vielleicht könntest du es für dich behalten, dass du weißt, wer das Rotweinattentat verübt hat? Ich wäre froh, wenn mir die Rache des Herrn Büroleiters erspart bliebe«, werde ich kleinmütig.

Ich bin mir nicht sicher, ob ich wirklich alle, alle Steuern bezahlt habe in den vergangenen Jahren.

»Andererseits«, trete ich die Flucht nach vorne an, »kannst du ihm gleich ausrichten: Bei mir ist nichts zu holen, kein Schmerzensgeld, kein Bußgeld, keine Entschädigung und keine Steuernachzahlungen. Ich bin pleite.«

Fast schon willfährig plaudere ich auch den Rest meiner gestrigen Niederlage aus. Taxifahren ist vergleichbar mit beim Psychotherapeuten oder im Beichtstuhl Sitzen, es verleitet dazu, sich auszusprechen. Nur ist Taxifahren zudem wesentlich effektiver als Beichten und günstiger, als therapiert zu werden. Außerdem bekommt man im Taxi gratis sofort eine Meinung zu hören und kann daran gut ablesen, wie groß der Mist ist, den man gebaut hat, es sei denn, der Mist ist so groß, dass es selbst dem Taxifahrer die Sprache verschlägt. Mein Taxifahrer schweigt.

Der Wagen gleitet über den heißen Asphalt, die Gründerzeithäuser werden nur langsam von den architektonisch bedeutungslosen, zweckmäßigen Industriebauten abgelöst; vorbei an der Waschmittelfabrik, wo sich die Straße verzweigt, die alten Speicher auf der anderen Seite des Kanals ziehen vorbei, vorbei ziehen die zu Wohnbauten verschandelten Gasometer, auf denen goldene Sonnenflecken tanzen, die Straße wird zur Autobahn, hundertdreißig, hundertsechzig, er hält sein Versprechen, mich in zwanzig Minuten am Flughafen abzusetzen. Auf dem Rücksitz des schweren Mercedes spüre ich die Geschwindigkeit nicht. Johnny Cash dringt viel leiser, als er es verdient hätte, aus den Boxen. Ich unterdrücke den Impuls, den Fahrer zu bitten, lauter zu drehen, aus Angst, wieder in ein Gespräch verwickelt zu werden, für heute habe ich mehr als genug geredet.

Mit seinen gebräunten Fingern klopft er den Takt auf dem Lenkrad mit, er hat schöne Hände, die Finger sind länger als die Handflächen, der Handrücken zart behaart. Als hätte er meine Gedanken erraten, dreht er die Musik lauter, im Rückspiegel treffen sich unsere Blicke. Ich wippe mit dem Oberkörper zum Refrain ... *I'm drifting through the cities* ... vorbei an der Ölraffinerie, den Bäumen und Hügeln des Wiener Umlands. Links erstrecken sich die Donauauen, da wo Bruno nach Santiago de Compostela losgewandert und nie angekommen ist. Mein Blick bleibt am Ohr des Fahrers hängen. Es ist hübscher als das Ohr von Bruno.

Er ist möglicherweise ganz attraktiv, obwohl er einen Vollbart trägt – aber vielleicht, und das ist das Gefährliche an Vollbärten, scheint er nur attraktiv, *weil* er einen Vollbart trägt, darunter jedoch ein Kinn wie Karl der Große oder Aknenarben, ein behaartes Muttermal, Warzen, ein Doppelkinn oder alles zusammen verbirgt. Mein Taxifahrer trägt keinen Salafistenbart, auch keinen Strickpulloverveganerbart, eher einen Umweltaktivistaufexpeditionbart, der wie zufällig stehen gelassen wirkt, aber genauer besehen, sorgfältig zum Umweltaktivistaufexpeditionbart zurecht getrimmt ist. Ich habe Vollbärte aller Arten immer schrecklich gefunden, seit sich aber immer mehr auch auf ihre Attraktivität bereits überprüfte Männer einen wachsen lassen, warte ich vergeblich darauf, vielleicht doch einmal beim Anblick eines Vollbarts weiche Knie zu bekommen. Geküsst habe ich einen Vollbartträger deshalb nie. Es muss sich anfühlen, als vergrübe man sein Gesicht in einer Scheuerbürste.

Jetzt summt er mit tiefer Stimme die Melodie, die Johnny Cash vorgibt, wenn er *The Wanderer* besingt, einen auf der Suche nach sich selbst. Ich mag dieses Lied, weil mich der Rhythmus mitreißt, es ist weniger die Melodie als der Groove eines Liedes, der mich in seinen Bann zieht. Johnny Cash, der ewig Suchende, immer auf Reisen, ständig auf der Straße, irgendwo im Nirgendwo, ist das der Grund, weshalb er dieses Lied mag? Er konzentriert sich auf die Straße, schlägt weiterhin den Takt auf seinem Lenkrad, an seinem Handgelenk reflektiert das blaue Ziffernblatt einer schweren Uhr zu den regelmäßigen Schlägen das Licht. Die Landschaft fliegt vorbei, ich genieße die Sonne, das gleichmäßige Vibrieren des gedrosselten Motors. Schon hat der Wagen die Ausfahrt zum Flughafen genommen. Das massive Metallarmband passt zu seinen festen Handgelenken, die auf sehnige Unterarme schließen lassen. Leider kann ich sie nicht sehen, denn er trägt einen Anzug. In dem großen Mercedes wirkt er weniger füllig, als ich ihn in Erinnerung hatte. Ich schiele um seine Schultern herum und da sehe ich es: Der Bauch liegt auf den Oberschenkeln auf. Er bemerkt meinen Blick, schnell lehne ich mich zurück.

»Welche Fluglinie?«

»Air Berlin.«

»Terminal eins?«

»Ja, zu den Billigfliegern.«

Ich nicke eifrig, als könnte ich so das unangenehme Gefühl abschütteln, ertappt worden zu sein. Er fährt an den rechten Fahrbahnrand, Johnny Cash hat uns längst verlassen. Fünf Euro verlangt er für Transport und Gesprächstherapie, das Trinkgeld, das ich ihm geben will, schlägt er aus. Vor dem Terminal wünscht er mir eine gute Reise, er heiße übrigens Nicolas. Ein wenig beschämt verabschiede ich mich, ich habe ihn nicht einmal jetzt nach seinem Namen gefragt.

Als er davonfährt, blicke ich dem Auto nach, auf dessen Dach keine Taxileuchte befestigt ist. Doch das Nummernschild lässt keinen Zweifel aufkommen: MD 463 MW. MW steht für Mietwagen. Er ist und bleibt Taxifahrer und kein Märchenprinz. Schade, dass er nicht wenigstens der Büroleiter ist.

In Paris ist Leonies Vierzig-Quadratmeter-Appartment bereits mit vier Koffern und ebenso vielen Menschen verstopft. Loredana öffnet mir schwungvoll die Tür, nimmt sich jedoch kaum Zeit, mich zu begrüßen. Sie ist damit beschäftigt, den Vorraum zu verwüsten, indem sie in ihrem Koffer nach den Geschenken kramt, die sie uns mitgebracht hat. Ich versuche erst gar nicht, auch meinen Koffer in die Wohnung zu quetschen, lasse ihn draußen stehen, balanciere an Loredana und ihren Sachen vorbei, und sehe, dass sich sogar mein Vater in ein Flugzeug gequält haben muss, um seine Töchter zu sehen.

»Du brauchst nicht zu glauben, dass wir etwa bequem

in zwei Stunden hierhergeflogen sind«, klärt Mama den Irrtum auf, während sie mir die Wange zum Kuss hinhält – mehr geht nicht, weil sich Leonie schluchzend an ihren Hals klammert. »Nein, wir sind zwei Tage lang gefahren und vor fünf Minuten angekommen. Und zwei Tage lang habe ich nichts gehört außer: *Fahren Sie 30 Kilometer geradeaus. In zweihundert Metern links abbiegen. Bitte wenden Sie bei der nächsten Gelegenheit.*«

Meine Mutter verdreht die Augen.

»Wir finden nämlich den Knopf nicht, wo man den Ton abschaltet.«

»Den Ton kann man nicht abschalten«, klärt mein Vater sie pädagogisch auf und umarmt mich, als sei er erleichtert über mein Erscheinen. »So wie bei dir. Deinen Knopf suche ich seit fünfunddreißig Jahren.«

Damit meint er meine Mutter. Ich muss lachen. Leonie, die mich bisher keines Blickes gewürdigt hat, sieht mich nun doch an, jedoch nur um ihren Kopf erneut mit einem lauten Schluchzer in der Schulter meiner Mutter zu vergraben.

»Die Heulphase.«

Meine Mutter scheint das gut zu kennen. Fragend blicke ich sie an, bekomme aber keine Erklärung. Meinem Vater dürfte es ähnlich gehen, denn er schreitet mit der Pocketkamera vor dem Gesicht die Aussicht ab, die die riesige Glasfront des Appartements freigibt, als gäbe es nichts Normaleres als eine Zweiundzwanzigjährige, die wie ein Kleinkind heulend in den Armen ihrer Mutter liegt, und nichts Wichtigeres als diese Aussicht.

»Aaaah«, wirft sich Leonie schluchzend wieder an Mutters Hals. »Meine Kindheit ist zu Ende!«

Leonie hat einen Hang zur Theatralik, der sich durch die Schwangerschaft noch zu verstärken scheint. Mein Vater bleibt hilflos stehen und nestelt lächelnd an der Kamera herum. Schließlich sagt er mit fester Stimme: »Deine Kindheit ist doch schon länger vorbei!«

Was durchaus richtig ist, inhaltlich, ist in dieser Situation leider ganz das Falsche.

»Nein! Heute ist man bis dreißig in der Pubertät oder überhaupt solange man Pickel hat!«

Leonie heult auf. Es folgt ein maßregelnder Blick meiner Mutter.

»Ist doch wahr«, verteidigt sich Papa noch einmal schwach. Ich sehe ihm an, wie sehr ihn genau das schmerzt; nicht die Maßregelung, sondern das Ende seiner Ära als Familienvater. Den Sohn jagt ein Vater aus dem Haus, es erfüllt ihn mit Stolz, wenn dieser hingeht und es ihm gleichtut, sich etwas aufbaut, eine Familie gründet. Die Tochter hingegen wird vom Vater nicht verjagt, sie wird ihm geraubt.

Er bedeutet mir, mich zu meiner Schwester und Mama zu setzen.

»Ich will jetzt kein Foto machen«, protestiert Leonie. »Es ist unfair! Schau dir Luisa an, die ist dreißig und nicht schwanger. Die hat nicht einmal einen Mann, der sie schwängern könnte. Die kann machen, was sie will, aber mein Leben ist zu Ende!«

Ich spüre, wie mir heiß wird und ich die von Familie und Hormonen überquellende Miniwohnung am liebsten verlassen würde. Vielleicht wäre es trotz aller Unannehmlichkeiten, Fettnäpfchen, zerbeulter Motorhauben und Garagentore doch besser gewesen, in Wien zu bleiben. Jetzt flüchte ich mich auch in den Blick aus dem Fenster. Das Panorama der Stadt der Liebe mit den in der Spätnachmittagssonne trüb glänzenden Dächern, aus denen der Eiffelturm wie ein mahnender Zeigefinger emporragt, macht mich sauer. Andere Menschen macht eine solche Aussicht glücklich, aber das sind Menschen, die nicht allein nach Paris fahren, sondern zu zweit. Kein Wunder, dass sich Philipp hier dazu inspiriert gefühlt hat, vor Gefühlen überzugehen.

»Ihr seid alle nur meinetwegen so weit gereist!«, jetzt wirft sich Leonie gerührt an meinen Hals.

»Also gut«, fällt ihr ein. »Mach ein Foto! Von mir und *Tante* Luisa! Eines kann ich dir sagen, Luisa, sei froh, dass du keinen Mann hast!«

»Stellt euch ans Fenster!«, verlangt mein Vater, wegen der Aussicht. »Leonie in die Mitte. Loredana! Foto!«

Mama, Leonie und ich nehmen Aufstellung. Ich versuche, mich zu beherrschen, lächle Paris und seinen Zeigefinger mitsamt meiner schwangeren Schwester weg. Loredana hat endlich alle Geschenke gefunden und kommt voll bepackt dazu, drückt mir einen Kuss auf die Wange zur Begrüßung. Papa sucht die richtige Einstellung. Komischerweise sucht er sie auf dem Boden, denn die Linse der Kamera zeigt Richtung Teppichmuster. Leonie legt den Arm um mich.

»Tut mir leid«, seufzt sie mit einem letzten Schluchzer. »Ich bin so froh, dass ihr da seid!«

»Bitte, was machst du?«, will Mama nach fünf Minuten Dauerlächelns wissen.

»Ich suche den Selbstauslöser.«

Ich bin meinem Vater bei der Suche behilflich und drücke den Knopf für den Selbstauslöser. Klar, dass er den nicht gefunden habe, zischt er wütend zwischen den Zähnen hervor, der Knopf sei einfach zu klein. Ich stelle die Kamera auf die Sofalehne und beginne, von zehn abwärts zu zählen. Ich, Papa, Leonie in der Mitte, Mama, Loredana plus Geschenke. Hinter uns Paris.

»Hast du den richtigen Bildausschnitt?«

»Sechs, der Bildausschnitt ist super. Fünf, vier …«

»Ist der Eiffelturm drauf?«

»Zwei. Ja. Eins.«

»Hinschauen«, kommandiert Papa.

Der Fotoapparat hört auf zu blinken, doch statt auszulösen, fährt das Objektiv ein und er schaltet sich ab.

»Stehen bleiben!« Papa untersucht den Fotoapparat. »Ich versteh das nicht.«

»Der hat fotografiert, deshalb hat er sich automatisch abgeschaltet«, sagt meine Mutter fachmännisch.

»Nein, hat er eben nicht. Er hat nur geblinkt, nicht geklickt.«

»Das ist ein automatischer Fotoapparat, die klicken nicht mehr. Die blinken.«

Meine Schwestern und ich haben es aufgegeben, unseren Eltern die Technik des dritten Jahrtausends näherzubringen. Besonders mein Vater ist eben mehr der analoge Typ. Schallplattensammlung, Magnetbänder, Super-8-Kamera. Das Navi, na ja, das war eine notwendige Anschaffung, da meine Mutter, laut meinem Vater, keine Landkarten lesen kann. Seither verfahren sie sich zwar ungefähr doppelt so häufig wie früher, das aber endlich ohne Streit, denn jetzt ist das Navi schuld, wenn mein Vater nach zweihundert Metern trotzdem nicht links abbiegt. Auch Handy, zum Beispiel, hat er noch immer keines.

»Wozu? Eure Mutter hat eh eines.«

Der analoge Typ eben, er zieht es vor, uns zu sehen, statt mit uns zu telefonieren. Nur die digitale Pocketkamera findet er super, denn da kann man die Fotos gleich anschauen und die schlechten trotzdem nicht löschen – denn wer weiß.

Irgendwann, ich war längst erwachsen, bin ich draufgekommen, dass ich gar nicht so hässlich bin, wie ich immer dachte, dann nämlich, als ich auch von anderen Leuten fotografiert wurde und nicht mehr nur von meinem Vater. Das Fotografieren ist seine Passion. Und er ist Perfektionist. Mit einem ausgeprägten Sinn für Gerechtigkeit und Familienfotos. Eine Sehenswürdigkeit zu fotografieren ohne Familie darauf bedeutet ihm gar nichts. Da könne er gleich eine Postkarte kaufen, winkt er uns vor die nächste Kirche oder Burgruine oder Aussicht. Bei unseren zahlreichen Familienausflügen ist er regelmäßig in einen Gewissenskonflikt geraten, wenn er den schönen Baum links im Bild zugunsten des Sonnenuntergangs rechts im Bild abschneiden musste, weshalb er so lang herumgezoomt oder die Position korrigiert hat, bis er endlich beides gleichwertig und uns in der Mitte, und zwar exakt in der Mitte, des Bildes hatte.

»Herschauen!«, kam dann. »Luisa, du schaust nicht her!«

»Doch, ich sehe dich!«

»Aber du schaust nicht mit dem Kopf her.«

Mit dem Kopf *herschauen* bedeutet, das Gesicht frontal in die Kamera zu halten, die unvorteilhafteste Pose von allen und die verlangte er jedes Mal. Wenn wir alle endlich *mit dem Kopf herschauten*, hatten wir erst die Hälfte des Weges bis zum Familienfoto zwischen Baum und Sonnenuntergang geschafft. Das Einstellen der Blende und Schärfe dauerte dann etwa noch einmal so lang. Heraus kam eigentlich immer dasselbe: irgendein Berg, eine Burg, ein Monument genau hinter uns, also halb verdeckt und exakt in der Mitte – wir. So gesehen, kann man schon fast von einer künstlerischen Handschrift sprechen. Dass wir immer mit verdrehten Augen, schiefem Gesicht oder hängenden Schultern seine fotografischen Kunstwerke verschandelt haben, weil wir vom stundenlangen Stillstehen völlig ermattet waren, hat ihn komischerweise nie gestört.

»Die Batterie ist leer.«

Mein Vater ist enttäuscht.

»Das heißt jetzt Akku«, berichtigt meine Mutter und treibt meinen Vater zum Aufbruch an. Loredana drapiert ihre liebevoll verpackten, von der weiten Reise in Mitleidenschaft gezogenen Geschenke auf der Couch.

»Aber ich wollte euch noch eure Geschenke geben.«

Mutter und Leonie winken ab, keine Zeit. Loredana sagt nichts. Sie setzt sich zwischen ihre Geschenke auf die Couch und blickt uns stumm an.

»Für wie viel Uhr hast du reserviert?«, will Mama wissen.

»Sieben.«

»Wie heißt das Restaurant?«

»*Chez Marie*. Und wir müssen pünktlich sein.«

Sieben Uhr bedeutet in unserer Familie etwa acht.

»Nehmt ihr eure Koffer nicht mit?«, rufe ich den Eltern hoffnungsvoll nach, um meinen Koffer endlich ins Appartement schieben zu können.

»Die gehören nicht uns, bis später!«, höre ich meine Mutter gedämpft aus dem Aufzug.

Die Koffer gehören alle Loredana.

Chez Marie ist ein winziges Restaurant mit feuerroter Fassade. An der Decke hängen Pflanzen, von denen Wasser herabtropft, an den Wänden rankt Efeu empor. Die Feuchtigkeit der Pflanzen und der Dunst, der aus der Küche dringt, verleihen *Chez Marie* eine Atmosphäre wie in einem Treibhaus. Trotzdem lieben die Pariser Marie Duval und ihre Küche und zwängen sich dicht gedrängt auf unbequeme Stühle an Tischen, die mit klebrigen Plastikdecken überzogen sind. Das Essen ist so köstlich, dass es ihnen egal ist, wenn sie bereits nach dem ersten Gang die Sitzknochen bis ins Mark spüren. Marie Duval kocht selbst, serviert selbst und scheucht ihr einziges Personal, eine junge, bleiche Studentin, fauchend durch das Lokal. Gäste, die unnötig lang bleiben und das Lokal, respektive den Geldfluss verstopfen, kann sie nicht leiden. Zum Reden sei zwischen den Gängen ausreichend Zeit, findet sie, weshalb sie nach dem Essen unaufgefordert die Rechnung auf den Tisch legt und dazu einlädt zu gehen, aber gerne bald wieder zu kommen. Es ist Leonies Lieblingsrestaurant und sie hat sofort, nachdem wir unseren Besuch angekündigt hatten, reserviert und den letzten Tisch bekommen und das auch nur, weil die Duval Leonie ins Herz geschlossen hat.

Um drei viertel acht erreichen unsere Eltern aus der einen Richtung kommend, Leonie, Loredana und ich aus der anderen, zeitgleich das Lokal – wie immer fast eine Stunde zu spät. Mama gibt Papa die Schuld, Papa Mama und ihrer Frisur, Leonie und Loredana mir.

»Ich musste dringend ein paar Mails lesen. Geschäftlich.«

Seit gestern war ich nicht mehr online gewesen und laut Milli sei besonders die erste Zeit auf Singlehearts die heiße Phase, weil das Profil mit dem Prädikat »NEU« versehen auf den ersten Seiten zu finden ist und dort für höchstens zwei Wochen bleibt, dann rutscht es in die zweitausendvierhundertdreiundachtzig hinteren Seiten, die durchzublättern sich niemand mehr die Mühe macht. Lande ich einmal hinter Seite dreißig, kann ich mir wie jenseits der dreißig im realen Leben auch keine Hoffnungen mehr machen, noch gefunden zu werden. Ich habe zehn neue Nachrichten, die mir hier in Paris überhaupt nichts nützen.

Am einzigen freien Tisch in der Mitte des Lokals sitzt Philipp bei einem einsamen Glas Bier und verteidigt tapfer Leonies Reservierung, argwöhnisch geduldet von Madame Duval und beäugt von den Gästen an der Bar, die auf einen frei werdenden Tisch lauern. Noch bevor wir überhaupt Platz nehmen können, werden uns die Speisen (inklusive der frischen Austern und der Moules marinières à la bretonne, die wir hätten haben können, wenn wir pünktlich gewesen wären) heruntergebetet, als gelte es, den durch unser Zuspätkommen verursachten Zeitverlust einzuholen. Ein gedrucktes Menü hält Madame Duval für Papierverschwendung. Überhaupt habe sie sowieso keine Lust, jeden Tag dasselbe zu kochen, erklärt sie zwischen den Coquilles Saint-Jacques à la provençale und den Côtelettes d'agneau grillées. Papa reagiert mürrisch auf Madame Duvals Redefluss, er spricht kein Wort Französisch, aber die Moules, just die hätte er schon haben wollen. Schließlich entscheidet sich Philipp für das, was Leonie isst, Papa mit der gottergebenen Miene eines Märtyrers für das, was Mama bestellt, ich nehme das Lamm und Loredana will einfach nur Käse, was Madame Duval wütend macht. Schließlich sei Käse ein Dessert und kein Hauptgang. Also verpasst sie Loredana den Fasan. Alles andere, also die Gänge davor und danach, kann man sich *Chez Marie* sowieso nicht aussuchen, weshalb sie Madame Duval erst gar nicht aufzählt. Gegessen wird, was auf den Tisch kommt und das bestimme ganz alleine sie. Wem es nicht passe, der könne gerne gehen, so auch Loredana mit ihrer Käseplatte, mault Madame Duval und schlägt ihr vor, künftig in der Schweiz zu essen. Sie freue sich trotzdem ganz besonders, dass Leonie für diesen feierlichen Anlass ihr Lokal gewählt habe, umarmt sie *mon cœur*, ihr *Örtzibinki*, wahrscheinlich meint sie *Herzibinki,* also Liebling, busselt Leonie ab und zwinkert ihr verschwörerisch zu.

Dann blickt sie stumm um den ganzen Tisch herum – und seufzt. Ob das wirklich ihre Familie sei, will sie von Leonie wissen, bevor sie in der Küche verschwindet, und wir uns endlich setzen dürfen.

»Wieso kann die uns nicht leiden?«, seufzt mein Vater betroffen.

Tatsächlich aber ist er es, der die Duval nicht leiden kann. Misstrauisch beäugt er Leonie und Philipp. Dass er im Unterschied zu dieser Madame nicht eingeweiht wurde und hier etwas gefeiert werden soll, so viel kapiert er auch ohne Französisch.

»Weil ihr mich nie in Paris besucht habt!«, sagt Leonie und lächelt.

Keine Spur mehr von Leonies verheulten Augen, das Weinerliche und Kindliche ist einem strahlenden Glanz gewichen. Das Gesicht, das vor zwei Stunden noch meiner kleinen Schwester, einem Kind, gehörte, hat einen Ausdruck bekommen, den ich an ihr noch nie gesehen habe: Sie strahlt Ruhe und innere Gelassenheit aus, als wäre sie an jenem Ort angekommen, den andere ein Leben lang vergeblich suchen. Es ist nicht das Glück, es ist ihre Überlegenheit, die sie über sich hinauswachsen lässt und ihr etwas Unerreichbares verleiht, das mich eifersüchtig macht.

»Aber das stimmt doch gar nicht!«

Mama blickt sich nach Madame Duval um. Als Rabenmutter zu gelten, das kann sie nicht auf sich sitzen lassen.

»Mich hat sie auch verheimlicht.«

Philipp legt den Arm um Leonie.

»Allerdings. Nicht nur *Chez Marie*.«

Ärgerlich wirft sich Papa einen Brocken Baguette in den Mund, kaut darauf herum, als wollte er dadurch die Produktion weiterer Sätze verhindern.

»Wenn ich euch nicht verheimlicht hätte, hätte Marie mich nicht so oft bekocht und bemuttert und dafür nichts verlangt.«

»Geh, du bist unmöglich«, sagt Mama, nicht ohne amüsiert zu sein.

»Die hat's nicht anders verdient! Käseplatte! Fahren Sie doch in die Schweiz essen!«

Loredana äfft die Duval nach, damit niemand merkt, dass sie Madame Duvals Beleidigung mehr trifft als unbedingt notwendig. Überhaupt wirkt Loredana etwas dünnhäutig heute.

Vor dem Hauptgang bestellt Philipp eine Flasche Champagner, die Madame Duval begeistert serviert. Mein Vater runzelt die Stirn.

»Was macht dich so sicher, dass es etwas zu feiern gibt?«

Philipp stutzt. Mama legt ihre Hand beschwichtigend auf die meines Vaters.

»Er meint das nicht so.«

»Doch, das tue ich. Wie stellt ihr euch das eigentlich vor? Wovon wollt ihr leben? Von Luft und Liebe?«

Leonie schiebt trotzig die Unterlippe vor, gleich werden die Tränen wieder fließen. Doch ich habe mich getäuscht.

»Wir werden in die Wohnung von Philipps Großtante ziehen«, blitzt sie meinen Vater an. »Während ich mich um das Baby kümmere, kann ich mich auch um die Großtante kümmern. So sparen wir die Miete.«

»Ah so.«

Das Gesicht meines Vaters verfinstert sich.

Die Duval will den Champagner entkorken, Philipp bestellt ihn ab.

»Nein, nein, wir haben doch etwas zu feiern, ich möchte wissen, was?«

Ich sehe meinem Vater an, wie er sich über die wenig emanzipatorischen Züge seiner jüngsten Tochter entsetzt.

»Leonie macht also die Hausfrau, gut, dass du Pharmazie studierst dafür, aber was genau, Philipp, ist dein Beitrag zu dieser ganzen Geschichte, außer dass du meine Tochter in andere Umstände gebracht hast und dass sie sich zusätzlich zu eurem Kind um deine Großtante kümmern darf?«

Als Philipp meine Schwester für die Jenny aus Purkersdorf hat sitzen lassen, hat Vater ziemlich deutlich seine geringfügige Begeisterung für Philipp zum Ausdruck gebracht, womit er sich bis dahin recht nobel zurückgehalten hatte. Hielt er doch diese Liebe für harmlose Schwärmerei, die sich nach Austritt aus der Schule und Aufbruch in die Welt von selbst erledigen würde. Dass einer seine Tochter für eine Jenny eintauschte, empfand er aber dann doch als persönliche Beleidigung und er war es, der in dieser Zeit für Philipp die Bezeichnung *Würschtel* prägte, um nicht noch deutlicher werden zu müssen. Der Rest der Familie schloss sich an. Ansonsten hielt er das Thema für erledigt und war sicher, dass Philipp es nicht wagen würde, sich wieder blicken zu lassen. Wie sehr hatte er sich getäuscht.

Er werde sein Studium abschließen, in spätestens einem Jahr, und nebenbei eine Arbeit suchen, locker, beteuert Philipp mit unsicherer Stimme, mit der Jenny, das sei vorbei, ein Riesenblödsinn und so. Die linke Braue meines Vaters hebt sich skeptisch, ein gefährlicher schwarzer Zacken.

»Davon gehe ich aus.«

Und er habe schon Bewerbungen verschickt und am Montag sein erstes Gespräch als Programmierer bei einer Bank. Und mit seiner Kombination aus Programmieren und Wirtschaft könne ihm und der Jenny und dem Baby doch gar nix passieren.

»Der *Jenny*????!!«

Wie sein Echo erklingt der Name seines amourösen Ausflugs in die Purkersdorfer Matratzen unisono aus Leonies, Loredanas und meinem Mund. Philipps Gesichtszüge entleeren sich augenblicklich. Ich habe das oft bei

Männern gesehen. Wenn sie sich ertappt fühlen, machen sie alle das Gleiche: ein möglichst blödsinniges Gesicht; dabei erschlafft alles, was erschlaffen kann, Mundwinkel, Augenlider, Wangen und zusätzlich hängt die Unterlippe noch lose aus dem Gesicht. *Unschuldslamm* ist wahrscheinlich das, was sie damit zum Ausdruck bringen wollen.

Dumm wie ein Schaf, denke ich dann, aber neugierig bin ich doch immer, wie es weitergeht.

Es folgt ein meist dümmlich gedehntes: »Waaas?«, das dem ohnehin schon sinnlosen Gesichtsausdruck Nachdruck verleihen soll. Tut es aber nicht, es macht uns nur wütend. So auch Leonie und, aus purer Solidarität, Loredana und mich. Das Unschuldslamm wird zur Schlachtbank geführt, sofort.

»Was heißt was?«

Meistens, weil Männer nicht so schnell sind, brauchen sie ein bisschen mehr Zeit, um sich hinter dem Schafsgesicht eine Taktik zurechtzulegen:

»Wie, was heißt *was?*«

Als gäbe es hier irgendetwas nicht zu verstehen.

Das ist der Moment, in dem wir Frauen wiederum Zeit brauchen, um zu explodieren: Leonie schnappt schon nach Luft. Währenddessen können die Männer in Ruhe Verstand (sofern vorhanden) und Gesichtszüge wieder einrenken, hoffen aber immer noch, dass wir mittlerweile vielleicht vergessen haben könnten, was wir ihnen vorwerfen wollten. Vergessen wir aber nie!

»Du hast gerade *Jenny* gesagt!!!!«

»Hab ich nicht.«

Philipp entscheidet sich für die klassische Ausflucht der Einfältigen: abstreiten. Was vielleicht beim Candle-Light-

Dinner zu zweit funktioniert hätte, ist bei fünf Ohrenzeugen aussichtslos. Hilfesuchend blickt Philipp in die Runde. Aber da ist keine Hilfe zu erwarten.

Etwas, worauf meine Familie grundsätzlich allergisch reagiert, ist Einfältigkeit. Wenn schon gelogen wird, dann bitte wenigstens originell, uns für dumm verkaufen zu wollen ist beinahe die schlimmere Beleidigung als das eigentliche Vergehen.

»Du hängst noch immer an ihr.«

»Tue ich gar nicht.«

»Warum sagst du dann Jenny zu mir?«

Während die Duval freudig unsere Speisen serviert, ohne die Beachtung zu finden, die ihr ihrer Meinung nach zustehen würde, versucht meine Mutter, beschwichtigend einzugreifen.

»Leonie, es kann doch jedem passieren, dass er sich verspricht.«

»Nein«, ist die hormongebeutelte Leonie außer sich, »ich habe Philipp noch NIE mit einem anderen verwechselt.«

»Weil du auch noch nie einen anderen Exfreund hattest!«

Wirft Philipp ihr das gerade ernsthaft vor, oder soll das eine Entschuldigung dafür sein, dass es einfach wahnsinnig stressig ist, zwei Frauen auseinanderzuhalten, deren Namen beide auf i enden?

»Also jetzt wird er unverschämt«, geht Loredana dazwischen. »Woher willst du das denn wissen?«

Nun wechselt Philipp die Farbe, von weiß um die Nase auf grün vor Eifersucht.

Ich zerschneide mein Lammkotelett, tauche es in den

Feigensenf, kombiniere die Rosmarinkartoffeln mit der undefinierbaren dunkelbraunen Sauce, balanciere die volle Gabel zu meinem Mund und bin augenblicklich hochzufrieden mit meinem Leben als Single. Kein Beziehungsstress, keine Lügen, keine Angst davor, verlassen oder betrogen zu werden, kein Streit. Lieber übrig bleiben, als in der Hölle enden. Lieber allein sein, als schmählich vertauscht und verwechselt zu werden, lieber selbst austauschen, als austauschbar sein. Lieber allein allein sein, als gemeinsam einsam.

Ich sehe meiner Schwester zu, wie sie immer noch tapfer versucht, mit dem Schmerz fertig zu werden, den Philipp ihr zugefügt hat, der Jennystachel sitzt tief. Ihr Gesicht ist angespannt, sie hat ihr Essen nicht angerührt, sie hält den Kopf hoch, um Haltung zu bewahren, so leicht und rührselig sie zuvor zu Hause in Tränen ausgebrochen ist, so wenig würde sie sich hier die Blöße geben.

In Gedanken gehe ich die zehn Nachrichten durch. Gerhard, Tom und Mirko werde ich sofort löschen: »Hi, nettes Profil, wie wär's mit einem Treffen? glg.« *lg* finde ich schon unerträglich, Menschen, die *glg* versenden, vielleicht sogar garniert mit einem Sternchen, finde ich beschämend. Es krampft sich alles zusammen, wenn ich mir vorstelle, wie dieser Mensch mir mit verklemmter Stimme *ganz liebe Grüße* sagt. Aber weil es ganz liebe Grüße sind, soll ich mich darüber vielleicht auch noch *gdf, ganz doll freuen*. Wenn er dann einen Scherz macht, hängt er ein *fg* (*fiesgrins* oder *frechgrins*) mit an, damit es auch der Dümmste kapiert, und falls es, weil er und ich die letzten Menschen auf diesem Planeten und verpflichtet sind, die Menschheit zu erhalten, dazu kommen sollte, dass wir miteinander schlafen müssen, würden wir wahrscheinlich *lf – lieb ficken*. Nein danke. Löschen.

Weitere drei Mails werde ich ebenfalls nicht beantworten: Das von Josef, er ist klein, dick und lebt in St. Pölten. Nach St. Pölten will ich nicht. Das von Michael, dem *Party- und Eventmannager/Regieseur* mit dem Orthografieproblem, werde ich nicht beantworten und das da auch nicht:

»Hi. dein profil hat mich sehr angesprochen, würde gerne eine prickelnde und längerfristige affäre mit dir haben, wo die chemie stimmt und vertrauen und gefühl da ist. aber ich bin leider ein fader, kleiner und total unsportlicher mann ohne charisma und unscheinbar wie ein mauerblümchen auf der festung salzburg. obendrein bin ich auch noch unattraktiv, dumm, humorlos, langweilig und schlecht gekleidet. habe ich dich neugierig gemacht, weil ich deinen anforderungen genau entspreche?«

So weit so lustig, Humor scheint er ja zu haben, aber dann habe ich leider weitergelesen, oder nein, er hat leider weitergeschrieben:

»dir wird natürlich auffallen, dass ich noch gebunden bin. möchte daher gleich ganz ehrlich sein: bin unglücklich verheiratet und habe die situation, dass ich mir nach hausbau und kind eine trennung nicht leisten kann. mir sind im leben dinge wie liebe, leidenschaft, sex und gelebte partnerschaft absolut wichtig und ich möchte endlich wieder schmetterlinge im bauch fühlen und jemanden haben, mit dem ich intensive stunden erleben kann. auch mit meinem klotz am bein. einen sonnigen tag, andreas.«

Ist es das, was uns alle erwartet? Und was ist besser? Ein Leben mit einem Klotz am Bein? Oder ein Leben als Klotz am Bein?

»Es wäre also besser, wenn ich so wäre wie Luisa?«

Was? Ich blicke von meinem Lammkotelett auf und in die Augen meiner gesamten Familie.

»Die nach Dutzenden Männern immer noch nicht weiß, was sie will?«

Philipp klappt den Mund auf, um etwas zu entgegnen, doch so weit kommt er gar nicht. Ich auch nicht, denn ich habe den Mund voll. Leonie blitzt Philipp wütend an.

»Aber frag Luisa mal, die kommt selbst bei zwölf Exfreunden mit den Namen nicht durcheinander.«

Kaum habe ich einen Moment nicht aufgepasst, geht es plötzlich nicht mehr um Leonie, Jenny oder Philipp, sondern um mich.

»Manche Leute finden eben nie die große Liebe.«

»Danke, Mama.«

»Ich habe doch nicht dich gemeint.«

»Aha, wen denn dann? Die Einbeinige dort an der Bar?«

Philipp entspannt sich vorsichtig, während ich mich einkrampfe und meine Mutter philosophiert.

»Man muss in die Liebe mehr investieren als Gefühle, vor allem Geduld, Zeit und Nachsicht. Wer glaubt denn ernsthaft daran, dass die große Liebe vom Himmel fällt und dann für immer bleibt, wie sie angefangen hat?«

»Alle. Deswegen versuchen es jetzt alle im Internet.«

Loredana schiebt sich ein Stück Fasan in den Mund.

»Im Internet?«

Mein analoger Vater blickt ungläubig in die Runde.

»Hast du im Internet auch schon gesucht, Luisa?«

»Nein, Papa, aber danke auch dir.«

Das Internet ist ihm selbst für seine Apotheke immer völlig egal gewesen, aber für das Online-Dating interessiert er sich plötzlich brennend. Obwohl Leonie weiß, wie sinnlos es ist, ihm das zu erklären, tut sie es trotzdem, und ich weiß, dass sie ihm das vor allem erklärt, um nicht weiter über ihre finanzielle Situation befragt zu werden, und auch Philipp beteiligt sich eifrig, froh, dass Leonie endlich von Jenny abgelenkt ist. Mit jedem Satz wird mein Vater skeptischer, nach einer Weile protestiert er:

»Aber wo bleibt denn da der Zauber, die Illusion, die Romantik? Wer sich schon keine Mühe gibt, etwas zu bekommen, macht sich erst recht keine Mühe mehr, etwas zu behalten.«

»Dann klickt man halt einfach den Nächsten an«, höhnt Loredana, die die romantische Verklärung meines Vaters teilt. »Die Frage ist nur, ob ein paarmal hin- und hermailen und sich dann zum Schnackseln verabreden schon als Lebensabschnittspartnerschaft bezeichnet werden soll oder nicht. Ich könnte das nie.«

»Was?«

»Mich so billig hergeben.«

Konservative Assel. Was hat denn das mit billig zu tun?!

»Du hast leicht reden, Loredana. Es passiert nicht jeder, dass sie quer über den Ozean erobert wird.«

»Da gehören aber auch zwei dazu: einer der erobert und eine, die sich erobern lasst.«

Loredana regt mich auf.

»Um dann so zu enden wie alle, die verheiratet sind? Mit einem Partner, der sich nebenbei übers Internet eine Jenny zulegt?«

Philipp zieht den Kopf ein. Loredana entgeht völlig, dass ich eigentlich auf sie sauer bin, wie hätte es ihr denn auffallen sollen, stattdessen hat es Leonie abgekriegt, in ihr flammt der Zorn wieder auf.

»Siehst du, du hast doch Jenny gesagt.«

»Hab ich nicht.«

»Doch, hast du.«

Loredana und ich lehnen uns beide mit verschränkten Armen zurück.

»Man sollte alle Männer, die ihre Frauen betrügen, auf eine abgelegene Insel sperren.«

»Aber was sollen die Armen denn dort den ganzen Tag machen?«

»Sie könnten es ja mal zur Abwechslung mit Würfeln und Dosenschießen probieren. Das befriedigt den Spieltrieb auch«, ätzt Leonie.

Loredana prustet in ihr Weinglas: »Das Problem dabei ist, dass die abgelegene Insel so groß sein müsste wie Europa und Asien zusammen.«

»Die wenigen, die treu sind, hätten dafür locker auf Sizilien Platz.«

Gegen diese Phalanx aus mehr oder weniger geschliffenen Spitzen ist man machtlos. Keiner weiß das so gut wie unser Vater, und das weckt seinen Gerechtigkeitssinn:

»Vielleicht sollte ich mir im Internet auch so eine Jenny bestellen?«

Weil Philipp der Einzige ist, der darüber lachen dürfte, sich aber naturgemäß nicht traut, geht der Scherz nach hinten los, besonders bei unserer Mutter.

»Geh bitte, jetzt lasst doch endlich diese Jenny Jenny sein.«

»Aber wieso denn? Die ist wahrscheinlich viel zärtlicher und freundlicher als ihr.«

Unmerklich zwinkert mein Vater Philipp zu.

»Geh bitte, Papa, misch dich da nicht ein.« Leonie hat nicht vor, einfach aufzugeben. »Hast du jetzt Jenny gesagt oder nicht?«

Philipp nimmt Anlauf:

»Hab ich nicht. Aber du kannst mich gerne *Manfred* nennen.«

Touché.

Mein Vater muss unwillkürlich lachen.

Zaghaft blickt Philipp ihn an, unsicher, wo an diesem Tisch jetzt gerade die Freund-Feind-Linie verläuft. Zu oft haben sich zwischen Vorspeise und Hauptgang die Fronten verschoben. Napoleon selbst hätte hier kapituliert.

Leonie nimmt den Notausgang, den Philipps *Manfred* ihr geboten hat, sie unterdrückt ein Lachen und verzieht die Lippen zu einem Schmollmund. Philipp umarmt sie, küsst sie erleichtert. Aber auch Leonie scheint ein Stein vom Herzen gefallen zu sein, weil Papa sich – aus welchen Gründen auch immer – auf Philipps Seite geschlagen hat, zum ersten Mal.

»Mama, Papa, wir wollen heiraten.«

Meine Mutter kriegt feuchte Augen, sie boxt meinen Vater in die Seite, schweren Herzens hebt er sein Glas. »Wir können euch sowieso nicht davon abhalten. Willkommen zurück in unserer Familie, Philipp.«

Als die Gläser klirren, stürmt die Duval aus der Küche, schenkt sich flugs ein Gläschen ein, um mit ihrem *Örtzibinki* Leonie auf das große Glück anzustoßen. Da hat Leonie die glänzende Idee, dass Madame Duval doch auf ihrer Hochzeit kochen könnte. Wir würden zwar bis zum Schluss nicht wissen, was wir essen, aber schmecken würde es auf jeden Fall.

»Ma chère, das wird aber teuer«, sagt die Duval.

»Krieg ich einen Sonderpreis?«

Leonie feilscht.

»Ist deine Familie auch dabei?«

»Ja, klar.«

»Dann nicht.«

»Wann wollt ihr denn heiraten?«, will Loredana wissen.

In zwei Monaten. Leonie lächelt beseelt, als sie das zarte Fleisch ihres Froschschenkels zerbeißt, sie nagt an dem kleinen Knöchelchen, nimmt sich die nächste Froschkeule. Plötzlich spritzen die Tränen, sie blickt in die Runde, gerührt, schockiert würgt sie den Froschschenkel hinunter. Da ist sie wieder, meine kleine Schwester. Leonie heult auf und schiebt ihren Teller beiseite.

»Das sieht aus wie Babyknochen!«

Als Loredana mir in Leonies Appartement ihr Geschenk überreicht, läuft im Fernsehen der Abspann von *Sweet Home Alabama*. Leonie tut, als würde sie intensiv die Namen lesen, und starrt den Bildschirm an, aber ich weiß genau, dass sie schon wieder geheult hat (wie viele Liter Tränen kann ein Mensch pro Tag vergießen?) und wartet, bis ihre Augen halbwegs trocken sind. Ich frage mich, was es da zu heulen gibt? Eine Frau, die sich zwischen zwei Männern entscheiden muss. Der eine gut aussehend und fleißig, der andere Millionär. Da kommen einem doch höchstens vor Wut die Tränen, dass ein Regisseur samt Crew ungestraft solche Märchen erzählen darf. Nachdem ich das zerknitterte Geschenkpapier heruntergerissen habe, halte ich eine Schachtel von Loredanas Hotel in der Hand: Kamm und Duschhaube. Loredana grinst.

»Mach es auf.«

In die Schachtel hat Loredana eine antike Reverso gesteckt. Die habe ich mir schon immer gewünscht.

»Woher hast du die?«

Nun kämpfe ich mit der Rührung.

»Vom Flohmarkt. Erinnerst du dich?«

Loredana presst die Lippen aufeinander.

»Wo du Carlos kennengelernt hast?«

»Ja …!«

Plötzlich steht das Wasser in Loredanas Augen. Sie dreht sich weg und sortiert die ohnehin fein säuberlich aufgestellten Päckchen, als könnte sie ausgerechnet Leonies Geschenk nicht finden. Sie räuspert sich, um den Schluchzer, der ihr entschlüpft ist, zu übertönen.

»Loredana?«

Abrupt dreht sie sich um, streckt Leonie ihr Geschenk hin.

»Das ist für dich. Hoffentlich denkst du dabei jedes Mal an mich, so wie Luisa, wenn sie auf die Uhr schaut.«

Wie sehr mir Loredana fehlt, ist mir auch ohne Uhr als Gedächtnisstütze klar, aber dass wir Loredana, die immer schon mehr unter Fernweh gelitten hat, als sie jemals Heimweh haben könnte, fehlen würden? Bis vor einer Minute war ich mir sicher gewesen, dass Loredana seit ihrem Umzug nach Buenos Aires keine Sekunde unglücklich gewesen ist.

»Aber du wolltest doch unbedingt weg!«, insistiere ich.

»Das Fortgehen war einfach, aber das Fortbleiben, das ist schwer«, sagt Loredana.

»Ja, wenn es nicht mehr gut ist für dich, dann musst du es lassen«, sage ich.

Der Abspann ist zu Ende und Leonies Augen sind mittlerweile trocken. Wenn sie sich ausgeheult hat, kehrt sie zurück in die Realität, als würde sie eine Wohnungstür hinter sich zufallen lassen.

»Ja, klar, Luisa, so wie du. Du läufst immer davon, sobald es schwierig wird«, sagt sie, während sie Loredanas Geschenk auspackt. »In den ersten Wochen bist du total happy und dann, von einem Tag auf den anderen, schmeißt du alles hin.«

Ich finde das logisch: »Weil ich eben nicht mehr glücklich bin. Besser ein Ende mit Schrecken als ein Schrecken ohne Ende.«

Leonie verdreht die Augen.

»Glück ist kein Dauerzustand.«

Mit Leonie kann ich leidenschaftlich unterschiedlicher Meinung sein, wenn es um das Thema Liebe geht. Sie ist ein unverbesserlicher Hollywoodfan, je kitschiger desto besser. Ich finde das lächerlich. Als *Bodyguard* im Fernsehen lief, habe ich den Film zum ersten Mal gesehen, Leonie zum vierten, sie musste die ganze Zeit heulen und ich lachen. Wenn mir etwas unangenehm ist, habe ich das Bedürfnis, es wegzulachen. Kitsch, Romantik, Emotionen sind mir peinlich. Irgendwie fühlt sich das immer schief an, selbst wenn es vielleicht echt ist. Leonie hingegen schwelgt, genau wie unsere Mutter, in diesem Liebeskitsch, und beide akzeptieren widerspruchslos, dass ihr Leben anders verläuft. Ist doch lächerlich, oder? Nur die ganz großen Geschichten halten ewig. Wie kann man sich mit weniger zufriedengeben?

Loredana, zum Beispiel, lebt genau diesen Kitsch. Ich kenne niemanden mit einer größeren Liebesgeschichte als Loredana. Wenn sich die jemand ausgedacht hätte, würde sie keiner glauben:

Als Loredana dreiundzwanzig war, fuhr meine Familie zum letzten Mal geschlossen in den Urlaub, nach Argentinien. In Buenos Aires haben wir sämtliche Flohmärkte abgeklappert, denn unsere Mutter ist Sammlerin von Skurrilitäten aus aller Welt. Auf dem Flohmarkt auf der Plaza Dorrego, dem fünften an diesem Tag, spaltete sich der Rest der Familie von Mama und Loredana ab, die kurz darauf auf der Treppe mitten auf dem Platz auch schlappmachte. Dort saß sie zwei Stunden lang und wartete auf unsere Mutter. Und neben ihr saß plötzlich Carlos. Es war Liebe auf den ersten Blick. Jahre zuvor schon, mit siebzehn, hatte sie von einem Mann auf einer Treppe geträumt, für den sie unerklärlich intensive Gefühle gehabt hatte, obwohl sie weder wusste, wer er war, noch verstanden hatte, was er sagte. Völlig entmutigt war sie aufgewacht und hatte sich gefragt, wie sie jemals die Liebe finden sollte, wenn sie nicht einmal wüsste, wo sie anfangen sollte zu suchen. Was, wenn der Mann ihres Lebens ausgerechnet Ureinwohner am Amazonas wäre oder Eskimo oder ein Aborigine im australischen Busch? Seither hatte sie keine Gelegenheit ausgelassen, Österreich zu verlassen und die Welt zu bereisen. Nicht auf der Suche, aber doch von einer Unruhe getrieben, die sie nicht erklären wollte – ausgerechnet nach Argentinien war sie nur widerwillig und nach viel Überzeugungsarbeit meinerseits mitgeflogen. Sie hatte ihren Traum vergessen und wollte lieber mit ihrem damaligen Wiener Freund durch die Wüste Gobi reiten.

Noch am selben Abend überredete sie uns, im Hotel von Carlos' Familie abzusteigen, wo sie weitere drei Tage miteinander verbrachten, ohne einander zu verstehen, denn Carlos' Englisch war zwischen seinem spanischen Akzent nur mit viel Fantasie herauszuhören. Danach hörte Loredana drei Monate lang nichts von Carlos. Dann rief er an und sprach nicht mehr Englisch, sondern Deutsch mit schwerem spanischem Akzent. Zwei Jahre und Tausende Stunden am Telefon später packte Loredana ihre Koffer und zog nach Buenos Aires, um dort mit Carlos ein Hotel zu eröffnen.

Leonie packt eine Jugendstilleuchte aus Bronze aus – eine Tänzerin, die in ihrer nach oben gestreckten Hand eine Glaskugel hält – und macht die Lampe an.

Loredana steht das Wasser in den Augen.

»Carlos und ich haben uns getrennt.«

Deswegen die vielen Koffer, die Dünnhäutigkeit bei Madame Duval und ihrem Käse, die höhnische Reaktion auf Singleseiten im Internet.

»Und was machst du jetzt? Kommst du zurück nach Europa?« Leonie ist mal wieder pragmatisch.

»Wonach sieht das aus, glaubst du? Nach einem Wochenendtrip mit großer Garderobe?«

Ich lache. Loredana nicht.

»Jetzt ende ich wahrscheinlich wie Luisa.«

»Dann können wir ja zusammen auf die Jagd gehen?«, schlage ich vor und lache immer noch. Loredana lacht nicht.

»Nein. Ich werde mich auf mich selbst konzentrieren und das geht nirgendwo besser als da, wo es keine Männer gibt.«

Jetzt lächelt Loredana gequält und mir vergeht das Lachen: »Kann ich bei dir wohnen?«

3

Thomas ist Mitte dreißig, will einmal um die Welt fliegen (das dürfte ihm nicht allzu schwerfallen als Pilot) und ist auf seinem Profilfoto sehr deutlich als attraktiv zu erkennen, darüber hinaus muss er wahnsinnig integer, verantwortungsbewusst und sehr männlich sein. Immerhin legen täglich Hunderte Passagiere ihr Leben in seine das Flugzeug lenkenden Hände. Mir persönlich ist es schon zu viel Verantwortung, ein Auto zu lenken, sobald nur meine Freundin Olga und ihre dreijährige Tochter mit von der Partie sind. Ich könnte niemals Taxifahrerin, Busfahrerin, geschweige denn Pilotin werden. Thomas' Verantwortungsbewusstsein, sein Heldenmut in Uniform machen mich scharf. Aus seinem dunkelblonden Haar löst sich eine freche Locke und fällt in seine Stirn, das muss in dem Moment passiert sein, als der Fotograf den Auslöser gedrückt hat, denn Thomas zieht seine linke Braue in die Höhe und schürzt die Lippen, was ihm zusätzlich etwas Durchtriebenes verleiht, das in krassem Gegensatz zur akkuraten Uniform steht. Thomas sucht eine *Frau zum Abheben*. Und die bin ich.

Loredanas spöttischen Kommentaren, die ich gut von früher kenne, wenn ich den halben Samstagnachmittag für Vorbereitungen auf den abendlichen Discobesuch verwendet habe, während sie mit Thomas Gottschalk auf der Wohnzimmercouch verabredet war, bin ich entgangen. Seit sie sich in meinem Wohnzimmer häuslich niedergelassen hat, ist sie glücklicherweise jeden Abend damit beschäftigt, ihre Freunde wiederzusehen.

Aus Bruno habe ich gelernt, keine zu hohen Erwartungen in etwas zu stecken, das zu viel Raum für Interpretationen bietet. Deshalb versuche ich, mir meine Zukunft mit Thomas nicht auszumalen. Lieber halte ich mich an die Fakten.

Thomas, nicht Gottschalk, sondern der Pilot, geht heute Abend in Wien mit mir essen. Noch schöner wäre das, wäre er nicht nie zu Hause und treu. Denn sind Piloten nicht wie Seemänner? In jedem Hafen eine Braut?

Genau deswegen wollte ich keinesfalls einen Piloten treffen, aber ich bin ja keine Prinzipienreiterin. Später werde ich einfach mitkommen, nach Paris, London, Bangkok, Shanghai, Puerto Rico, Kapstadt, New York. Und sollte ich doch einmal zu Hause bleiben, werde ich ihn auf seinen Reisen mit kleinen Aufträgen auf Trab halten. Kopi Luwak aus Indonesien, Schmuck und Schnitzereien aus Afrika, Schuhe aus New York, Designerkleider günstig nachgenäht von asiatischen Schneidern. Hinbringen und Abholen sechs Wochen später, je nach Flugplan, das kann ich locker organisieren. Wenn man beschäftigt ist, kommt man auf keine dummen Gedanken. Außerdem tut es jeder Beziehung gut, wenn man sich nicht dauernd sieht. Ich glaube, mit Thomas könnte ich ganz wunderbar alt werden.

Etwas ratlos stehe ich am U-Bahn-Ausgang bei der *Summerstage* am Donaukanal, wo wir uns exakt dann treffen wollten, als er mich anruft, um mir mitzuteilen, dass er unter keinen Umständen das Haus verlassen könne, wegen der Jessica.

»Wer, bitte, ist die Jessica?«

»Der Dackel meiner Ex.«

Und der hat Durchfall.

Thomas' Verantwortungsbewusstsein habe ich mir anders vorgestellt.

Weil ich schon mal da bin, kann ich auch gleich bleiben. Ich setze mich auf einen der Blechcontainer, in denen die Kolporteure ihre Zeitungen horten. Nichts rührt sich, außer Nana Mouskouri, die *Im Hafen von Piräus* singt. Der *Würsteltoni* gegenüber hat seinen Stand sommerlich aufgerüstet mit blau lackierten Barhockern, Leuchtgirlanden und Griechenlandwimpeln. Mein Magen knurrt. Ein paar Touristen trinken planlos Bier, dazu gibt es ziemlich ungriechische Käsekrainer. Auf meinem iPhone suche ich nach Ersatzdates, aber da ist nur Elvis, der Fitnesstrainer aus dem Innenministerium. Den stelle ich mir ziemlich langweilig vor, denn in Wirklichkeit heißt er Martin. Ich nenne ihn Elvis, weil er eine schwarze Tolle hat und einen Mongolenbart. Irgendwie witzig, aber trotzdem abscheulich.

Da wäre noch Sebastian, der Tierarzt, aber von Dackeln und anderen Viechern habe ich für heute genug. Also gut: Ich rufe Elvis an.

Elvis hat keine Zeit, stattdessen habe ich in zwei Wochen ein Date mit ihm. Bravo.

Der *Würsteltoni* wechselt die CD. Johnny Cash verfolgt mich: *Everybody's goin' out and havin' fun, I'm just a fool for stayin' home and havin' none. I can't get over how she set me free, ooooh lonesome me-ee.*

Ich trinke Retsina. Der *Würsteltoni* heißt in seiner griechischen Wirklichkeit Jorgos und ist ein Griechenlandfan. Ob ich sein Souvlaki probieren will mit Tzatziki und viel Knoblauch? Eigentlich ist es eh schon egal.

»You luck disappoint«, wendet sich mir einer der Touristen mit modischer Brille und radebrechendem Englisch zu.

»Look?«

»Yes, luck, disappoint.«

Kann man so sagen, ja, ich bin versetzt worden. In Italien wäre mir das wohl eher nicht passiert, antworte ich auf Italienisch.

»Parli italiano?«

»Si, un poco.«

Begeisterung macht sich auf den Gesichtern der Italiener breit. Nein, sicher nicht, richtige Männer wie sie, und als solche stellen sich mir Gino, Salvatore und Paolo vor, würden eine wie mich ganz bestimmt nicht versetzen, schnattern Gino und Salvatore weiter, aber ich höre nichts mehr und sehe nichts außer diesem Gesicht mit dem Oliventeint und den weichen Lippen, die mich anschweigen. Ich falle in strahlend grüne Augen mit ausladend geschwungenen schwarzen Brauen. Es ist nur ein kurzer Moment, in dem wir ineinander versinken, nur wenige Sekunden, aber doch eine verräterische Ewigkeit zu lang, verweilt meine Hand in seiner, bleiben Paolos Augen an meinen hängen, ich höre das Blut in meinen Ohren rauschen, es ist, als dehnte sich die Zeit, als könnte ich mit meinem Atem die Welt anhalten.

Das ist, was Milli gemeint hat: Wenn Mr. Right vor dir steht, wirst du es sofort merken.

Die Welt hat sich trotzdem weitergedreht, die Sonne ist trotzdem längst untergegangen, meine Knoblauchfahne verpestet trotzdem die Luft und der Schilcher, den wir beim *Panigl* an der Bar getrunken haben, wirkt wie Kokain.

Beim vierten Achtel flüstert mir Paolo ins Ohr, ob ich nicht beim *Würsteltoni* in einer halben Stunde auf ihn warten wolle. Völlig aufgekratzt und leicht fühle ich mich, beschwingt vom Wein, umringt von Männern, die mich bewundern, und berauscht von der unerwarteten Wendung, die dieser Abend genommen hat. Ich habe mich nicht getäuscht, alles läuft auf ein Happy End hinaus. Während ich Paolo immer ein wenig vernachlässigt habe, hingen Gino und Salvatore an meinen Lippen. Und je mehr die beiden an meinen Lippen hingen, desto interessanter wurde ich für Paolo.

Ohne meine Antwort abzuwarten, trinkt er sein Glas leer und verabschiedet sich.

»Du bleibst aber schon noch bei uns«, zwinkert mir Salvatore durch seine vom Schilcher rosa verschleierten Augen zu. Paolo blickt zwischen Gino und Salvatore hin und her:

»Darauf würde ich nicht wetten.«

»Stronzo, das tut sie doch schon den ganzen Abend.«

Gino zieht mich an sich.

»Ja, aber meinetwegen. Ciao bella. È stato un piacere«, sagt Paolo und geht.

»Und sie bleibt doch!«, ruft Salvatore Paolo nach, während auch er den Arm um mich legt. Ich bleibe wirklich. Und zwar peinlich berührt zurück. Wie, bitte, soll ich jetzt hier den Abgang Richtung *Würsteltoni* schaffen? Ich blicke mich nach Hilfe um. Kein Kellner, der die letzte Runde ansagt, kein Feuer, das ausbricht, kein Erdloch, durch das ich verschwinden könnte, keine Frauen, die sich auf Salvatore und Gino stürzen, da wäre das Feuer noch wahrscheinlicher oder das Erdloch oder beides.

Ich gehe auf die Toilette, um Zeit zu gewinnen, und beschließe, dort durch das Fenster zu flüchten. Dutzende Male habe ich das bereits in den romantischen Komödien gesehen, vor denen meine Mutter und Leonie unsere Couch durchgesessen haben. In diesen Filmen gibt es immer ein Toilettenfenster, durch das die Heldin oder der Held in letzter Sekunde abhauen kann. Gut, manchmal bleiben sie darin stecken, aber mein Toilettenfenster ist glücklicherweise groß genug. Ich steige auf die Kloschüssel, öffne das Fenster und hoffe inständig, dass mich der Spülkasten aushält, der unter meinen Füßen ächzt. Ich werfe meine Tasche hinaus und schiebe mich, Beine voran, ins Freie. Mein Rock rutscht, ein Schuh fällt, ich bleibe mit dem Ärmel am Sims hängen, da spüre ich endlich Boden unter den Füßen. Auf dem Filmset würden wir den Take jetzt wegen mangelnder Eleganz der Hauptdarstellerin wiederholen, ich habe dafür aber keine Zeit. Erleichtert lasse ich mich ganz aus dem Fenster fallen und bin in meinem Film exakt da angekommen, wo ich nicht hinwollte: im *Panigl*. Das *Panigl* ist eine Open Air Bar und der einzige geschlossene Raum darin ist der Toilettencontainer. Was ich übersehen hatte, war, dass sich dahinter statt eines Fluchtweges ein weiterer Gastgarten befindet, in den ich nun ärschlings aus der Toilette hineingeklettert bin, beobachtet von etwa zwanzig belustigten Gästen. Ein paar spenden Applaus. Ich sammle meine Tasche auf, ziehe meinen Schuh an und schleiche stumm an den Tischen vorbei. Ich habe meinen Text vergessen. Auf diese Szene war ich nicht vorbereitet gewesen.

Zurück an meinem Tisch, haben Gino und Salvatore meinen Fluchtversuch prompt mit drei weiteren Achteln Schilcher quittiert. Es ist ja schön, dass das Drehbuch ein heimliches Tête-à-Tête beim *Würsteltoni* vorsieht, nur über die Umsetzung hat sich wieder keiner Gedanken gemacht. In Leonies Lieblingsfilmen gäbe es einfach einen Schnitt, und das romantische Treffen würde, begleitet von schmieriger Geigenmusik, beginnen. In meinem Film gibt es aber weder Schnitt noch Musik, dafür Gino und Salvatore. Und die wollen partout nicht einsehen, dass die Handlung nun ohne sie weitergehen soll.

»Das sind nicht meine Freunde«, sagt Paolo wie zur Entschuldigung, als ich endlich beim *Würsteltoni* eintreffe. »Ich kenne sie kaum und möchte nicht, dass sie alles mitbekommen.«

Das hätte er mir vielleicht sagen sollen, bevor ich mich von Gino und Salvatore mit Wein habe abfüllen lassen. Meine Ausreden, dass ich früh aufstehen, die letzte U-Bahn erwischen, die Katze, die ich nicht habe, füttern müsste, ließen die mit jedem Schluck eindeutiger zweideutig werdenden Marketingleiter einer römischen Schuhkette (an sich für Frauen ja wirklich nicht der schlechteste Kontakt im Netzwerk, aber würden alle Schuhe von solchen Männern verkauft werden, ich ginge nur mehr barfuß, ehrlich!) nicht gelten. Schließlich wurden aus scherzhaften Avancen Zudringlichkeiten, mit denen ich nicht gerechnet hatte.

Natürlich hatte ich zuvor mit den drei Italienern kokettiert, aber erst jetzt bemerkte ich, dass alle ziemlich genau verstanden hatten, dass ich es auf Paolo abgesehen hatte und dass mir Gino und Salvatore meine Koketterie nicht nur übel nahmen, sondern sich benützt fühlten und beleidigt waren. Auf Galanterie und ehrenhaften Rückzug können wir Frauen im dritten Jahrtausend längst nicht mehr zählen.

Hastig verließ ich das *Panigl* und strandete zum zweiten Mal an diesem Abend beim *Würsteltoni*. Meine Romantic Comedy droht sich ins Drama zu wenden.

»Es sind Schwerenöter«, zuckt Paolo mit den Achseln. »Wenn sie einmal Freigang haben, sind sie kaum zu bremsen.«

»Freigang? Die zwei meistgesuchten römischen Sexualstraftäter?«

»So ungefähr.«

»Und was bist du? Ihr Wärter?«

Paolo lacht.

»Sie wollen eben ein bisschen Spaß haben, wenn sie einmal weg sind von zu Hause und ihren eifersüchtigen Weibern.«

»Hast du auch eine eifersüchtige Frau zu Hause?«, frage ich Paolo, um nicht noch eine unangenehme Überraschung erleben zu müssen. Dafür ernte ich einen vorwurfsvollen Blick.

»Ich gebe Frauen keinen Grund eifersüchtig zu sein.«

Leider beantwortet das meine Frage überhaupt nicht und der Gesprächsfaden zwischen Paolo und mir reißt ab. Jetzt hat also auch noch einer den Ton abgedreht und ich befinde mich in einem Stummfilm, in einem überhaupt nicht mehr romantischen, sehr stummen Stummfilm. Nicht dass die Tonspur bisher mit herausragenden Dialogen gefüllt gewesen wäre – Italiener kommen nämlich, wenn es leicht geht, immer auf ihr Lieblingsthema zu sprechen, und dafür genügt eigentlich immer das gleiche Vokabular. Seit ich das herausgefunden habe, gelingt es mir ziemlich gut, mit meinen Sprachkenntnissen zu reüssieren. Egal, ob es sich um private Angelegenheiten, das Müllproblem in Neapel, das schlechte Wetter in Venedig oder den drohenden Bankrott Italiens dreht, es läuft immer auf eines hinaus: Frauen. Und in ihrer Unergründlichkeit erfordert diese Materie einen geradezu verschwenderischen wie gleichermaßen ergebnislosen Gedankenaustausch.

Ein Beispiel?

Gino hat eine neue Sekretärin, derentwegen ihn seine eifersüchtige Frau in den Wahnsinn treibt.

»È bella?«

»No.«

»Dann nimm dir doch eine Gutaussehende«, löste Paolo, meiner Meinung nach wenig hilfreich, das Problem. Gino und Salvatore fanden das jedoch ziemlich bedenkenswert, denn dann hätte Ginos Frau wenigstens recht und Gino eine Freude, und es entspann sich eine ebenso endlose wie ergebnislose Diskussion darüber, wie gut aussehend die gut aussehende Sekretärin sein müsste.

Ausgerechnet Paolo scheint aber die Ausnahme zu sein und sich mit Frauen, im Speziellen mit mir, plötzlich überhaupt nicht mehr so intensiv beschäftigen zu wollen. Lieber untersucht er den wolkenlosen Himmel auf überflüssige Sterne und geht schweigend neben mir her.

Eigentlich die perfekte Kulisse, über uns die sternenklare, laue Sommernacht, unten der sanft gurgelnde Donaukanal, aber statt einander näherzukommen, haben wir bereits die Salztorbrücke hinter uns gelassen und marschieren weiterhin ziellos am Wasser entlang, das alles, was in seinen schwarzen Fluten versinkt, Richtung Budapest schwemmt. Wenn es so weitergeht, werden wir da heute auch noch vorbeikommen. Wortlos, vermutlich.

Paolo zündet sich eine Zigarette an. Er hält mir seine Lucky Strikes hin.

»Ich habe aufgehört, danke.«

»Ich lasse mir von einer Regierung nichts abgewöhnen. Früher wollte ich immer aufhören, aber jetzt rauche ich erst recht.«

»Hm.«

Wer, zum Teufel, hat sich dieses Drehbuch einfallen lassen? Wir befinden uns, bitte, in einer Romantic Comedy! Berufsverbot für den, der sich das ausgedacht hat! Er finde es beängstigend, setzt Paolo unbeirrt seinen Text fort, sich in seiner persönlichen Freiheit einschränken lassen zu müssen. Man raucht oder lässt es, man bringt sich selbst in Gefahr oder lässt es, man heiratet oder lässt es, man betrügt seine Frau oder lässt es, man bringt sich um oder lässt es. Es müsse doch jedem selbst überlassen sein, ob er mit den Konsequenzen seines Handelns leben und sterben kann oder nicht. Paolo schnippt seinen Zigarettenstummel in den Donaukanal.

»Nicht ins Wasser!«, protestiere ich. Müll in die Büsche werfen, meinetwegen, aber nicht ins Wasser, das nicht.

Paolo blickt mich entgeistert an und nimmt seine Beweisführung auf:

»Ich mag aber keinen Mist in den Büschen, da bleibt er liegen. Siehst du, was ich meine? Die Ideen der anderen von richtig oder falsch kollidieren immer mit den eigenen und umgekehrt. Nur moralisch gewalttätige Libellen glauben, ihre Fantasien über die der anderen stellen und allen aufzwingen zu müssen.«

Ich nicke beipflichtend, weil mir zu *gewalttätigen Libellen* einfach nichts Besseres einfällt. Wieso bekommt Paolo den ganzen Text, während mein Italienisch einfach zu mickrig ist, um mich sinnvoll einbringen zu können? Obwohl mir das Rebellische an Paolo gefällt, ärgert es mich, dass ich völlig zur Nebensache geraten bin.

Paolo presst seine Kiefer zusammen, mahlt wütend mit den Zähnen, inzwischen hat er sich in Rage geredet:

»In unserer Gesellschaft wird alles ruiniert durch impulsive Manieren in Handschellen nach dem persönlichen Gusto ambitionierter Fußschlecker. Und was machen wir? Statt zu intervenieren, nehmen wir Urlaub von der Verantwortung und ziehen uns ins Privatleben zurück, als hätten wir keine Affären auf der Welt und kapieren nicht, dass wir simultan beginnen, uns zu korrumpieren mit unserem eigenen Leben.«

Ich glaube, ich muss mein Italienisch auffrischen.

»Wie meinst du das?«, werfe ich ein, um wenigstens auf meine Anwesenheit aufmerksam zu machen.

»Wir beschäftigen uns nur noch mit unserem Hund und wie wir ihn kochen, mit unserem Garten, der Analyse unserer Psyche, unserer Wohnungsdekoration, unserem Bankkonto oder unseren Eheproblemen …« Er bricht ab und brütet vor sich hin. »Egal, wie reich, arm, entwickelt, unabhängig oder gebildet wir sind, wir sind Häftlinge unseres Daseins.«

Der Punkt mit den Eheproblemen würde mich näher interessieren. Während Paolos Blick existenzialistisch entrüstet über den Donaukanal schweift, fühle ich mich verräterisch banal in meiner Existenz gefangen, weil ich mich frage, ob er Haus-, Garten-, Kinder- oder Eheprobleme hat, und ich hoffe, dass Paolo es nicht merkt. Nur, wie er seinen Hund kocht, das möchte ich lieber nicht wissen. Er zieht an einer neuen Zigarette, hüllt sich in den blauen Dunst und in sein Schweigen. Ich beiße mir auf die Zunge und stelle keine Fragen.

Anlässlich meiner letzten Grippe habe ich in einer der virenverseuchten Illustrierten im Wartezimmer meines Arztes gelesen, dass wahre Liebe keine Fragen stellen würde. Ich weiß nur nicht mehr, welches berühmte Paar diese beeindruckende Behauptung aufgestellt hat. Waren es Albano und Romina Power, Arnie Schwarzenegger und Maria Shriver oder doch Uschi Glas und – mit wem war die zusammen? Elmar Wepper? Irgendwann haben sie doch einmal nachgefragt. Und jetzt sind sie alle geschieden. Wenn ich nicht reden kann, hat mein Hirn zu viele Gelegenheiten, sich Gedanken zu machen.

»Du bist eine seltene Ausnahme«, Paolo besinnt sich endlich wieder meiner Gegenwart und viel mehr noch: Er überrascht mich damit, sich Gedanken über mich gemacht zu haben. »Du machst genau das, was du willst und hast keine Angst vor Konsequenzen.«

»Ja, ich bin eine glückliche Ausnahme.«

Die unverheiratete, kinderlose Ausnahme ohne Haus und Garten. Übrig geblieben. Nicht einmal einen Hund habe ich, *den ich kochen könnte*. Dessen kompensatorische Anschaffung verweigere ich. Konsequent. Noch. Aber immerhin bin ich seit Kurzem sogar ohne Familie und Kinder bankrott. Das habe ich ganz alleine an einem einzigen besoffenen Abend mit meinem Polo und dem Garagentor geschafft. Ich verrate Paolo nicht, dass ich seit Jahren versuche, endlich nicht mehr die Ausnahme zu sein. Ich habe es nämlich satt, die Ausnahme zu sein. Bei all diesen Gesprächen meiner Freunde über Familie, Haus und Garten habe ich nichts, aber auch gar nichts beizusteuern. So aufgeregt die neuesten Kinderkrankheiten, Anschaffungen und Eheprobleme diskutiert werden, so langweilig kann ich gar nicht schweigen. *Stell dir vor, wer heiratet!* und *Stell dir vor, wer schwanger ist!*

Nein, ich habe es satt, es mir vorzustellen. Ich habe mich auf Singlehearts eingetragen, um endlich dazuzugehören.

Paolo blickt mir tief in die Augen. Er studiert mein Gesicht, ich möchte wissen, was er jetzt denkt, wovon er nachts träumt, was er gern tut, ob er Kinder will und wenn ja, wie viele, ob er eine Frau fürs Leben sucht oder nur eine Lebensabschnittspartnerin. Aber ich frage ihn nicht.

Stattdessen fasse ich mir an die Nase, weil ich mir Sorgen mache, dass sie glänzt. Die letzte Puderschicht liegt ziemlich lang zurück. Konzentriere dich auf den Moment, Luisa. Mein Film hat nicht nur ein miserables Drehbuch, sondern auch noch eine schlechte Hauptdarstellerin, die gerade den romantischen Höhepunkt verpatzt. Ich sollte ihn jetzt küssen. Ich fixiere Paolos Nasenwurzel, weil ich ihm nicht in die Augen schauen kann. Jetzt habe ich das Gefühl, als würde ich schielen. Gleich muss ich lachen, ich spüre schon, wie es in mir aufsteigt. Die ganze Zeit habe ich mir Paolos Aufmerksamkeit gewünscht und nun ertrage ich sie kaum. Und da ist er schon vorbei der Moment. Mir entfährt ein Lacher. Ruiniert, die ganze Szene.

»Aber trotzdem ist es so«, nimmt Paolo seinen Monolog wieder auf. »Jeder Gefangene, auch der in sich selbst Gefangene, ergreift die Gelegenheit zur Flucht, sobald sie sich ihm bietet.«

Und plötzlich küsst er mich.

Ich ziehe Paolo die Treppen hinunter zum Wasser. Wir steigen in eine Feuerwehrzille, die dort vertäut ist. Ich habe solche Lust auf diesen Mann. Nein, ich werde nicht mit ihm schlafen. Nur ein bisschen nachschauen, wie er drunter aussieht. Ich knöpfe sein Hemd auf. Auch ihm steht eine leise Skepsis ins Gesicht geschrieben, das reizt mich umso mehr. Beim ersten Date sollte ich keinesfalls mit IHM ins Bett gehen. Das weiß nun wirklich jeder.

Genau betrachtet, ist das Bett aber eine Zille und – ach was, pfeif auf die Frauenzeitschriften. Eigentlich wollte ich ja Thomas treffen, aus Thomas ist Paolo geworden und der war gar nicht geplant. Ich habe keine Lust, gegen meine Lust anzukämpfen. Paolo anscheinend auch nicht, schnaufend drängt sein Körper mir zu. Wenn es Paolo sein soll, dann ist er es, selbst wenn ich jetzt mit ihm schlafe. Und schon tut es mir wieder leid um das Geld, das ich in das Singlehearts-Abo gesteckt habe.

Ich treibe auf meinen Gefühlen davon. Wie mit sechzehn klopft mir das Herz und ich habe jetzt schon Angst davor, mit dem Küssen aufzuhören und die Verlegenheit danach bewältigen zu müssen. Lieber weiterschmusen, statt reden, dann gibt es auch keine schlechten Dialoge mehr. Ich setze mich auf Paolo und mache alles, was die Frauenzeitschrift nicht empfiehlt. Mir ist, als wäre ich vom Blitz getroffen, gleißendes Licht umgibt uns, mir ist heiß, ich bin im Lustrausch. Es heißt, manche Frauen würden in totaler Ekstase plötzlich Farben sehen. Ich hatte das nie, außer vielleicht, wenn ich sternhagelvoll war, dann war mir schwarz vor Augen mit grünen Flecken darin. Diesmal ist alles weiß, Paolo passt perfekt, ich höre uns stöhnen, wage nicht, die Augen zu öffnen, er flüstert mir ins Ohr:

»Come?«

»Genau so, so ist es perfekt.«

Der Mann macht sich Gedanken, wie es mir gefällt!

»Ihren Ausweis, bitte!«

Wieso will er denn jetzt einen Ausweis von mir?

»Sprechen Sie Deutsch?«

Unsanft werde ich abgeworfen.

Mir ist schwindlig, das Weiß meiner Ekstase entpuppt sich als Taschenlampe, die mir brutal in die Augen leuchtet. Hastig bedeckt sich Paolo und lehnt sich schützend vor mich. Statt mir in die Augen zeigt der Lichtstrahl der Lampe nun auf Paolos dürftig bedecktes Geschlecht.

»Haben Sie noch einen anderen Ausweis?«

Die beiden Polizisten grinsen. Paolo gibt ihnen seinen Pass. Während der eine die Daten auf einen Block malt, leuchtet der andere wieder in mein zusammengekniffenes Gesicht.

»Und die Dame ist freiwillig hier?«

Der Polizist bekommt sein schiefes Grinsen nicht unter Kontrolle.

»Es gab hier in letzter Zeit einige Vergewaltigungen, wir müssen das kontrollieren.«

Er schaltet die Taschenlampe ab.

Der andere räuspert sich und gibt Paolo seinen Ausweis zurück:

»Weitermachen empfehle ich Ihnen trotzdem nicht. Wir belassen es aber dabei. Schönen Abend noch.«

Den Donaukanal abwärts graut bereits der Morgen und mir graut es vor ihm. In zwei Stunden geht Paolos Flug. Seine romantischen Gefühle sind schon vorausgeflogen. Panisch laufen wir den Kai entlang auf der Suche nach einem Taxi. Paolo wirkt, als wäre Italien wieder einmal in der Vorrunde aus der WM geflogen – diesmal gegen Österreich. Statt die letzten Minuten vor dem Abschied mit liebevollen Beteuerungen auszukosten, beißt er schweigsam auf seinen Wangen herum. Ich weiß nicht, wie ich seine schlechte Laune deuten soll. Ist er frustriert, weil wir so unsanft auseinandergerissen wurden? Denkt er darüber nach, wie es weitergehen soll?

»Gibt es eine Fortsetzung?«

»Ich denke schon!«

»Was kostet das?«

»Einen Flug nach Rom.«

»Nein. Die Anzeige.«

»Was?«

»Was wollen die für Frischluftsex?«

Statt zu fragen, ob wir uns wiedersehen, will er wissen, ob er jetzt mit einer Strafverfolgung zu rechnen hätte?

»Gar nichts. Die hatten schon ihren Spaß. Ein Nachspiel könnte es eventuell trotzdem geben: mit mir.«

Aber Paolos Humor ist auch schon in Rom gelandet.

»Bist du sicher, dass mir da nichts ins Haus flattert?« Der große Rebell gegen Gesetze und Einschränkungen von oben fürchtet eine Anzeige! Er blickt auf die Uhr. Die Zeit läuft uns davon. Er umarmt mich.

»Sei veramente speciale. Ti voglio bene. Ci vediamo!«

Endlich erspäht Paolo ein Taxi. Mit der Tür in der Hand küsst er mich noch einmal und reißt sich los.

Was hat er gesagt? Wie heißt er? Ich höre nichts mehr, meine Ohren rauschen, die Welt um mich versinkt, die Zeit dehnt sich, mir verschlägt es den Atem. Ti voglio bene! Und ich habe seine Telefonnummer nicht!

Ich winke, laufe dem Taxi nach, aber mir bleiben nur die Rücklichter, die im dunstigen Grau des Hochsommermorgens besonders fröhlich leuchten.

Der untalentierte Regisseur meines Streifens schickt mir doch noch ein Taxi, das den Kai entlanggeschlichen kommt. »Folgen Sie dem Taxi«, rufe ich und nehme mein Schicksal in die Hand. Hollywood kann das ja nicht alles erfunden haben.

»Welches meinen Sie?«, fragt mich der Fahrer gedehnt.

Auch das lassen sie in Leonies Liebesfilmen immer aus. Elliptisches Erzählen nennt sich das. Dort wissen die Taxifahrer selbst im New Yorker Stoßverkehr zwischen zwanzig anderen gelben Taxis sofort, welches gemeint ist, weil sie sich für das Schicksal ihrer Fahrgäste echt interessieren. Mein Taxler weiß es nicht einmal um fünf in der Früh am Kai mit nur drei am Verkehr beteiligten Autos.

»Das linke!«, schreie ich aufgeregt.

Paolo fährt in den zweiten Bezirk. In welchem Hotel wohnt er? Sein Taxifahrer steigt aufs Gas und fährt mit dem letzten Blinken über die Kreuzung. Meiner steigt auf die Bremse. Sofern sich nicht zuvor schon ein Lastwagen quergestellt und eine Ladung Ketchup oder Ziegen verloren hat, ist spätestens jetzt der Moment gekommen, in dem der Verfolger das Nachsehen hat. Rote Ampel, Ende. Der Fahrer schlägt verärgert auf das Lenkrad. Nicht mein Taxifahrer, der beißt seelenruhig von seiner Leberkäsesemmel ab. Endlich biegen auch wir ab und kommen hinter dem Prater an. Zwei Gassen weiter entdecke ich das Taxi, Paolo ist schon ausgestiegen. Mit Herzklopfen springe ich aus dem Wagen und will Paolo hinterher, als er in einem heruntergekommenen Hauseingang verschwindet. *Cherry-Bar* lese ich.

Es ist kein Hotel, in dem Paolo absteigt, sondern ein Puff im Stuberviertel. Eh klar, dass meine Liebesgeschichte nicht happy, sondern in den Niederungen nächtlicher Banalitäten endet.

Spätestens jetzt steht der Titel meines Films fest: »Schlimmer geht's immer«. Und fest steht auch: Diesen Film will niemand sehen.

Zu Hause schleiche ich an meiner Schwester vorbei, die auf der Couch vor dem laufenden Fernseher eingeschlafen ist. Nulleinhundertachtzigsechsmaldiesechs, RUF MICH AN, höhnt es mir entgegen. Loredana und Carlos haben damals natürlich nicht vergessen, Telefonnummern auszutauschen. Trotzdem hat ihre Beziehung nicht gehalten. Loredana schluchzt. Selbst im Schlaf lässt der Liebeskummer nicht von ihr ab. Es heißt, sich von einem geliebten Menschen zu lösen, dauert etwa so lang, wie man ihn gekannt hat. So betrachtet, werde ich Paolo morgen vergessen haben.

4

Tage später habe ich Paolo immer noch nicht vergessen. Verdrossen öffne ich meinen Singlehearts-Mail-Account. Eine E-Mail-Flut ist in den vergangenen Tagen über mein Profil hereingebrochen. Ich könnte mich mit all diesen Männern trösten – wenn ich blind wäre. Ich wünschte, ich wäre blind! Niemand, der mir auf Anhieb gefällt.

Der Aufwand, um all die Dates, Mails, Kandidaten und Nichtkandidaten zu verwalten, explodiert schon. Ich arbeite mich durch die Anfragen. In der Anfangsphase habe ich noch höflich geantwortet, abgesagt, mittlerweile bin ich dazu übergegangen, die meisten Mails samt Verfasser kommentarlos in den Papierkorb zu verschieben. *Verabschieden* heißt das hier. Möchten Sie Kandidat *No Steroids* wirklich verabschieden? Sie haben danach nie wieder (!) Gelegenheit, Kontakt aufzunehmen. Das Profil wird unwiederbringlich (!) aus Ihren Partnervorschlägen gelöscht. *Verabschieden.* Okay? Doch bevor ich Ok klicke, will ich mir den *No-Steroids*-Body doch ansehen. Ich will wissen, ob es sich um einen Spaghettisultan, einen Schmalhans handelt, der sich weigert, etwas gegen sein Untergewicht zu unternehmen, oder um das genaue Gegenteil. Der Trennungsmoment von Exfreund Nummer sieben, einem Spaghettisultan, war gekommen, ich gebe es zu, als er in meine Jeans hineinschlüpfte – und zwar ohne die Knöpfe zu öffnen. Bis dahin hatte ich seinen yogatrainierten, sehnigen Körper als anziehend empfunden. Danach nie wieder. Danach hatte ich nur noch Angst, diesen Mann zu zerbrechen. Diese Angst ist bei *No Steroids* unbegründet – ein ganzes Foto voller Fleisch. Männerfleisch. Ein Fleischberg auf einer Wiese. Sein muskelbepackter Bodybuilderkörper ist glatt rasiert, von Adern übersät wie ein Kuheuter. Er hat schon die ersten Ansätze von Sonnenbrand; sein einziges Kleidungsstück ein grünes Tangahöschen. Eierbecher wäre die treffendere Bezeichnung. Immerhin hat er sich nicht eingeölt. Ein leichter Ekelschauer rieselt über meinen Rücken. Er hat ein zweites Foto mitgeschickt. Ein Werbeplakat. Dort sind seine hervorquellenden Adern wegretuschiert. Er, das Muskelpaket, schon wieder nackt (hat der Mann nichts zum Anziehen?) mit verschränkten Armen, bildfüllend im Vordergrund, trägt um den Hals ein ausgerissenes Telefonkabel und wird flankiert von weiteren muskulösen, nackten Männern, die die echte Power vermutlich unterstreichen sollen: *Die stärksten Gründe, sich für einen österreichischen Mobilfunkanbieter zu entscheiden*, steht da zu lesen. Ich erinnere mich sogar an diese Werbekampagne, mit der vor zwei Jahren die Stadt tapeziert war. Man soll sich an Klischees erfreuen, so lang es sie gibt, habe ich damals gedacht, nun war das Klischee auf Singlehearts in mein Mailfach geflattert. Das sehe ich mir vielleicht genauer an.

»weiss ja nicht, ob du auf einen muskulösen männerbody stehst. habe ernsthafte absichten, bin ehrlich und treu. Zeig mir ein foto von dir und ich zeige dir mehr von mir, wenn du willst. lg dein Mani«

Noch mehr?! Schickt er mir dann ein Röntgenbild von seinem letzten Lungencheck?

Der Inhalt seines Mails unterscheidet sich jedoch kaum von dem der meisten anderen Kandidaten. Hier bei Singlehearts sind alle Männer gleich:

Ehrlich, treu und voller ernsthafter Absichten. Wirklich, auf Singlehearts gibt es nur ehrliche, treue Männer, fürsorglich, liebevoll – lauter Single-Traummänner, die darauf warten, genau diese Eigenschaften in einer Beziehung endlich ausleben zu können.

Pinky and Brain verabschiede ich, *Mr. Lonesome* – oh weh, bye bye. *Mal schauen, hihi* – autsch, *Rider on the Storm* – tschüss. *Zuckerbrot und Peitsche, Fool for Love, Schmusekater, Junkfoodlover, Al Bundy, Frührentner, Back in Action, Genießen und Geborgenheit* – sie alle wandern in den Kübel.

Zwei Stunden später habe ich *Cuba Libre* gefunden, Prädikat »NEU« und seit fünf Minuten online.

»willkommen bei singlehearts, du hast glück, ich kürze deine suche ab: etwas ansprechenderes als mich wirst du hier nicht so schnell finden. und du hast nochmals glück: etwas ansprechenderes als dich habe ich, zumindest bisher, auch nicht aufgetrieben.

cheers, Luisa.«

Ein paar Stunden später antwortet *Cuba Libre,* und er heißt Ramon.

»Guten Tag auch, klar, dass Dein Profil ansprechend rüberkommt.

(wie oft hast Du das schon gehört? – entschuldige). Du

legst ja gar keinen expliziten Wert darauf, ›das Frühstück ans Bett gebracht zu bekommen‹ (der Renner hier beim ›perfekten Tag‹)? Auf der einsamen Insel könnte ich zu Deinem Klappspaten (falls ich Dir doch nicht gefalle, lass mich bitte trotzdem am Leben) und Deiner Salatschleuder eine Hängematte beisteuern. Darin kannst Du mir das Nibelungenlied vorsingen, sofern Du unter meinen Küssen überhaupt noch Luft dafür hast. Falls Du Lust hast, mich heute Abend auf eine heiße Fête Rouge zu begleiten, zieh Dir was Rotes an (außerdem erkenne ich Dich dann leichter – bin Kontaktlinsenträger ;-)) und komm um 22:00 ins *Vestibül*.

Besito, Ramon.«

Ramon scheint genau der Richtige für meinen Freitagabend zu sein.

Weil ich schon dabei bin, verabrede ich mich für Sonntag mit *Lockstoff*.

»hallo paprikahuhn, ich nehme an, prinzesschen, cinderella, sex and the city und schokolade zum frühstück waren bei deinem eintritt in die welt der einsamen herzen schon vergeben. falls du noch keinen traummann gefunden haben solltest, kannst du es ja mal mit mir versuchen. ich bin kein traummann – denn mich gibt es wirklich. ich habe ecken und kanten, bin gern unter leuten, aber auch mal daheim zu zweit und habe schultern zum anlehnen. ich bin kein frauenversteher, sondern realist: frauen kann man nicht verstehen, aber man kann sie lieben.

lust auf ein frühstück am sonntag in einem café deiner wahl? lockstoff alias christoph«

Immerhin Ablenkung von Paolo und Gesellschaft für das Katerfrühstück, das ich sicher brauchen werde. Denn zwischen heute und Sonntag liegen der Samstag und die schreckliche Hochzeit von Katja und ihrem Alex.

Als Katja mir die Einladung geschickt hat, habe ich mich beschwert, dass ich allein eingeladen sei.

»Du kommst doch immer allein?«

»Eure Hochzeit ist in einem halben Jahr!«

Daraufhin schickte sie mir eine neue Einladung für »Luisa+Begl.«.

Bis heute habe ich keinen »Begl.« gefunden, jedoch auch nicht die Stirn gehabt, meine Begleitung wieder abzusagen. Und mit einem Blind Date dort aufzutauchen erscheint mir doch recht unangemessen.

Ramon sieht das anders. Er peppt die Party seines Freundes Johnny auf: mit einem halben Dutzend rot leuchtender Frauen. Und eine davon bin ich. Umringt von seinen Blind Dates finde ich Ramon auf der Tanzfläche, beobachtet vom Rest der – nicht rot gekleideten – Partygäste, die mir belustigt den Weg freigeben. In Sekundenschnelle treibt es mir den Schweiß auf die Stirn. Ich habe zwei Möglichkeiten – auf dem Absatz kehrtmachen oder schauen, was passiert.

Dass die rot leuchtenden Frauen einander hassen, wird ziemlich schnell deutlich, sobald eine von ihnen sich Ramon ein wenig nähert. Aasgeier legen ein ganz ähnliches Verhalten an den Tag. Während sie über ihrer Beute kreisen, bis sie den schmackhaftesten Grad der Verwesung erreicht hat, beäugen sie argwöhnisch jeden, der mitnaschen will. Wer es wagt, sich heranzupirschen, wird mit Schnabelhieben und Flügelschlägen verjagt.

Die Neugierde siegt über meinen Stolz. Meine Meinung kann ich Ramon später immer noch sagen. Mit mir gesellt sich auch Ramons Freund Johnny dazu. Die Singlehearts-Kandidatinnen verrenken sich eher verbissen als vergnügt mit Ramon zur Musik. Ich rage wie ein Leuchtturm aus den Frauen heraus, sie sind alle einen Kopf kleiner als ich. Als Ramon Johnny vorstellt, lachen sie hysterisch, nein eigentlich verärgert, auf. Alle außer mir scheinen Johnny zu kennen, allerdings keinen besonderen Gefallen an ihm zu finden. Verständlich, denn Johnny sieht aus wie der jüngere Bruder von Danny de Vito, halb so groß, dafür aber doppelt so dick. Es dürfte ihn nicht weiter stören, dass wir ihn unattraktiv finden, im Gegenteil, er scheint aus dem Ärger der Frauen sogar eine gewisse Genugtuung zu ziehen. An mir aber blickt er hoch wie an einem Irrtum der Natur. Ich bin so verblüfft, dass ich mitlache. Ich kapiere sowieso nicht, worum es geht.

»Und wer ist die da?«, will Johnny von Ramon wissen und meint damit wohl mich.

»And the winner is …«, schreit Ramon und die Frauen blitzen ihn wütend an. Da reißt Ramon meinen Arm hoch, als hätte ich gerade den Meistertitel im Schwergewichtsboxen gewonnen.

»Na dann, viel Spaß mit Johnny.«

Eine der roten Frauen klopft mir bedauernd auf den Arm.

Mit Johnny? Wieso mit Johnny? Die anderen verziehen sich betont gut gelaunt, haken sich unter. Im Vorbeigehen rempeln sie Ramon unsanft an, eine wirft ihm Kusshändchen zu, eine von der derberen Sorte stößt ihn mit spitzen Fingern vor die Brust.

»Du kannst mich scheißen tragen«, zischt sie.

Was auch immer das bedeuten mag, Ramon und Johnny amüsieren sich königlich über das Defilee.

Ramon meint zu sehen, was in meinem Kopf vorgeht, denn bevor ich ihn ebenfalls tätlich angreifen könnte, sagt er:

»Hast du keinen Humor? Du suchst doch einen Freund.«

»Und warum bist du hier?«

»Weil Johnny Sponsion feiert und weil ich dich treffen wollte.«

»So wie all die anderen auch.«

»Nein, die anderen wollte Johnny treffen.«

»Aha.«

»Ich dachte, eine Frau, deren perfekter Tag darin besteht, dass ihr kein Ziegel auf den Kopf fällt, hätte Sinn für Humor. Wenn nicht, muss ich dich leider auch verabschieden.«

»Das kannst du gerne tun, aber vorher spendierst du mir noch einen kräftigen Caipirinha. Mit dem kann ich deinen Humor runterspülen. Der ist nämlich ähnlich witzig wie eine Handvoll Sand zwischen den Zähnen.«

Ramon hat langes, kräftiges Haar, das er zu einem Zopf im Nacken gebunden hat, völlig aus der Mode. Er trägt ein weißes Leinenhemd, das ziemlich offenherzig Lederhalsbänder, eine Muschelkette und seine stark gebräunte Haut zur Schau stellt. Er sieht also exakt wie auf seinem Profilfoto aus. Das Klischee des Latin Lovers auf zwei Beinen, genau das Richtige für eine Nacht. Eingebildet, locker, unsympathisch, aber gut aussehend. Nur reden sollte er nicht, denn seit seinem dritten Satz in breitem

Wienerisch bin ich mir sicher, dass ich mich verlesen habe: Roman heißt der, nicht Ramon.

Ich schnuppere an seinem Hemd, verziehe das Gesicht.

»Hast du nur dieses eine Hemd oder ziehst du dich einfach nicht gerne um?«

Er habe tatsächlich heute nur dieses eine Hemd, er sei gerade von einer Weltreise zurück und sein Koffer sei verloren gegangen, sagt er und streicht sich mit einer fahrigen Bewegung eine Haarsträhne hinter das Ohr, als er mich mit meinem Cocktailglas zurück auf die Tanzfläche schleift, um dort mit mir Salsa zu tanzen, was ich überhaupt nicht kann. Zuletzt sei er drei Monate in Brasilien gewesen, aber irgendwann habe er die schönen Frauen dort einfach sattgehabt. Ich steige ihm auf die Zehen, absichtlich.

»Weißt«, sagt er, »jeden Tag Sonntag ist auch kein Sonntag.«

»Danke. Heißt das jetzt, ich bin der hässliche Montag?«

»Nein, aber Europäerinnen sind viel spröder als Brasilianerinnen. Das hat mir richtig gefehlt. Da gibt es was zu erobern.«

»Wirklich? Du hast ja echt das Zeug zum Don Juan: Du bist einen Tag in der Stadt und trägst dich auf Singlehearts ein. Gratuliere. Das ist nicht gerade die hohe Kunst des Eroberns, das ist eher Dilettantismus aus purer Verzweiflung.«

Roman lacht.

»Du hast den Zusammenhang nicht verstanden: Alle Frauen, mit denen ich auf der Tanzfläche war, habe ich heute auf Singlehearts angeschrieben. Ein Tag, neun Frauen, alle im roten Kleidchen. Gut, drei sind gegangen, weil sie gleich sauer waren, die anderen haben abgewartet, ob meine Wahl vielleicht doch auf sie fällt, denn Johnny wollten sie alle nicht.«

»Hast du Johnny mal aus der Nähe betrachtet?«

»Du hast dir die Frauen aber auch nicht genau angeschaut, oder? Was für eine Aufregung im Hühnerstall! Die waren völlig aus dem Häuschen. Herrlich.«

Roman gackert.

Ich muss lachen, obwohl ich gar nicht will. Das ist so dreist, dass es schon wieder komisch ist.

»Ich wollte ja nur ein paar Frauen für Johnnys Party organisieren. Der dümpelt schon seit Monaten ohne Date auf Singlehearts herum, weil ihm alle Frauen, sobald er ihnen sein Foto schickt, einen Korb geben. Also hab ich jede von ihnen mit meinem Foto heute nochmals angeschrieben. Mich wollten sie sofort treffen, alle.«

Roman rümpft die Nase, vielleicht hat er aber nur ein nervöses Zucken.

Roman und ich werden unterbrochen von einer unscheinbaren Blondine, die zurückgekommen ist, um sich noch einmal bei ihm in Erinnerung zu rufen:

»War trotzdem nett, dich kennenzulernen. Sag deinem Freund, das mit uns wird nix. Aber wo *du* mich findest, weißt du ja.«

Eindeutig bin ich nicht die Einzige, die Angst hat, bei Johnny zu enden. So, wie das für mich bisher alles läuft, könnte es passieren, dass am Ende Johnny und ich übrig bleiben. Das Leben auf Singlehearts ist wie die Reise nach Jerusalem. Jeder versucht, einen Sessel zu ergattern, stattdessen landet man auf dem Schoß eines Menschen, auf dessen Schoß man eigentlich nicht sitzen möchte, denn es gibt immer, immer einen Sessel zu wenig. Schon im Kindergarten bin ich bei der Reise nach Jerusalem zwischen den Stühlen auf dem Boden gelandet. Bei Roman aber nicht. Heute zumindest.

Die Blondine küsst Roman zum Abschied auf den Mund, das hätte ich ihr gar nicht zugetraut, mich verabschiedet sie mit einem geringschätzigen Blick, den ich mit einem mitleidigen Grinsen quittiere, und weil noch Zeit bleibt eins draufzusetzen, bevor sie sich wegdreht, wische ich Roman zärtlich ihre Lippenstiftspuren ab und zerreibe sie genüsslich zwischen den Fingern. Wenn ich etwas beherrsche, dann ist es Arroganz mit Bösartigkeit zu vergelten und Bösartigkeit mit größtmöglicher Erniedrigung. Meistens fühle ich mich dabei nicht besonders wohl, denn es birgt das Risiko, dass mein Gegner noch eine Spur besser darin ist als ich. Diesmal habe ich Glück: Der Kampf geht zu meinen Gunsten aus, die Blondine räumt wortlos das Feld.

Roman bemerkt das. Ich schenke ihm ein Lächeln, das hoffentlich nicht annähernd so verbissen aussieht, wie es sich anfühlt.

Aber Roman ist geschmeichelt: »Ich weiß, Frauen erobert man zwar vielleicht im Dutzend, aber nie gleichzeitig.«

Er lächelt durch mich hindurch vermutlich schon die Nächste an, wirbelt mich zur Musik herum, doch nach zwei Drehungen hat wieder etwas anderes seine Aufmerksamkeit erregt und ich hänge verloren zwischen zwei Salsatakten auf der Tanzfläche.

Unweit der Stelle, an der er mich losgelassen hat, unterhält er sich mit einem Paar, während sein Blick weiterhin rastlos durch den Raum schweift. Er hat seinen ehemaligen Arbeitgeber getroffen, der wissen will, ob es ihm denn nun besser ginge.

»Viel besser«, sagt Roman.

Unruhig blickt er in sein Glas, trinkt einen Schluck, zieht mich an sich, stellt mich vor und schon hat er keine Lust mehr auf das Gespräch. Kurzerhand borgt er sich die Frau seines Arbeitgebers zum Tanzen aus, aber auch dafür reicht seine Ausdauer nicht, noch bevor ich ein paar verlegene Sätze an den irritierten Ehemann verlieren kann, flüchtet Roman an die Bar – mit mir.

»Wo waren wir stehen geblieben?«

»Sag mal, bist du auf Drogen?«

»Meine Drogen sind die Luft und die Liebe.«

Dabei blickt er mich an, als wüsste er genau, dass er nicht ganz bei Trost ist. Das ist entwaffnend.

»Luisa, vor einem Jahr war ich eine Leiche.«

»Aha.«

»Nicht sehr anziehend, ich weiß, aber jetzt bin ich ein Lebensjunkie. Meine besten Jahre habe ich an eine Arbeit verschwendet, mit der ich nicht glücklich war, aber sie war gut bezahlt, also habe ich weitergemacht. Bis vierzig sollte das so gehen, dann wollte ich nie wieder arbeiten. Aber ich bin mit vierunddreißig schon zusammengeklappt: Burn-out, verstehst du? Klapsmühle, berufsunfähig. Nicht gerade clever, das beim ersten Date zu erzählen?«

»Nein. Aber da ist sowieso nichts mehr zu retten …«

Ich lache über meinen Witz, aber er nimmt mich gar nicht richtig wahr.

»Seit ein paar Monaten lebe ich wieder, so intensiv, wie ich vorher gearbeitet habe. Jetzt hole ich mir vom Leben einen Burn-out, bis ich endlich tot umfalle.«

Ich weiß nicht, ob ich lachen soll. Ich lasse es lieber sein.

»Hey, mir geht's total gut dabei.« Roman unterstreicht alles, was er sagt, mit fahrigen Bewegungen und er strahlt mich mit südländischer Leidenschaft an, die er wahrscheinlich aus Südamerika mitgebracht hat. Aber lebendig wirkt er dabei nicht.

»Wer glaubt, das Leben ausbeuten zu können, der beutet nur sich selbst aus und hat am Ende nichts. Hast du die verbissenen Frauen gesehen? Keine hat es locker genommen. Die waren einfach nur sauer, anstatt das Ganze mit Humor zu nehmen. Das hätte doch ein super Abend werden können. Was haben die schon vom Leben?«

»Na ja«, erwidere ich, »das Leben hat ihnen einen Ramon versprochen und bekommen haben sie einen Johnny. Wer wäre da nicht sauer?«

Doch sein Geist ist schon davongaloppiert und Roman ist längst bei einem anderen Thema:

»Mosambik, Tansania, Kuba, in New York, Rio, São Paolo war ich. Dort spielt sich das Leben ab. Dort macht das Leben Spaß. Nur was echt ist, zählt. Der Körper ist der Spiegel der Seele. Sieh mich an, ich bin wieder topfit, braun gebrannt.«

Aber hinter seiner schmucken Fassade bröckelt eine Ruine, durch die er mich schleust wie ein listiger Reiseführer eine verirrte Touristin. Nun bietet sich Roman mir an. Ob ich ihn mit nach Hause nehmen würde? Ich hingegen wünsche mir, mein Stolz hätte über meine Neugier gesiegt und ich hätte gleich kehrtgemacht, aber ich habe die anderen Frauen ausgestochen, um mir selbst an diesem Abend aus dem Weg zu gehen.

Vor meiner Wohnungstür bete ich, dass Loredana nicht zu Hause oder wenigstens vor dem Fernseher eingeschlafen ist, sodass ich Roman unbemerkt an ihr vorbei in mein Schlafzimmer schleusen kann.

Loredana sitzt jedoch hellwach vor der nächtlichen Wiederholung von *Dancing with the Stars*. Die Phase, in der sie sich zur Ablenkung mit Freundinnen getroffen hat, war nur sehr kurz, ich fürchte, sie hat nicht mehr gar so viele. Stattdessen sitzt sie da wie vor vier Stunden, als ich das Haus verlassen habe: Eingewickelt in ihre Decke, mit notdürftig hochgestecktem Haar und völlig gleichgültig allem gegenüber, was rund um sie vorgeht. Aber selbst in ihrer liebeskümmerlichen Verkommenheit ist sie noch apart anzusehen. Mit der aufrechten Haltung einer Tänzerin ragt sie wie eine Statue aus dem Berg ihrer Schokoladenpackungen und Essensreste des ganzen Tages.

Als ich mit drei Gläsern und einer Flasche Wein ins Wohnzimmer zurückkehre, wirbelt Roman Loredana zum Rumba im Fernsehen durch das Wohnzimmer. Zum ersten Mal an diesem Abend sehe ich, wie sein rastloser Geist dem Körper nachjagt, anstatt umgekehrt seinen Körper vor sich herzutreiben. Meine Schwester dagegen, ihrer Lethargie enthoben, gibt sich willfährig der Musik und ihrem Partner hin, als könnte sie ihrem Kummer davontanzen. Die südamerikanischen Klänge haben für beide etwas Tröstliches. Im Rumbaschritt bewegen sie sich, jeder durch seine eigene Welt, ohne das Bedürfnis, sich darüber hinaus einander mitzuteilen. Auch ich verzichte darauf, noch einmal auf mich aufmerksam zu machen. Von Rivalitäten habe ich heute wirklich genug. Ich überlasse Loredana kampflos das Feld. Den Wein und die Gläser zurücklassend, verschwinde ich in meinem Zimmer, wo ich mir die Ohren verstopfe, damit ich von meiner Schwester nicht hören muss, was ich nicht hören will, und wünsche, ich könnte meine Gedanken an Paolo auch wegstopfen.

Bis zum Morgen haben sich im Wohnzimmer unter die Essensreste und Schokoladenpackungen Kleider und andere Dinge gemischt. Ich halte die Luft an, weil ich die Ausdünstungen meiner Schwester und ihres Lovers, der meiner sein hätte sollen, nicht einatmen will und versuche, das Wohnzimmer mit geschlossenen Augen zu durchqueren, um mich im Badezimmer für die Hochzeit fertig zu machen. Nur Romans einziges Hemd lese ich auf und verstecke es unter dem Wohnzimmerschrank. Ist sowieso an der Zeit, dass er sich ein neues zulegt.

Plötzlich höre ich Loredanas gellende Stimme. Wütend jagt sie Roman durch die Wohnung. Ich beschließe, im Badezimmer und unbeteiligt zu bleiben. Jedoch nicht lange.

»Du kennst ihn aus dem Internet?«, schreit Loredana. »Du schleppst fremde Männer aus dem Internet ab?«

»Was macht das für einen Unterschied für dich?«

»Ich habe mit einem wildfremden Mann gevögelt und du hast das gewusst!«

»Du hast es doch auch gewusst.«

»Was?«

»Dass du mit ihm vögelst.«

Da klingelt es an der Tür. Roman hat statt seines Hemdes Loredanas weißes T-Shirt erwischt und würde es gern eintauschen. Für Loredana ist die Sache jedoch erledigt und ich werde sicher nicht behilflich sein. Durch den Spion beobachte ich Roman im Hausflur, wie er schließlich in Loredanas viel zu kleines Trägershirt schlüpft, das kaum seinen Bauchnabel bedeckt. Er wartet noch eine Weile, dann gibt er auf und geht.

5

Ich stelle mich unter die Dusche, damit das Telefon läutet, denn das tut es ausschließlich dann, wenn ich nicht rangehen kann und nie, wenn ich den ganzen Tag danebensitze und warte. Das habe ich empirisch überprüft. Also mache ich es umgekehrt, ich lasse es extra liegen, gehe auf die Toilette oder unter die Dusche und verhindere mich sozusagen selbst. Funktioniert fast immer.

Diesmal habe ich Thomas verpasst. Den Piloten mit dem Dackel mit dem Durchfall. Er, Thomas, nicht der Dackel, wünscht sich eine zweite Chance im *Café Landtmann.*

Meine Füße stecken in einem Paar für die Kirche und einen ganzen Tag auf den Beinen völlig ungeeigneten Louis-Vuitton-Sandalen mit sündig hohen Absätzen. Das ist bisher alles. Nackt stehe ich vor dem Kleiderschrank – nichts, was diesen hochheiligen Schuhen gerecht werden könnte. Nach dem Kauf habe ich mich zwei Monate lang von Wasser und Brot ernährt (ohne Geld gibt es nichts anderes) und nie einen Anlass gefunden, sie endlich anzuziehen. Deshalb habe ich mich bis jetzt darauf beschränkt, sie auf meinen Ateliertisch zu stellen und anzubeten. So betrachtet, handelt es sich vielleicht doch um kirchentaugliche Schuhe. Ich habe dafür gefastet, ich habe gebetet, und heute werde ich sie einweihen. Katja erwartet, dass wir uns zu ihrer Hochzeit gefälligst Mühe geben und weder den großen Tag noch die Fotos mit nicht wiedergutzumachenden Modesünden verderben. Und weil sie Mode und Hutkreationen entwirft, stecke ich mir ihr zu Ehren einen Kopfschmuck aus ihrer Kollektion ins Haar. Dazu ein Seidentop mit tief ausgeschnittenem Rücken, darüber ein züchtiger Blazer und ein luftig schwingender Strickrock. Als ich meine Wohnung verlasse, sehe ich höchst katholisch aus, anbetungswürdig nämlich.

Thomas, der mir im kurzärmeligen Hemd seiner Pilotenuniform gegenübersitzt, findet das auch, dem entgleisten Gesichtsausdruck nach zu urteilen. Ich interpretiere das als Kompliment, denn ein Mann der großen Worte scheint er nicht zu sein. Also eröffne ich:

»Wie geht's der Jessica?«

»Wem?«

»Deinem Dackel?«

»Wieso?«

»Hatte der nicht Durchfall?«

Thomas' dumpfer Blick bleibt an meinem Ausschnitt hängen.

Ich kontrolliere mein Dekolleté – alles noch drinnen.

»Schöner Hut.«

Hut?

»Na, das Nest, das von deinem Kopf absteht.«

Ich taste nach Katjas Kreation, da wo ich sie platziert habe, befindet sie sich nicht mehr. Stattdessen hängt sie wie ein Dach über meinem Ohr. Ich ziehe die Haarmode von meinem Kopf ab. Dabei geht auch noch die Frisur drauf.

Thomas wendet den Blick ab, stattdessen stiert er nun

in seinen Espresso und verrührt ihn mit einem Berg Zucker, was seine gesamte Konzentration zu erfordern scheint. Ich frage mich, ob vollkommener Stumpfsinn das ist, was einen zum Piloten qualifiziert.

Wie ansteckend das ist, merke ich, weil mir zu Thomas rein gar nichts mehr einfällt. Ich habe versäumt, mir sein Singleheartsprofil noch einmal durchzulesen, und außer dem Dackel ist mir nichts in Erinnerung geblieben, worauf ich ihn nun ansprechen könnte.

Beim Kellner Robert – wenigstens einer, der mit mir redet – bestelle ich eine Melange und ein Kipferl mit Butter und Marmelade, weshalb Thomas dann doch etwas wissen möchte: ob ich gar nicht auf meine Figur achte. Der Kellner hält inne, in Erwartung, dass mich das dazu veranlassen könnte, meine Bestellung in ein stilles Mineralwasser umzuwandeln. Danke, aber ich bleibe dabei. Daran scheint Thomas Gefallen zu finden.

»Meine Ex hat sich praktisch nur von Salat ernährt. In all den Jahren habe ich sie nicht einmal in ein Butterkipferl beißen sehen.«

»Dafür war sie wahrscheinlich schön schlank.«

»Ja. Und immer schlecht gelaunt.«

Er verstummt wieder, trinkt seinen Espresso leer und schwenkt die Tasse. Ich bezweifle sehr, dass die schlechte Laune seiner Exfreundin tatsächlich in direktem Zusammenhang mit den Salatblättern gestanden hat. Selbst ein Marmeladenkipferl kann bei dem beredten Schweigen nur wenig ausrichten. Irgendetwas Spannendes muss Thomas aber am Boden seiner Espressotasse entdeckt haben, denn er zieht die Augenbraue hoch, wie auf seinem Profilfoto und schürzt die Lippen. Ein Gedankenblitz! Und von einem Augenblick auf den anderen sitzt mir ein durchaus attraktiver Mann gegenüber. So ein Gehirn, das hilft.

»Ich bin kein sehr tiefgründiger Mensch«, sagt er dann.

Ich beiße in mein Kipferl, um keinen Preis werde ich jetzt etwas dazu sagen. Schuldbewusst sieht er mich an, dann meine Füße, wohl um den nächsten Gedanken auszubrüten. Sich in den Anblick meiner Schuhe zu versenken ist dabei sicher hilfreich. Vielleicht bringen sie ihren Betrachter, wie mich, nicht nur zum Beten, sondern, viel besser, auch zum Beichten.

»Ich verstehe NICHTS von Kunst«, platzt Thomas schließlich heraus und rudert hilflos mit den Armen. »Zum letzten Mal war ich als Kind im Museum. Im Technischen Museum.«

Bravo. Dieses *Geheimnis* hätte ich ihm mit einem Paar Badelatschen an den Füßen auch gerade noch entlockt.

Ich lasse mein Kipferl sinken und lächle vielsagend, mehr geht nicht. Der sündige Thomas hat sein Gewissen offenbar weitgehend erleichtert und wartet auf Absolution. Ich schweige und kaue. Er schweigt und wartet. Um Zeit zu gewinnen, lege ich den Kopf schief, schlucke und kaue weiter. Der verwegene Blick weicht aus Thomas' Gesicht und macht einem irritierten Stirnrunzeln Platz. Sicherheitshalber verschwinde ich hinter der Serviette.

Habe ich Brösel im Gesicht?

Wahrscheinlich hat seine Exfreundin deshalb immer missmutig Salatblätter geknabbert, die bröseln wenigstens nicht und man kann sie leichter schlucken. Thomas ist irritiert, weil ich irritiert bin, dass Thomas irritiert ist.

»Was denn?«, tönt es gleichzeitig aus unseren Mündern. Nur dass es aus meinem eher klingt wie »Waff – en?«.

»Du schaust so …«

Ich würge den Bissen hinunter.

»Wie?«, falle ich ihm ungeduldig ins Wort und versuche abwechselnd mit Serviette und Fingern, den Bröseln in meinem Gesicht auf die Spur zu kommen. Ich fühle mich wie Loriot im Nudelsketch.

»Komisch.«

Komisch?

»So sieht er eben aus«, lässt mich Thomas wissen.

»Wer?«

»Der gemeine österreichische Kulturbanause.«

»Aha«, antworte ich gereizt.

Thomas weicht erschrocken zurück.

Zwölf-Zentimeter-Absätze plus tonnenweise Abend-Make-up haben mein Selbstbewusstsein ins Unendliche gesteigert – allein zu Hause vor dem Spiegel. Jetzt, wo ich das Ganze samt Nest im Haar am helllichten Tag spazieren tragen soll, verkehrt sich alles ins Gegenteil. Jetzt genügt ein einziges Brösel, ein schiefer Blick und ich gerate ins Wanken.

»Jede zweite Frau hat als Hobby *Kultur*«, rollt er mit den Augen. »Also, in Ausstellungen gehen und so was, und ich bin jedes Mal voll im Out, weil ich keine Ahnung habe, von Musik nicht, Theater nicht, vom Malen nicht. Es interessiert mich einfach nicht. Ich verlange ja auch nicht, dass du mir ein Abseits erklärst oder dass dir Bier schmeckt.«

Ich hätte dafür keine Ahnung, warum ein Flugzeug fliegt, tröste ich ihn. Selbst bei meinem Auto sei es mir nach wie vor nicht klar, warum es fahre, staple ich noch tiefer. Männer lassen sich ja nicht gern von weiblichem Intellekt verschrecken, da ist es immer gut, von möglichst vielen Dingen möglichst wenig Ahnung zu simulieren.

Das scheint ihn auch nicht zu beruhigen.

»Ich würde ja eh ins Museum gehen, aber geht man *ein Mal* mit, wollt ihr gleich jeden Sonntag hin.«

Ziemlich komisch, dass ich, als jemand, der mit Kunst zu tun hat, auf Kulturmuffel dieselbe Wirkung habe wie der Arzt auf den Fettleibigen, der Priester auf den Sündigen, der Gläubiger auf den Schuldner: Der bloße Anblick genügt und es gibt ein schlechtes Gewissen. Unaufgefordert rechtfertigen sie sich, brechen unter fadenscheinigen Entschuldigungen das Gespräch ab oder machen überhaupt gleich einen Bogen um mich.

»Ich kann dich beruhigen. Mein Hobby ist es nicht. Es ist mein Beruf, das genügt mir eigentlich vollkommen«, stelle ich ihn von jeder Besuchsverpflichtung im Museum frei.

Aber statt erleichtert zu sein, beißt er sich wieder gequält auf die Lippen. Was hat er denn jetzt schon wieder?

»Du hast da ein Brösel.«

Er deutet auf meinen Ausschnitt. Zwischen meinen Brüsten hängt ein Stück Kipferl. Ich versuche, das Kipferl herauszufischen, da rutscht es nur noch tiefer in meinen Ausschnitt und verschwindet schließlich ganz – so wie früher in der Disco mein Geld. Während meine üppig bestückte Freundin Dani sich die Geldscheine beim Tanzen zur Begeisterung aller umstehenden Jungen in den Ausschnitt stopfen konnte, wo sie bombenfest stecken blieben, war bei mir spätestens nach drei Takten alles durchgerutscht. Ich schüttle mein Top und unten raus fällt das Kipferlbrösel.

Thomas' Lippen kräuseln sich und die Unsicherheit ist

aus seinem Gesicht verschwunden. Er schmunzelt und hat wieder diesen Gesichtsausdruck wie auf dem Profilfoto.

Er müsse los, zum Flughafen.

»Wohin fliegst du?«, frage ich und male mir die exotischsten Reiseziele aus. Morgens noch im *Landtmann*, Stunden später in Perm, Taschkent oder Fort-de-France. Es hätte mir auch früher einfallen können, danach zu fragen, dann hätten wir vielleicht so etwas wie ein Gespräch geführt.

»Riga. Dann Berlin, Wien, Florenz.«

Ende der Durchsage.

Das klingt etwa so exotisch wie der Alltag eines Busfahrers: Blindengasse, Josefstädterstraße, Endstation. Ich tue trotzdem so, als wäre ich beeindruckt.

»Alles an einem Tag?«, frage ich ungläubig.

Thomas blüht auf.

»Ja, alles genau durchgeplant. Manchmal ist Florenz mein letzter Stop-overnight. Morgen früh geht es als Erstes zurück nach Wien.«

Er senkt schon wieder den Blick in Richtung meiner Füße, ich ziehe sie zurück. Zu spät:

»Ich frage mich gerade, ob du spontan bist?«

»Wie?«

Ob ich Lust hätte, mitzukommen nach Florenz. Ich lehne superspontan ab und bleibe mit meinem angebissenen Kipferl zurück.

Eigentlich erwische ich grundsätzlich alte, stinkende Taxis mit speckigen Plastiksitzen, herausgebrochenen oder überfüllten Aschenbechern und Wunderbäumen an den Rückspiegeln, die den ungewaschenen Mief mit der Note Vanille zum vollkommenen Albtraum abrunden. Wagen, in denen ich bei Minusgraden mit geöffnetem Fenster chauffiert und im Sommer mit orkanartiger Windstärke aus dem Armaturenbrett angeblasen werde. Wenn ich den Fahrer dann frage, ob man bitte die Klimaanlage runterdrehen könne, stellt er höchstens von Orkan auf böigen Wind. Für Körper, Geist und Seele eine Zumutung. Meinem Körper raubt eine solche Fahrt jede Façon, angefangen bei der Frisur, endend bei meiner Gesundheit, meinem Geist raubt sie die Ruhe, weil ich mich ärgere, und meiner Seele den Frieden, weil ich mich ärgere, dass ich mich ärgere.

Um meinen Samstag nicht mehr als nötig zu gefährden, rufe ich also lieber gleich Nicolas an und hoffe, dass er frei ist. Sein Wagen ist sauber, bequem, es duftet, er duftet.

Okay, das andere Taxi wäre möglicherweise schneller da gewesen, denn auf Nicolas muss ich eine Dreiviertelstunde warten.

Als ich ihm aus dem *Landtmann* entgegenkomme, steigt er aus dem Auto. Sein schwarzes, gewelltes Haar glänzt in der Sonne. Diesmal gewährt ein einfaches T-Shirt freie Sicht auf schön geformte, muskulöse Unterarme, auf denen sich genau die richtige Anzahl Härchen befindet. Ich werfe einen verstohlenen Blick auf seinen Bauch. Der scheint verschwunden zu sein – nein, er zieht ihn ein. Das ist schlimmer, als die Wölbung einfach da zu lassen, wo sie ist. Er hält mir die Tür auf, aber ich will vorne sitzen. Da kann ich mir noch ein bisschen seine Arme anschauen. Als er sich ins Auto setzt, beginnt wieder alles zu duften.

»Das ist Tabacco Toscano.«

»Was?«

»Das ist Tabacco Toscano, der neueste Duft aus der ältesten Parfümerie Europas. Santa Maria Novella. In Florenz.«

»Warum erzählst du mir das?«

»Weil du geschnuppert hast.«

»Hab ich gar nicht.«

Er lässt den Motor an. Ich weiß, dass er schmunzelt und fühle mich ertappt.

»Falls dir zu kalt ist oder zu warm, hier sind die Knöpfe. Mach, wie du willst.«

Die Dreiviertelstunde Warten hat sich schon gelohnt.

Er lacht, als ich ihm mein Fahrziel sage.

»Schon wieder eine Hochzeit?«

»Ja, aber diesmal eine, zu der ich eingeladen bin.«

Zu viel Wahrheit, Luisa!

»Bei der letzten nicht?«

»Nein. Da bin ich zufällig vorbeigekommen.«

»Zufällig vorbeigekommen?«

»Ich habe mich reingeschummelt.«

Erst recht zu viel Wahrheit!

»Wozu denn?«

»Ich mag Hochzeiten.«

Er sieht mich an, als wäre ihm ein Licht aufgegangen, ich verstehe seinen Blick nicht. Sein Mundwinkel zuckt schon wieder amüsiert, vielleicht juckt ihn aber auch nur sein dichter Bart.

Vor der Kirche in Grinzing angekommen, sinkt meine Laune. Nur noch wenige Minuten bis zur Trauung. Der Bräutigam begrüßt die letzten Gäste. Paarweise werden sie vom schwarzen Schlund des Kirchenportals verschluckt. Ich bin wieder die Einzige, die allein gekommen ist. Nicht nur in der Kirchenbank, sondern auch beim gesetzten Abendessen wird der Platz neben mir frei bleiben, versehen mit einem Tischkärtchen mit dickem

Fragezeichen darauf. Genau wie die Gastgeber wüsste auch ich endlich zu gern, wer sich hinter diesem Fragezeichen verbergen könnte. Da öffnet sich mein Mund, bevor ich denke, und ich höre mich Nicolas fragen, ob er mich nicht begleiten wolle. Was für eine Schnapsidee. Wer geht schon freiwillig auf eine Hochzeit, wo er niemanden kennt, gebe ich mir gleich darauf selbst die Antwort.

»Du.«

Nicolas grinst.

Ich spüre, wie mir heiß wird.

»Ich bin aber auch nicht normal.«

Die Wirkung meiner Schuhe scheint sich zu meinen Ungunsten ins Gegenteil verkehrt zu haben, denn seit ich in Nicolas' Wagen gestiegen bin, lege ich eine Beichte nach der anderen ab.

»Ich würde mich freuen, wenn du nachkommst.«

Sicher, ob ich das wirklich ehrlich meine, bin ich allerdings nicht.

Vier Stunden später habe ich mich ins Ausland abgesetzt.

Drei Stunden nach der Trauung waren bei der Braut bereits die ersten Tränen geflossen. Freudentränen waren es nicht: »Es ist alles exakt so, wie wir es nicht wollten.«

»Herzchen, ich verstehe gar nicht, was du hast. Das ist doch alles nur für euch!«, beteuerte Katjas Schwiegermutter verständnislos ihre Unschuld, während sie mir mit vielsagendem Blick einen herzförmigen Sticker auf mein Seidentop klatschte. *Olive* stand darauf.

»Das ist doch alles nur für euch«, äffte Katja die Schwiegermutter nach und griff nach meinem Wein, um ihren

Kummer zu ertränken. Im letzten Augenblick entriss ihr Matto das Glas.

»Nicht einmal saufen kann ich, um das hier irgendwie zu ertragen!«

»Glaub mir, Saufen allein reicht nicht.«

Das Fragezeichen auf dem Tischkärtchen neben mir war zu einem Häufchen Braut in grünem Tüll mit Babybauch geworden. Auch für mich war das exakt nicht das, was meine Erwartungen an den heutigen Tag erfüllt hätte. So hatte keine von uns, was sie wollte. Katjas Wimperntusche tropfte auf mein Seidentop.

»Warum habe ich einen Sticker, auf dem *Olive* steht?«

»Ich weiß es nicht«, heulte Katja weiter, »aber es kann nichts Gutes bedeuten.«

»Immerhin heißt du *Olive*, ich bin *Struppi*«, zeigte mir Matto seinen Sticker, den er unter dem Revers seines Blazers versteckt hielt.

»Wir sind noch keine drei Stunden verheiratet und haben schon unseren ersten Streit. Aber er findet das alles plötzlich gar nicht so schlimm! Wir wollten keine Spiele, kein Unterhaltungsprogramm, keine Sitzordnung, keine Zauberer und schon gar keine esoterischen Pyrotänzer!«

»Was? Die kommen auch noch?«, stöhnte Matto fasziniert.

»Ja!«, schluchzte Katja.

Den Eiskünstler hatten wir bereits hinter uns gebracht. Das Brautpaar, das er unter Einsatz einer jedes Gespräch verunmöglichenden Motorsäge aus dem Eisblock herausschnitt, hatte oben schon zu schmelzen begonnen, bevor er unten fertig war. Während der ermüdenden Rede des Trauzeugen, die leider nicht parallel zur Motorsäge, dafür gleich danach stattgefunden hatte, tropfte das Pärchen hoffnungslos weiter vor sich hin. Das Programm eines schwäbischen Alleinunterhalters gab der Skulptur den Rest. Immerhin: Wir hatten irgendwie überlebt, an unsere Sitzplätze gefesselt, Wein trinkend und trockenes Brot kauend. Vom Brautpaar aber war nur noch eine Pfütze geblieben.

Und weil die Stimmung ohnehin nicht mehr zu retten war, kletterte die schwäbische Schwiegermutter, die als Einzige das Pointenfeuerwerk des Alleinunterhalters verstanden hatte und seiner Berufsbezeichnung dadurch eine völlig neue Bedeutung verlieh, auf die Bühne, um den nächsten Höhepunkt anzukündigen – etwas für die Singles unter den Gästen.

Mir schwante Übles, als die Schwiegermutter unbeirrt in das rückkoppelnde Mikrofon moderierte, und ich kratzte hektisch den *Olive*-Sticker von meinem Top ab.

»Die großen Liebespaare der Welt werden hier zueinanderfinden! Tim, wo ist Tim? Da! Unter unseren Gästen ist dein Struppi. Yoko Ono, du wirst heute deinen John, also Lennon, nicht Depp, hihi, finden, Stan seinen Olli und Popeye, da drüben sitzt deine Olive! Olive, wo ist dein Sticker?«

»Tim und Struppi sind ein Liebespaar?«

Noch ehe ich die Flucht ergreifen konnte, tippte mir Popeye auf die Schulter. Ein gut aussehender Blonder mit stahlblauen Augen stand hinter mir, und lächelte mich an:

»Hallo, Olive. Ich bin Popeye …«

Was, bitte, hatte Katja an ihrer Schwiegermutter auszusetzen? Die Frau hatte doch Talent!

»Hallo, Popeye!«

Große Worte, die ich mit stockendem Atem zwischen den Lippen hervorpresste. Da beugte sich mein Heiratskandidat zu seinen Knien hinunter, um mit ihnen weiterzusprechen.

»Komm, Popeye, sag Hallo.«

Doch der Popeye zwischen den Beinen seines Vaters hatte gar keine Lust seiner Olive Hallo zu sagen, sondern lutschte lieber am Zipfel seiner Stoffwindel.

Für das Hochzeitsalbum wurde ich als Liebespaar mit einem plärrenden Zweijährigen auf dem Arm verewigt und sorgte damit für mehr Spaß als der schwäbische Kabarettist mit seinem gesamten Programm.

»He, Olive, versuch's mal mit Spinat! Vielleicht wächst er dann schneller!«

Selbst Katja hatte ihren Humor wiedererlangt. Das war der Augenblick, in dem ich beschloss, zu flüchten.

Nachdem ich den strampelnden Popeye, der etwa so viel Gefallen an mir fand wie ich an ihm, seinem Vater rückerstattet hatte, war mir elend zumute. Ich weiß nicht, warum mich jedes Mal aufs Neue die Hoffnung trügt, auf einer Hochzeit oder irgendeiner anderen Feier vielleicht doch einen Mann zu finden. Wie groß ist die Leere, die sich in mir ausbreitet, wenn ich anderen zusehe, wie sie ihr Glück feiern, und wie groß ist die Enttäuschung, wenn ich feststelle, dass ich auch diesmal mit leerem Herzen nach Hause gehen werde. Ich schleiche zwischen den Gästen herum wie die Außenseiterin in der Schule, drücke mich in die Ecke der Bar, aus Angst, wieder zum Gespött zu werden. So schlimm wie heute war es noch nie. Alle wissen jetzt, wie verzweifelt ich auf der Suche bin, vom schwäbischen Komiker bis zur Mutter der Schwiegermutter. Sie haben alle sehr gelacht und mir mitleidig auf die Schultern geklopft.

Aus Trotz habe ich mich aus dem Staub gemacht. Immerhin musste ich nicht wie der Rest der Hochzeitsgesellschaft das ambitionierte Programm der Schwiegermutter weiter über mich ergehen lassen: Mein Leben ist wenigstens ein Abenteuer, mein Leben hat mir außer Hochzeiten noch anderes zu bieten. Ich kann nach Florenz fliegen, mit nichts als meinen Kleidern am Leib, Nächte durchtanzen und durchfeiern, nach Hause kommen oder nicht, ganz wie es mir beliebt. Ich bin keine Rechenschaft schuldig. Niemandem.

Und aus Trotz flüchtete ich mich in die Arme des einzigen Mannes, der sie mir heute aufgehalten hat. Im direkten Vergleich mit Popeye war Thomas doch gar nicht schlecht: ausgewachsen, kann sich allein an- und ausziehen, kann nicht nur ein Dreirad, sondern ein ganzes Flugzeug steuern, und, ob Kulturbanause oder nicht, er spricht in ganzen Sätzen. Wir kennen uns gerade einmal eine Stunde, und schon will er mich mit nach Florenz und in die Villa Morano nehmen, deren Besitzer Millionär und legendär für seine Partys und seine Vorliebe ist: Er steht auf Stewardessen in allen Farben und Rassen.

Um Einlass auf die Party zu finden, musste ich meine Kleider im Spind von Thomas' Kollegin zurücklassen und mich stattdessen in ihre Uniform zwängen. Rote Strümpfe, rote Ballerinas, roter Rock, rote Bluse, Rot steht mir überhaupt nicht, aber ich war mittlerweile bereit, jedes Opfer auf dem Altar meines verwirrten Herzens zu bringen.

Spätabends betrete ich mit Thomas, unweit der Piazzale Michelangelo, die Villa von Enzo Morano. Die Stadt liegt uns mit ihren flirrenden Lichtern zu Füßen. Durch die Eingangshalle schweben Flugbegleiterinnen der Singapore Airlines, der Emirates, der Lufthansa. Die französischen Stewardessen sehen aus wie Premierministergattinnen. Ich frage mich, wer sich das bei wem abgeschaut hat – die Premierministergattin beim Air-France-Personal oder umgekehrt. Vielleicht liegt es aber auch daran, dass Französinnen immer aussehen wie Premierministergattinnen oder Air-France-Stewardessen. Ich fühle mich verkleidet.

Ich versuche mir vorzustellen, welcher der Männer Enzo Morano sein könnte. Millionäre sind begehrte Junggesellen, selbst verheiratete Millionäre werden gejagt wie Springböcke in Südafrika. Aber für Millionäre gibt es keine Schonfrist. Sie sind ganzjährig zum Abschuss freigegeben. Bei ihnen sind alle Regeln des Anstands außer Kraft gesetzt. Eine Frau, die einen Millionär erlegt hat, muss jeden Tag damit rechnen, dass er ihr mit allen zur Verfügung stehenden Waffen abgejagt wird. Und es hilft kaum, das Revier abzustecken. Früher oder später wird darin gewildert werden. Da Enzo Morano seine Villa regelmäßig mit Dutzenden schöner Frauen füllt, ist davon auszugehen, dass er keine Frau an seiner Seite hat, die das zu verhindern versucht. Also ist die Jagd auf Enzo Morano eröffnet, während die hier anwesenden Männer warten, um zu naschen, was dabei an süßen Früchten für sie abfällt.

Ich rechne nicht damit, Enzo Morano kennenzulernen, doch ich habe mich getäuscht. Bereits nach einer halben Stunde kenne ich drei. Der erste hager wie eine Comicfigur, der zweite sturzbetrunken und verschwitzt, der dritte ließ mich stehen, noch bevor ich meinen Namen fertig ausgesprochen habe. Er hatte eine schönere Frau entdeckt.

Alle Frauen sind akkurat gekleidet, perfekt frisiert und bewegen sich durch die Villa, als gehörten sie zum Inventar. Ich hingegen fühle mich vulgär in meiner geborgten Uniform. Sie sitzt sehr knapp, der Rock ist kürzer als vermutlich erlaubt und enger, als er sein darf, weshalb ich ihn alle zehn Schritte hinunterziehen muss. Es gibt Menschen, die dafür geschaffen sind, Uniformen zu tragen, ihre Gestalt und ihr ganzes Wesen kommen in einer solchen voll zur Geltung. Ich gehöre nicht dazu.

Pausenlos werden Häppchen und Getränke vorbeigetragen und ich greife beherzt zu, damit ich wenigstens irgendetwas zu tun habe.

An den schönen Frauen hängen traubenförmig die männlichen Gäste, an den attraktiven Männern hängen traubenförmig die weiblichen Gäste, und auch Thomas hatte sich bald nach unserer Ankunft bei zwei Kolleginnen untergehakt und war verschwunden. An mir hängt niemand. Ich hänge allein zwischen den Räumen der prunkvollen Medici-Villa herum.

Zwar hat Thomas mich nach Florenz geflogen und mir gar nicht mehr schweigsam sämtliche Knöpfe erläutert, die er auf dem kurzen Flug zu drücken verpflichtet ist, doch muss seine Begeisterung über meine Spontaneität irgendwo zwischen *Café Landtmann* und Flughafen verflogen sein. So richtig willkommen hatte ich mich nicht gefühlt. Trotzdem bin ich mitgeflogen, denn zum Umkehren war es zu spät gewesen. Umkehren ist etwas für Feiglinge.

Am faszinierendsten finde ich einen Raum mit filigranen Deckenfresken, ausladenden Kandelabern und orientalischem Fliesenboden, in dem ein halber Nationalpark ausgestopfter Tiere untergebracht ist. Dezent beleuchtetes Prunkstück in der Mitte ist ein afrikanischer Elefant, geschmückt und bemalt. Geführt wird er von einem im europäischen Stil der vorletzten Jahrhundertwende gewandeten Afrikaner. Und ich frage mich, ob er ebenfalls ausgestopft ist und von Enzo Moranos letzter Safari stammt. Ich untersuche die Hautporen im Gesicht des »Mohren«, streiche über die kalte Wange des Afrikaners und bin nicht sicher.

»Er ist nicht echt«, höre ich plötzlich eine Stimme hinter mir. Ein auf die siebzig zugehender, gebräunter Mann lächelt mich mit einer Reihe schneeweißer Zahnkronen an und streicht sich das altersbedingt feiner gewordene Haar zurück. In der Linken hat er eine Culebra, eine handgezöpfelte Zigarre, die Rechte steckt er zurück in seine Hosentasche.

»Die Tiere sind der ganze Stolz der Sammlung«, erklärt er mir in gepflegtem Englisch, »manche Präparate sind über hundert Jahre alt und sie sind aus Sammlungen und Adelshäusern in der ganzen Welt zusammengetragen.«

»Faszinierend, wie lang man organische Strukturen konservieren kann, wenn sie erst tot sind. Aber etwas, womit man sich zu Lebzeiten einbalsamieren kann, und zwar, noch bevor es zu spät ist, das erfinden sie nicht.«

Er lacht ein kehliges Lachen, das einen verschleimten Husten auslöst und stellt sich mir vor.

»Lassen Sie mich raten: Enzo.«

Er bleckt die Zähne.

»Lassen Sie mich nochmals raten: der Hausherr.«

»Nein, ein Freund des Hausherrn.«

»Sind das nicht alle hier?«

Er schmunzelt.

Der vierte Enzo Morano, den ich an diesem Abend serviert bekomme. Einmal im Leben begegne ich einem Millionär, einer wirklich *guten Partie*, und dann ist diese mehr als doppelt so alt wie ich. Deshalb gehe ich davon aus, dass es sich diesmal wirklich um Enzo Morano handelt: weil er nicht infrage kommt. Für manche wäre er, gerade weil er so alt ist, eine gute Partie, für mich nicht, obwohl Makel bekanntlich die Eigenschaft haben, in direkt proportionalem Verhältnis zur Größe der Geldbörse zu schrumpfen. Doch das mag vielleicht eine schiefe Nase gerader erscheinen, Bösartigkeit, Despotismus, Tyrannei und Gier zu kleinen Charakterschwächen schrumpfen lassen, aber jünger macht sie nicht. Niemanden. Ich fühle mich zu älteren Männern einfach nicht hingezogen, selbst wenn mir der Ausblick, es mit ihnen bedeutend kürzer aushalten zu müssen, bis der Tod uns scheidet, für einen Augenblick verlockend erscheint.

Enzo nimmt mich mit sanftem Nachdruck beim Unterarm, zieht mich zu einem antiken Wandschrank, gefüllt mit den edelsten trinkbaren Kostbarkeiten, und lässt mich wählen. Seine Hände sind gepflegt, aber die Haut ist, wie seine Haare, vom Alter dünn geworden. Fast wie Frauenhände fühlen sie sich an, weich, als hätte er sie zu lang in Spülmittel gebadet. Der Druck kommt aus den Knochen und nicht aus den Muskeln. Irgendwann spürt man bei alten Menschen die Knochen durch, egal, wie dick sie sind, die Muskeln und das Fett bekommen eine andere Konsistenz, gelartig geben sie nach und bringen immer deutlicher zum Vorschein, was zuletzt vom Menschen bleibt: die Knochen und das künstliche Gebiss.

Ich mag Whiskey nicht und auch keine Klaren, ich entscheide mich für einen Cognac, *Louis XIII Cask 468* steht auf dem Etikett. Ich finde die Flasche hübsch.

»Du hast einen erlesenen Geschmack«, kommentiert Enzo meine Wahl und bricht die Flasche an.

Als ich an meinem Glas nippe, ebenfalls eine Zigarre in der Hand, erzählt er mir, dass dieser Cognac jahrzehntelang in Eichenfässern gereift sei, es stecke das Lebenswerk von mehreren Kellermeistern darin. Ich fühle mich an irgendetwas erinnert, als hätte ich in letzter Zeit dauernd ähnliche Gespräche geführt. Doch trotz intensiven Nachdenkens, bildet sich in meinem Hirn nur eine Blase.

Die Betrachtung des kostbaren, kellermeisterlichen Vermächtnisses, die kleine Ewigkeit, die sich als ölige Flüssigkeit in meinem Glas anlegt, macht mich sentimental. Ist es das, was ich an älteren Männern nicht mag? Ich blicke Enzo an. Wie den lang gereiften Cognac könnte ich ja wenigstens einmal versuchen, einen Millionär zu kosten, denke ich und nehme einen tiefen Schluck, um meine Sinne zu betäuben, beuge mich vor, nähere mich seinen Lippen, in den Furchen seiner Mundwinkel sammelt sich ein wenig Speichel. Er ist klebrig, dickflüssiger als der von jungen Menschen, konzentriert vom Flüssigkeitsmangel, unter dem der gealterte Körper leidet. Wenn ich die Augen zumache und den Atem anhalte, dann könnte es vielleicht klappen mit uns. Ich hole tief Luft und inhaliere den Geruch von Zahnersatz. Mir fällt mein Großvater ein. Zahnersatzreiniger, Haftcreme, süßlicher Speichel – der Duft des Alters, praktisch nicht abwaschbar. Warum gibt es für die Haftcreme nicht wenigstens die Note Vanille oder Himbeere? Ich schwenke den Cognac, träge schaukelt die Flüssigkeit im bauchigen Glas. Sie wurde vermutlich etwa zum Zeitpunkt von Enzos Geburt in das dunkle Eichenfass gefüllt. Während der Cognac an Wert und Geschmack gewonnen hat, hat Enzo Jugend und Vitalität verloren. Ausgeschlossen, ich kann ihn nicht küssen. Stattdessen trinke ich den letzten Schluck und irgendwie schmeckt der Cognac jetzt auch nach Haftcreme.

»In die Zukunft können wir nicht blicken, aber wir können uns die Vergangenheit einverleiben.« Enzo schenkt mir nach. Dabei verrutscht der Ärmel seines aufgekrempelten Hemdes, auf seinem Unterarm wird ein Teil einer Tätowierung sichtbar. Sieht aus wie ein Flügel, ein Vogelflügel, ziemlich abstrakt und an den Rändern ausgelaufen. Er sollte mal nachstechen gehen.

Enzo gießt auch sich nach. Seine Hand zittert dabei leicht.

»Jetzt, da ich die Flasche angebrochen habe, die sich preislich in der Kategorie eines mittleren Kleinwagens befindet, möchte ich sie schon zu Lebzeiten austrinken.«

Als hätte Enzo meine Gedanken erraten, glüht die Culebra in seinem Mund auf. Wie lang noch trinkt er problemlos ohne Hilfe aus einem Kristallglas?

»Ein mittlerer Kleinwagen?«

»Die Vergangenheit hat ihren Preis.«

»Die Zukunft erst recht.«

Nun wage ich kaum mehr zu trinken, für einen Schluck von diesem Cognac könnte man glatt nach New York fliegen, von dem ganzen Glas könnte ich wahrscheinlich ein halbes Jahr meine Miete bezahlen und wie viele Louis-Vuitton-Schuhe ich dafür kaufen könnte, darüber möchte ich gar nicht erst nachdenken. Ich fühle mich wie Aschenputtel.

Enzo lacht und streckt seine Füße aus, sie stecken in weichen braunen Mokassins.

Mit dem wohlig warmen Brennen des teuersten Getränks meines Lebens im Bauch überträgt sich Enzos Unaufgeregtheit auf mich. Durch die Entrücktheit des Alters, mit der mich Enzo wie aus der Ferne ansieht, fühle ich mich plötzlich besonders, ich fühle mich wahrgenommen, ich bin und versuche nicht zu sein. Er gibt mir das Gefühl, charmant oder geistreich oder sogar beides zu sein.

Unter dem Glanz eines guten Dutzends toter Tieraugen sitzen wir beisammen, in entspanntem Einvernehmen darüber, die Zeit verrinnen zu lassen. Immerhin sind wir die Einzigen in diesem Raum, die noch ein bisschen Zukunft vor sich haben. Wenn ich nur wüsste, welche.

Draußen im Flur toben ein paar ausgelassene Partygäste vorbei, sie spielen Fangen, was in ziemlich groteskem Widerspruch zu ihren Uniformen steht, weit nach Mitternacht hat der Alkohol nicht nur seine enthemmende, sondern auch seine infantilisierende Wirkung voll entfaltet. In der Nische auf dem orientalischen Diwan beobachte ich mit Enzo die Szenerie. Wie in einem üppig ausgestatteten Fellini-Film spielt sich das Liebeswerben seiner Partygäste vor uns ab und mir wird klar: Nicht nur ich gehöre nicht dazu. Wir haben uns beide dafür entschieden.

Eine Stewardess läuft barfuß herein, kichernd versteckt sie sich hinter der hohen Tür, dann erst entdeckt sie die wilden Tiere, die sie anstarren, auch wir starren sie an, ausgestopft, erstarrt im Augenblick. Enzo faucht, als die Stewardess uns ansieht, sie erschrickt, flüchtet in die Arme ihres Verfolgers. Es ist Thomas. Er hält inne, mit seinem dumpfen Espressotassen-Gesichtsausdruck, als versuchte er, sich dringend an etwas oder vielleicht gar an mich zu erinnern. Nach ergebnislosem vor sich Hinstarren packt er seine Stewardess und zieht sie wieder nach draußen in den Flur.

»Die hübschesten Uniformen werden von den dümmsten Mädchen getragen«, seufzt Enzo und zieht an seiner Zigarre.

»Welche Airline war das?«

»Qatar.«

Ich würde zu gerne wissen, warum Enzo Morano diesen Uniformentick hat, er scheint ihn nicht einmal zu genießen.

»Sie stolzieren durch die Stadt, und jeder weiß: Sie gehen in die Villa Morano. Auf dem Weg hierher fühlen sie sich als etwas Besseres. Kaum sind sie aber drinnen, geht das Gerangel um Anerkennung wieder von vorne los.«

Ich verstehe nicht, was Enzo meint.

»Eine Uniform ist immer Bekenntnis und Stigma zugleich. Es gibt Sieger und Verlierer, Ranghöhere und Befehlsempfänger. Von außen betrachtet, tragt ihr einfach nur eine Uniform. Aber der Mensch hat sich nun einmal dazu verdammt, sich ständig einordnen zu müssen. Identifizieren. Was bedeutet schon, sich zu identifizieren? Die Außenwelt mit seinem Innenleben in Einklang zu bringen. Aber das gelingt so gut wie nie.«

»Es ist erstaunlich«, sage ich, als würde mich das gar nicht betreffen. »Wozu sich Menschen herablassen, um irgendwo dazuzugehören.«

Da blickt Enzo an meiner schlecht sitzenden Uniform hinunter. Ich schäme mich und unterdrücke den Impuls, mich für meine Uniform zu rechtfertigen. Dass ich in dieser storchenroten Sache gelandet bin, ist auch nur passiert, weil ich versuche dazuzugehören. Aber wozu? Zu den glücklich Verliebten, den glücklich Verheirateten, zu den Umschwärmten, Flirtenden, zu den Begehrten oder wenigstens zu denen, die Abenteuer erleben? Man gehört immer irgendwo dazu. Aber nie da, wo man dazugehören will. Gehört man zu den Verheirateten, wünscht man sich nichts sehnlicher als Freiheit. Hat man die Freiheit, zu tun und zu lassen, was man will, weil niemand danach fragt, wünscht man sich Nähe, Bindung und Verpflichtung. Hat man Nähe, Bindung und Verpflichtung, wünscht man sich Unabhängigkeit. Hat man Unabhängigkeit, wünscht man sich aber trotzdem Zuneigung und erfährt man Zuneigung, verlangt es einen nach mehr Unverbindlichkeit.

Da sich Enzo überhaupt nicht dafür zu interessieren scheint, was ich eigentlich in seiner Villa zu suchen habe, erzähle ich ihm auch nicht davon. Ich hingegen frage mich sehr wohl, warum er sich ausgerechnet mit mir unterhält, während er all die schönen Frauen den anderen Männern überlässt. Es ist, als würde einer im Schlaraffenland sitzen, jedes Brathuhn unangebissen vorbeifliegen lassen, nur um zu wissen, wie es ist, wenn er endlich einmal Hunger hat. Ich hingegen habe tausend Dinge, nach denen ich mich sehne, verzehre, denen ich nachlaufe, für die ich kämpfen muss, ich jage ständig meinem Glück hinterher, weil ich es mir nicht einfach beschaffen kann. Aber wenn ich Enzo in seinem Schlaraffenland betrachte, erkenne ich eine Sache, die ihn und mich, trotz aller Unterschiede, gleich macht. Das, was wirklich zufrieden macht, bekommt man geschenkt: vom Leben, vom Augenblick, von anderen Menschen. Die einzige Gabe, die man dafür braucht, ist, die Gelegenheit zu erkennen. Und die habe ich nicht. Plötzlich habe ich das Bedürfnis, Enzo zu küssen. Nun ist mir klar, warum Enzo nicht zugreift. Er muss das Brathuhn nicht einmal anbeißen, die Hühner fliegen ihm direkt ins Maul.

Auf einmal steht Thomas vor uns und inzwischen scheint er die Gedächtnisstörung überwunden zu haben, doch dürfte sie direkt in irgendeine andere Störung übergegangen sein, deren wissenschaftliche Kategorisierung und Benennung noch aussteht. Vermutlich ist ihm bloß die barfüßige Stewardess abhandengekommen. Unzufrieden pöbelt er Enzo an. Weil mir nichts Besseres einfällt, um die Situation zu retten, stelle ich die beiden einander vor. Hätte mir eigentlich gleich dämmern können, dass weder der eine noch der andere gesteigerten Wert darauf legen würde.

»Genau«, höhnt Thomas, als ich Enzos Namen nenne, »und ich bin Bernie Ecclestone.«

Er nennt mich eine dumme Pute, niemand hier hätte Enzo Morano jemals gesehen. Das Einzige, woran man ihn erkennen könnte, sei der Reichsadler, den er auf seinem Unterarm tätowiert hat. Aber auch den habe bisher keiner gesehen.

Ich schiele auf Enzos Unterarm, doch der ist wieder von seinem Hemdsärmel bedeckt. Für Thomas' Ausführungen interessiert sich Enzo nur wenig. Freundlich verabschiedet er sich von mir und überlässt mich den wilden Tieren und dem unflätigen Thomas. Überrascht und etwas ratlos blickt Thomas seinem Nebenbuhler nach und saugt schließlich an seiner Champagnerflasche, doch der

Triumph will sich nicht so recht einstellen, dafür hat der Feind das Feld zu schnell geräumt. Missmutig lässt er die Schultern sinken und hält mir wortlos die Flasche hin.

Es dauert nicht lang und zwei groß gewachsene, bullige Männer erscheinen. In ihnen erkenne ich die Türsteher wieder. Begeistert über den neuen Feind, stürzt sich Thomas auf sie. Die haken sich allerdings völlig unbeeindruckt bei Thomas unter und wie schon zuvor mit den beiden Stewardessen macht mein Pilot einen Abflug. Diesmal bis vor die Tür.

Weder Enzo noch Thomas habe ich je wiedergesehen.

Am nächsten Morgen tue ich unausgeschlafen, mit alter, verklebter Schminke im Gesicht genau das, was ich immer schon niemals tun wollte: allein in einer lächerlichen Uniform in einer fremden Stadt Zeit totschlagen. Endlose Stunden noch bis zur Abfahrt meines Zuges. Ja genau, die Stewardess mit Flugangst fährt Zug. Nachdem ich gerade hautnah mitbekommen habe, wer in diesen Uniformen steckt und im Cockpit sitzt und Flugzeuge steuert nach wie vielen Drinks und wie wenigen Stunden Schlaf, fahre ich lieber mit dem Zug, als lebenserhaltende Maßnahme. So viel zu meiner Abenteuerlust. Man sollte seinen Prinzipien eben treu bleiben. Finger weg von Piloten: untreu und nie zu Hause.

Ich schlendere durch die Stadt, trinke Cappuccino in allen Bars rund um den Dom, stelle mich in die Warteschlage vor den Uffizien, gebe nach zwei Stunden auf, ziehe weiter und stehe schließlich in der Parfümerie Santa Maria Novella. Ich probiere ein paar Düfte durch und lande in der Herrenabteilung. Tabacco Toscano. Aber nur an dem Parfüm zu riechen genügt nicht: Es entfaltet ausschließlich in Verbindung mit Nicolas' Haut diesen besonderen Duft von Stärke, Geborgenheit, Unberechenbarkeit und Entspanntheit zugleich, der nicht nur das Innere seines Wagens, sondern auch meine Erinnerung an die Fahrten mit Nicolas erfüllt. Als ich unter den florentinischen Freskobögen an dem Teststreifen schnuppere, fährt mir nur der Alkohol mit einer leicht herben Note, dafür aber diese Erkenntnis ins Hirn, nein, ins Herz. Es pocht plötzlich heftig gegen meine Brust und mich überkommt der Wunsch, Nicolas eine Freude zu bereiten.

Abwechselnd versuche ich Thomas, Christoph und Nicolas anzurufen. Thomas, um meine verlorenen Schuhe wiederzubekommen, Nicolas, um herauszufinden, ob ich ihn gestern auf der Hochzeit tatsächlich versetzt habe, und Christoph, weil er heute Morgen vermutlich ohne mich im *Café Hummel* gefrühstückt hat. Nur Christoph hat sich nach drei Anrufen endlich zum Abheben herabgelassen. Dafür muss ich am nächsten Wochenende erneut mit ihm frühstücken gehen. Vom schlechten Gewissen geplagt, sage ich zu, Lust habe ich keine. Der Datingstress beginnt, mir über den Kopf zu wachsen, bevor ich überhaupt ein richtiges Date gehabt habe.

Weder Thomas noch Nicolas habe ich erreicht. Weder meine Schuhe noch Nicolas werde ich je wiedersehen. Und ich weiß gerade nicht, worum es mir mehr leidtun soll.

Endlich zu Hause, meide ich meinen Computer, ich bin erschöpft von diesem Wochenende. Die Einzige, die inzwischen noch heruntergekommener wirkt als ich, ist meine

Schwester. Das Aparte, das sie bisher aus ihren Müllbergen herausragen hat lassen, hat sich über das Wochenende verflüchtigt. Ich habe Angst, sie bald von ihren Essensresten nicht mehr unterscheiden zu können. Bleich, mit ungewaschenen Haaren und ungepflegter Haut, schleppt sie sich zwischen leer gefressenem Kühlschrank und Couch hin und her, beantwortet keine Telefonanrufe und spricht auch sonst mit niemandem, außer ab und zu mit dem Fernsehapparat. Ich weiß nicht, wann sie zuletzt diesen ausgeleierten Pyjama nicht angehabt hat. Aus den Resten auf den Geschirrbergen, die sich unabgewaschen in der Küche türmen, schließe ich, dass sie sich, wenn ich mich nicht darum kümmere, überwiegend von Nudeln mit Ketchup und abgelaufenem Vanillepudding ernährt. Die klassische Phase zwei des Liebeskummers. Während Phase eins meist aus großer Geschäftigkeit und Wiedererweckung der wegen der Beziehung völlig eingeschlafenen Geselligkeit besteht, besteht Phase zwei aus dem kompletten Gegenteil. Im Grunde genommen unterscheidet sich diese Phase von der Schlussphase der zerbrochenen Beziehung einzig darin, dass man nun allein statt zu zweit zu Hause hockt. Deswegen ist man in Phase zwei besonders gefährdet, rückfällig zu werden.

Seit Loredanas Einzug hege ich ja die Hoffnung, dass sie rückfällig wird. Sollte sie es nämlich nicht werden, müsste sie noch durch die Phasen drei, vier, fünf und sechs, was bedeuten würde, dass mein Wohnzimmer für weitere sechs bis acht Monate okkupiert wäre. Davon abgesehen, ist Carlos der einzige Mann auf der Welt, der meine Schwester zu bändigen versteht. Sie ist verrückt nach ihm, und er liegt ihr zu Füßen. Nicht umsonst musste

Loredana um die halbe Welt fliegen, um Carlos zu treffen, die beiden gehören zueinander wie die Polkappen, sonst gerät die Welt dazwischen aus den Fugen.

Immerhin schaffe ich es, Loredana zu einem gemeinsamen Mittagessen in meinem Atelier zu überreden, dafür muss sie sich durch das Stiegenhaus und quer durch den Innenhof bewegen. Und immerhin ist ihr Schamgefühl noch stark genug ausgeprägt, dass sie dafür den Pyjama durch ein leichtes Sommerkleid ersetzt. Als sie im Atelier auftaucht, um mit mir eine Pizza zu teilen, hat sie einen Strauß langstieliger Rosen dabei, den sie achtlos in eine Ecke wirft.

»Spinnst du? Wie kannst du so mit einem Geschenk umgehen?«

Ich hatte gehofft, dass Carlos diese Rosen schickt, die seit ein paar Tagen täglich bei uns abgegeben werden. Zusammengerechnet habe ich in meinem ganzen Leben vermutlich nicht so viele Blumen bekommen wie Loredana in der vergangenen Woche.

Aber Loredana schnaubt verächtlich, Carlos würde so etwas Banales nie tun. Die schönsten Blumen nützen nichts, wenn sie nicht der Richtige schickt.

Beim Anblick der Pizzakartons bricht Loredana dafür in Tränen aus – typisch Phase zwei –, nicht bei roten Rosen, bei fettiger Pizza werden romantische Erinnerungen wach.

Es plage sie das Heimweh, sagt Loredana. Komisch, denke ich, deswegen ist sie doch nach Wien zurückgekommen. Doch jetzt, in Wien, plagt sie das Heimweh nach Buenos Aires, genauer gesagt nach Carlos. Innerlich triumphiere ich. Phase zwei, dem Rückfall nahe!

»Ich fühle mich hier überhaupt nicht mehr zu Hause«, beschwert sie sich.

»Ruf ihn doch an?«

»Nein.«

»Warum nicht?«

»Ich will, dass er mich vermisst.«

Loredana-Logik.

»Und von wem sind dann die Rosen?«

»Von deinem Ramon.«

»Geh, der heißt doch Roman.«

»Was?! Auch das noch! Nein, der heißt Ramon. Hat er gesagt.«

»Du musst es wissen, du hast mit ihm geschlafen«, necke ich sie.

Loredana bekommt einen bissigen Unterton:

»Ach, wolltest du etwa auch?!«

Ich muss lachen und stecke meine Nase in den Strauß Rosen.

»Mmmmh. Eine unvergessliche Nacht.«

Loredana findet das nicht halb so komisch wie ich.

Die Tür geht auf, und plötzlich steht Nicolas in meinem Atelier. Loredana verzieht verzückt das Gesicht. Ich senke den Blick zerknirscht zu Boden. Loredana bezieht meine Verlegenheit auf sich:

»Auch aus dem Internet?«

Ich ignoriere Loredana.

»Ich habe dich versetzt.«

Hinter Nicolas' Rücken tippt sich Loredana auf die Stirn. Ich werfe ihr einen warnenden Blick zu.

»Ich erwarte keine Entschuldigung«, sagt Nicolas. »Ich bin auf die Party gekommen und du warst nicht mehr da, das kommt vor.«

»Ja, Luisa nimmt immer die Falschen mit nach Hause.«

Das hat Loredana von unserem Vater geerbt. Das Taktgefühl eines Rhinozeros.

»Wie du weißt, kann man sich auf fremden Hochzeiten ja ganz gut allein vergnügen«, setzt Nicolas nach.

Loredana lacht:

»Machst du das immer noch?«

»Darf ich vorstellen, meine Schwester, und die hat jetzt einen dringenden Termin. Sie muss ihre Rosen ins Wasser stellen.«

»Ach, nein, die gehören doch eigentlich dir.«

»Es tut mir wirklich leid«, hole ich zur Entschuldigung aus und mache damit alles schlimmer. »Du hast die Hochzeit ja selbst gesehen: Ich musste flüchten. Bis nach Florenz.«

»So schlimm fand ich sie eigentlich nicht«, sagt Nicolas.

»Ja, jetzt wünschte ich, glaube mir, ich wäre auf der Hochzeit geblieben … dann hätte ich wenigstens meine Kleider noch … die habe ich samt Schuhen verloren. Also, ich meine, nicht alle … glücklicherweise nicht … alles …«

An dem wirren Zeug, das ich rede, merkt wenigstens Loredana, dass es mir ernst ist. Sie nimmt ihre Rosen und geht.

Doch Nicolas wechselt unbeeindruckt das Thema. Er habe ein beschädigtes Ölbild, das er gerne herrichten lassen würde.

»Es ist nicht so gewesen, wie es klingt«, setze ich nach. »Es war eigentlich alles ganz harmlos, außer dass ich statt in meinen Kleidern in einer Stewardessenuniform mit dem Zug nach Hause gefahren bin … ich habe dir etwas mitgebracht … als Entschuldigung.«

Als Entschuldigung? Nein, ich wollte dir eine Freude ma-

chen! Ich wollte, dass es auch weiterhin in deinem Auto so gut riecht, dass du so gut riechst, dass ich an dir riechen kann, vielleicht sogar meine Nase in deinem Hals vergraben, den Kopf auf deine Schulter legen, deine warme Haut und deinen Herzschlag spüren kann.

Aber mir kommt kein Wort über die Lippen.

Mit hektischer Geschäftigkeit wühle ich in meinen Schubladen nach der Flasche Tabacco Toscano. Als ich Nicolas ansehe, wird mir klar, dass ich möglicherweise nie wieder in seinem Taxi sitzen werde, weil ich unsere Verabredung vergessen habe. Tausend Dinge möchte ich ihm beim Anblick des Fläschchens plötzlich sagen, von mir erzählen, um zu beweisen, dass ich ein besserer Mensch bin, als er vermuten könnte, stattdessen schäme ich mich dafür, gehofft zu haben, dass ein lächerliches Parfümfläschchen mit einer altmodischen Schleife darum mein achtloses Verhalten ungeschehen machen könnte. Ich stelle das Geschenk sorgfältig auf den Tisch.

Nicolas bleibt ungerührt.

»Nachschub. Direktimport.«

Ich versuche ein Lächeln.

»Die Schwester der Braut hat mir erzählt, du wärst auf das Restaurieren alter Ölbilder spezialisiert.«

Entmutigt frage ich ihn, von wem sein Bild denn stamme. Darauf weiß er keine genaue Antwort.

Ich überlege, ob ich gleich ablehnen soll oder erst, wenn er den Flohmarktplunder aus der Hotelbettwäsche ausgewickelt hat. Schon oft habe ich in die enttäuschten Gesichter meiner Privatkunden blicken müssen, wenn ich ihnen mitgeteilt habe, dass die Kosten der Restaurierung den Wert des Bildes, das jahrzehntelang über der Esszimmerkredenz der unlängst verstorbenen Großmutter gehangen hat, übersteigen und sich das Herrichten überhaupt nicht lohnen würde. Das Wertvollste an den Bildern ist oft der Rahmen. Ich beschließe, Nicolas die Freude an seinem Bild nicht zu verderben, und biete ihm an, es herzurichten. Ich werde einfach kein Geld verlangen, dann muss ich ihm – für mein Gewissen – auch nicht die Illusion über sein Bild zerstören.

Nicolas wickelt das Bild vorsichtig aus. Bei zwei Quadratmetern ein nicht ganz einfaches Unterfangen. Als ich ihm dabei behilflich bin, streift sein Arm sachte meinen. Seine Härchen kitzeln auf meiner Haut. Ich möchte seinen Arm festhalten, seine Haut noch einmal spüren; als ich es darauf anlege, zieht sich Nicolas charmant, aber bestimmt zurück. Ich suche seine Augen, doch sein Blick weicht mir aus, konzentriert auf die Angelegenheit, in der er mich in meinem Atelier aufgesucht hat.

Aus der ausrangierten Wäsche der *Villa Elsa* fördert er ein Gemälde zutage, das nicht ganz meinen Erwartungen entspricht.

»Ich weiß, dass das kitschige Bild möglicherweise die Restaurierung gar nicht wert ist, aber ich hänge daran.«

»Weil es jahrzehntelang im Wohnzimmer deiner Großeltern gehangen hat?«

Nicolas lacht.

»Nein, im Schlafzimmer.«

»Ah. Die seltenere Variante.«

»Mein Urgroßvater war Zahnarzt und hat sich manchmal so bezahlen lassen.«

Nun muss ich lachen, bei der Vorstellung.

»Für das Gemälde würde der Künstler heute sogar ein

ziemlich feines neues Gebiss bekommen. Gar so wertlos, wie du denkst, ist dieses Bild nicht. Es ist ein Büchler. Ein österreichischer Jugendstilmaler. Das aufreizend Kitschige, von dem du sprichst, spiegelt den Sexappeal des Frivolen, der in Wien um die Jahrhundertwende vorherrschte, wider. Ich finde, Büchler wird unterschätzt. Aber ich stehe mit dieser Meinung eher alleine da … Interessant, jetzt kenne ich also den Urenkel seines Zahnarztes.«

Nicolas bleibt auf Distanz.

»Ja, es muss sich herumgesprochen haben, dass man bei ihm in Bildern bezahlen kann. Die Bilder der leider unbekannt gebliebenen Künstler stapeln sich auf dem Dachboden.«

»Das Urteil des Paris. Ein sehr beliebtes Motiv, um eine Ausrede zu haben, unbekleidete Frauen in unterschiedlichen Posen darzustellen. Du kannst mir gern auch einmal die anderen Bilder zeigen, vielleicht erkenne ich den einen oder anderen Künstler.«

Auf mein Angebot geht Nicolas nicht ein.

»Kannst du das Bild flicken?«

Ein etwa drei Zentimeter großes Loch klafft in der Leinwand. Ausgerechnet das Auge des Paris, der im Profil dargestellt ist, ist fast zur Gänze ausgerissen, was sein Urteilsvermögen wie auch den Zustand des Gemäldes ziemlich trübt.

»Lass dir ruhig Zeit, meine Nummer hast du ja, ruf mich an, wenn ich es abholen kann.«

Nicolas wendet sich zum Gehen.

»Wer hat dir gesagt, dass ich Restauratorin bin?«

Ich möchte ihn davon abhalten, zu gehen.

»Regina.«

»Wer?«

Ich weiß genau, wer das ist. Katjas Schwester. Fünfunddreißig, immer noch gut aussehend und noch dringender auf der Suche nach einer guten Partie als ich.

»Die Schwester der Braut. Sehr sympathisch.«

Ah ja? Sympathisch? Schön. Da weiß ich schon, was das zu bedeuten hat. Sie gefällt ihm. Während Katja eher eine zurückhaltende Erscheinung ist, sieht ihre Schwester aus wie Kylie Minogue – solange sie den Mund geschlossen hat. Einhundertfünfundsechzig Zentimeter inklusive Plateauschuhen, wasserstoffblondes Haar und ein ausladendes Dekolleté genügen den meisten Männern vollauf, um Reginas gewaltigen Überbiss großzügig zu übersehen. Andererseits liegt es bei intensiverem Kontakt dann vielleicht an den schmerzhaften Begegnungen mit genau diesem Überbiss, weshalb Regina immer wieder aufs Neue auf der Suche ist.

»Ich finde, du hast eine Menge sehr sympathischer Freunde.«

»Haben sie dich als Party-Crasher gut aufgenommen?«

»Es war sehr aufschlussreich.«

»Aufschlussreich?!«

»Freunde sind der Schlüssel zu einem Menschen.«

»Hast du Matto auch kennengelernt?«

»Ja.«

»Oh je. Das bedeutet, du weißt jetzt alles über mich.«

»Fast alles.«

»Das ist unfair. Ich kenne nur deinen Freund, den Staatssekretärsbüroleiter und seine sonderbare Begleitung aus dem *Tropfenkönig*. Was könnte das wohl über dich aussagen?«

»Seinen Freund kenne ich nicht, aber für Oliver würde ich durchs Feuer gehen.«

»Der Glückliche. Seit meine Freundinnen verheiratet sind, stochern sie für mich höchstens noch im Kaminfeuer, und das auch nur, wenn es im eigenen Wohnzimmer ist.«

Nicolas blickt auf seine Uhr.

»Warte, dein Parfüm!«

Ernst blickt er mich an.

»Danke. Aber ich habe keine Verwendung dafür.«

Er verlässt ohne Umschweife mein Atelier. Das Fläschchen bleibt zurück. Was habe ich erwartet? Begeisterung etwa? Dankbarkeit dafür, dass ich an ihn gedacht habe, nachdem ich ihn bereits vergessen hatte?

Kaum ist hinter Nicolas die Tür ins Schloss gefallen, habe ich schon Matto am Telefon.

»Wo warst du? Du bist einfach verschwunden? Ein wunderschöner Mann!«

Völlig aufgekratzt erzählt Matto von Nicolas.

»Eine Erscheinung! Und er hat sich recht eingehend nach dir erkundigt.«

»Ja, bei Regina.«

»Tja. Bei Regina. Du warst ja nicht da.«

»Und?«

»Und die ist jetzt komplett aus dem Häuschen.«

Rund um mich herum sprühen nur so die Funken und bei mir?

»Die Liebe dreht ihre Runden und mit ihr dreht sich der Mensch grad so wie die Erde sich dreht Tag und Nacht«, sinniert Matto. Im Herbst hat er mit Schnitzlers *Reigen* Premiere.

Nach so vielen Monaten des Daseins als Single muss doch auch für mich wieder einmal meine Raum-Zeit-Gefühl-Ebene mit der Raum-Zeit-Gefühl-Ebene irgendeines Mannes kompatibel sein. Wenn sich rund um mich alle Welt verliebt, kann doch nicht ausgerechnet ich verschont bleiben? Das mein Leben überschattende Liebesglück der anderen muss sich doch irgendwann auch auf mich übertragen. Aber wie soll ich denn wissen, ob ich die Liebe vor die Füße gestreut bekommen habe, wenn ich nicht einmal weiß, woran ich sie erkennen soll?

Ich unterbreche Matto, der sich gerade über Reginas neues Liebesglück auszubreiten beginnt, das ich ihr auch noch um ein Haar frisch einparfümiert hätte, und kehre missmutig an die Arbeit zurück.

»Warum rufst du ihn nicht an?«, will Loredana wissen.

»Du rufst Carlos ja auch nicht an.«

»Das ist etwas anderes.«

»Aha.«

Wie immer verstehe ich Loredana nicht. Sie findet, ich sei zu stolz, falscher Stolz sei das. Ich finde, ich habe mich weit genug aus dem Fenster gelehnt. So weit, dass ich prompt hinausgefallen, auf die Nase gefallen bin.

»Du willst doch eigentlich gar nicht«, sagt Loredana.

Das streite ich vehement ab. Natürlich will ich die Liebe finden, aber ihr hinterherlaufen?

Um ihr zu beweisen, dass ich meinen Stolz sehr wohl hinunterschlucken kann, wähle ich Nicolas' Nummer und lege auf.

»Mobilbox.«

»Sprich drauf.«

»Ich kann jetzt nicht noch einmal anrufen. Der meint sonst, er hätte eine Stalkerin am Hals.«

Loredana schnappt sich mein Telefon und drückt auf Wiederwahl.

»Da.«

»Hallo? Hier ist Luisa.«

»Hallo.«

Jetzt ist er dran. Und ich weiß nicht, was ich sagen soll.

»Ich wollte nur fragen, ob du dich erinnern kannst, welche Augenfarbe Paris hatte.«

»Wie bitte?«

»Paris' Augenfarbe.«

»Kann ich dich später zurückrufen?«

»Ja, klar. Ciao.«

»Du bist echt feig«, sagt Loredana.

Den Rest der Woche habe ich damit zugebracht, auf Nicolas' Rückruf zu warten. Er hat nicht angerufen.

6

Dafür hat Andreas, der Notar aus Wiener Neustadt, auf Singlehearts endlich geantwortet. Er will mich am Freitag treffen. Da bin ich ausgerechnet mit Elvis verabredet. Ich sage ihm ab. Elvis, nicht dem Notar. Der Einfachheit halber wechsle ich nur den Kandidaten, jedoch weder Ort noch Zeit der Verabredung.

Als ich das Haus verlasse, treffe ich auf Roman. Er ist auf dem Weg zu Loredana.

Nachdem ich eine Woche zwischen schweigsamen Ölgemälden, zwischen Euphorie und Ernüchterung, zwischen Fantasien vom Glück zu zweit und Horrorvisionen vom Ende meiner Freiheit verbracht habe, finde ich mich am Freitagabend auf der Terrasse der *Urania* wieder – auf der Suche nach Andreas.

Sein Profilfoto zeigte einen gut aussehenden Endzwanziger im Maßanzug. Einen Mann mit vollem Haar und einem guten Friseur, schlank, sportlich, optimistisch, beruflich erfolgreich. Im Hintergrund ein rotes Schüttbild, das dem Foto und dem Maßanzug die Büroatmosphäre nahm. Zum Ausgleich für seinen biederen Beruf als Notar hat er eine Reihe vielversprechender Hobbys – der Rolls-Royce in meiner Singlehearts-Garage und der Ferrari im Rennstall meiner 1685 Partnervorschläge. Beständig und elegant, sportlich und schneidig zugleich. Eine Limousine mit Formel-Eins-Antrieb. Dass er zwei Wochen auf jede seiner Antworten hat warten lassen, deutet allerdings auf einen massiven Motorschaden hin. Vielleicht war er nur durch eines seiner Hobbys verhindert: Surfen (sportlich!) im Atlantik, Black-Jack-Spielen (männlich!) in Las Vegas, Malakologie (die Beschäftigung mit Weichteilen, oder waren es Weichtiere? Egal, jedenfalls hat er Humor), Schnapsbrennen im Keller. Oder er war vertieft ins Rollenspielen – wobei ich nicht so recht weiß, was das bedeuten könnte? Meint er damit Sexspiele? SM-Spiele? Räuber und Gendarm? World of Warcraft? Oder verbringt er seine Freizeit mit der Erforschung seiner Psyche bei Familienaufstellungen? Ich hoffe, dass er einfach nur ab und zu Theater spielt.

Unterhalb des Geländers fließt wieder einmal der schwarze Donaukanal vorbei, über mir hängt der Vollmond. Als gäbe es in Wien keinen anderen Treffpunkt, verbringe ich seit meinem Singlehearts-Beitritt jedes Wochenende am Donaukanal und mir wird immer klarer, warum: Nach Ablauf meines Abos kann ich mich von hier aus am bequemsten umbringen.

»Luisa?!«

»Oh?«

»Andreas.«

»Hallo! Ich habe dich gar nicht erkannt.«

»Sind ein bisschen gewachsen.«

»Wer?«

»Meine Haare.«

Die Haare? Und was ist mit dem Bauch, dem Doppelkinn und dem linken kleinen Fingernagel? Wofür ist der?

Zum Nasebohren? Als Zahnstocherersatz? Zum Pickelausdrücken?

Auf der Suche nach dem Andreas auf dem Foto war ich zwischen Tischen mit herausgeputzten, romantisch gestimmten Männern und Frauen umhergeirrt. Zombiepuppen in der Geisterbahn gleich erwachten sie wie auf Knopfdruck zum Leben, als ich näher kam, blickten erwartungsvoll auf und sanken wieder in sich zusammen, als sie erkannten, dass ich nicht ihr Date war. Dann erschienen mir ihre Gesichter nicht mehr von Romantik und vom Kerzenlichtflackern verzerrt, sondern von Enttäuschung, Langeweile, Torschlusspanik. Ich fühlte mich verhöhnt und fürchterlich durchschnittlich. Das können doch nicht lauter Blind Dates sein!

Ich schwamm weiter durch Deo- und Parfümwolken und versuchte im bizarren Mondlicht vergeblich, den Mann wiederzuerkennen, mit dem ich verabredet war. Als mich Andreas schließlich von der Seite ansprang, wollte ich mir vor Schreck die Augen zuhalten.

Andreas hat praktisch keine Ähnlichkeit mit dem Andreas auf dem Profilfoto. Statt eines gepflegten Haarschnitts hat er sich nun einen Pagenkopf zugelegt, den trägt er mit Mittelscheitel, passend dazu einen Kinnbart, der ihm die Aura eines mittelalterlichen Folterknechts verleiht. Von wenig Bewegung, ungesundem Essen und vermutlich viel Alkohol ist sein Gesicht aufgedunsen, das Kinn geht direkt in den Hals über. Und auch das Sixpack, das sein Hobby – Surfen – versprochen hat, ist unter einer dicken Speckschicht ähnlich gut verborgen wie die Almwiesen unter dem ewigen Eis des Aletschgletschers. Wie kann sich ein Mensch in so kurzer Zeit so sehr verändern? Und ist er überhaupt der einst so attraktive Mann auf dem Foto? Die Geisterbahn verliert an Grauen, im Unterschied zu Andreas wollen sich die Pappfiguren dort wenigstens nicht mit mir unterhalten.

Ich bestelle einen doppelten Martini, Andreas nimmt das Gleiche.

Spätestens als auch noch ausgerechnet Elvis am Tisch gegenüber Platz nimmt, ist der Beweis für meine schlimmsten Befürchtungen erbracht: In der *Urania*-Bar finden ausschließlich Blind Dates statt – und mein Tisch ist der Mittelpunkt des Horrors.

Ich versuche, hinter Andreas in Deckung zu gehen, aber Elvis hat mich längst entdeckt. Er hat sich, wie ich, keine Mühe gemacht, sich einen anderen Treffpunkt für sein neues Date zu überlegen.

Und auch er fügt sich mit seinem Outfit nahtlos in das Gruselkabinett am Donaukanal ein: unten Jeans in stonewashed Mittelblau, oben Jeansjacke in stonewashed Mittelblau. Seit den Achtzigerjahren habe ich so eine ausgewählte Jeanskombi nicht mehr auf der Straße gesehen. Bequem lehnt er sich in seinem Sessel zurück, mustert mich und grinst, schadenfroh, dass ich für den heutigen Abend dem Falschen abgesagt habe. Dass es für ihn auch nicht besser laufen würde, ist ihm zu diesem Zeitpunkt noch nicht klar. Sein Date lässt auf sich warten.

Andreas krempelt die Ärmel seines Hemdes hoch, sodass ich seine dicke Rolex sehen kann, und schaut auf die Uhr:

»War ich zu früh oder bist du zu spät?«

»Keine Ahnung, ich trage keine Uhr.«

»Tja, wer es sich leisten kann, nicht auf die Uhr zu schauen …«

»Das ist mein persönlicher Luxus, ja.«

»Du glaubst also, du bist es wert, auf dich warten zu lassen?«

»Wie viel bin ich denn zu spät?«

Ich denke nicht daran, mich zu entschuldigen.

»Zehn Minuten.«

Dabei hebt sich Andreas' Stimme um eine Oktave in die Tonlage des Vorwurfs.

»Ja, schade also, dass du auf mich gewartet hast.«

Da er mich nicht kleinkriegen kann, ändert er die Taktik und wird generös.

»Hab ich gern gemacht.«

Die Martinis werden serviert. Dazu gibt es Salznüsse. Noch bevor die Kellnerin die Schale überhaupt abgestellt hat, stecken schon Andreas' Finger darin. Er wirft sich eine Handvoll Nüsse in den Mund, hebt kauend sein Glas.

»Auf dich. Du bist sehr hübsch. Auf dich hätte ich sogar eine Stunde gewartet. Aber länger nicht. Angelina Jolie bist du ja nun auch wieder keine.«

Ich lasse ihn unbeeindruckt abprallen. Nun weiß er nicht recht weiter. Ich finde das amüsant. Ob er mir noch ein Kompliment macht, nur um mich im nächsten Satz erneut zu beleidigen? Ich will von meinem Martini trinken.

»Halt! Halt! Halt! Auf dich. Obwohl du zu spät bist.«

Na bitte, aber das hatten wir schon.

Am Tisch gegenüber hat Elvis nun auch Gesellschaft bekommen. Freundlich begrüßt er sein Date mit der Angela-Merkel-Frisur. (Damit würde sie ganz gut zu Pagenkopf-Andreas passen.) Sie hat sich für ein zugeknöpftes Poloshirt entschieden und trägt dazu einen bodenlangen, braun geblümten Volantrock, unter dem sie ihren hageren Körper und Gesundheitsschuhe verbirgt. Eine alte Pfadfindertasche hat sie sich quer über die Schultern geworfen. Ich weiß nicht, wer mir in diesem Moment mehr leidtun soll, ich, Elvis oder Elvis' Date. Wie konnte so etwas überhaupt zustande kommen? Elvis sitzt ihr gegenüber mit schwarzer Tolle und streicht sich ratlos über seinen Truckerbart. Ich muss lachen. Ich wüsste zu gerne, worüber sich die beiden nun unterhalten werden. Andreas hat es sich inzwischen in seinem Stuhl noch bequemer gemacht, um die Schale Salznüsse, die er geleert hat, besser verdauen zu können. Gleich wird er seine Schuhe ausziehen und neben mir auf den Sessel legen, den ich sicherheitshalber schon mal weit vom Tisch wegrücke.

»Ich habe es ja intensiv mit einer Kollegin von dir probiert.«

»Einer Kollegin?«

Was? Ich verstehe nicht. Habe ich die Überleitung versäumt?

»Singlehearts-Kollegin.«

»Ach so.«

»War eigentlich ganz passabel, obwohl sie es nie geschafft hat, die Wassertropfen nach dem Duschen abzuziehen.«

Meine Lust nachzufragen, hält sich in Grenzen. Stattdessen beobachte ich Elvis und sein ehrliches Bemühen, sich mit seinem Date auseinanderzusetzen. Als er herschaut, hebe ich die Hand zum Pfadfindergruß. Er versteht natürlich nicht. Ich deute ihm, er solle sein Date fragen. Tatsächlich macht er es und löst damit einen Redeschwall aus.

»Wen begrüßt du da?«

Andreas blickt sich eifersüchtig um.

»Nur ein Bekannter einer Freundin«, lüge ich.

»Bist du auch so ein Fifty-fifty-Chick?«

»Ein, bitte, was?«

Fifty-fifty-Chick? Eine Frau, die man mit anderen teilen muss? Weit gefehlt.

»Meine Ex hat davon geträumt, mit mir Kinder zu haben und den Haushalt zu teilen.«

»Das ist kein Fifty-fifty-Chick, sondern eine Familie.«

»Aber nicht nur den Haushalt, sondern auch die Arbeit.«

Er schüttelt den Kopf bei der wahnwitzigen Vorstellung, dann mustert er mich:

»Wie alt bist du?«

»Dreißig.«

»Na ja, dann liegst du bei mir altersmäßig eh an der obersten Grenze.«

»Entschuldige, du bist mit 38 aber auch nicht mehr grad taufrisch.«

»Aber ich hab mit meinem Alter kein Problem so wie ihr. Ich kann noch in dreißig Jahren Kinder zeugen.«

Innerlich schwöre ich mir, beim nächsten Date alles anders zu machen. Ich werde mir höchstens eine Stunde Zeit nehmen, sicherlich jedoch nicht einen ganzen Abend. Und falls mir das Date doch Spaß macht, kann ich immer noch bleiben. Andererseits könnte ich mich natürlich auch gleich in den Donaukanal stürzen. Wozu soll ich mich weiterhin mit solchen Begegnungen quälen? Nur um mein Singlehearts-Abo auszunutzen? Als ich befürchtete, es könnte dort nur zwei Sorten Männer geben, übermäßig Behaarte oder Muttersöhnchen, war mir nicht klar gewesen, dass mich meine Männersuche stattdessen in weit schlimmere Abgründe stoßen würde: in die der totalen Langeweile.

»Die Frau hat getickt, als hätte sie einen Wecker verschluckt.«

»Wie bitte?«

»Die biologische Uhr, ticktackticktack. Mitte dreißig.«

Er legt den Kopf schief.

»Nein, bei mir tickt nichts.«

Mir ist jedes Ticken vergangen.

»Ich bin kein Fifty-fifty-Typ, das hab ich ihr gleich gesagt. Ich mach dir gern ein Kind oder zwei, hab ich ihr gesagt, aber daheimbleiben bei ihnen tust du und die Arbeit mit ihnen hast auch du.«

Es sollte bei Singlehearts eine Watchlist geben, auf die Kandidaten wie Andreas gesetzt werden. Sie sind eine Bedrohung für den Weltfrieden. Gleichzeitig frage ich mich, wie verzweifelt meine *Kollegin* gewesen sein muss, dass sie ernsthaft in Erwägung gezogen hat, mit diesem Mann den Fortbestand der Menschheit zu sichern.

Vielleicht hat Andreas seine Exfreundin schon vor langer Zeit bei Singlehearts kennengelernt, zu der Zeit etwa, als sein Profilfoto entstanden sein muss und er noch zu jenem Teil der Männer gehört haben könnte, um den sich Frauen reißen. Möglicherweise haben sich die beiden über die Jahre auseinandergelebt und verschiedene Wünsche entwickelt? Ich versuche, fair zu bleiben:

»Wie lang wart ihr denn zusammen?«

»Drei Wochen.«

Ich passe verzweifelt die Kellnerin ab und nehme noch

einen Martini. Andreas wertet das als Zeichen seiner Unterhaltsamkeit und schlägt eine Flasche Prosecco vor. Alle Frauen würden doch auf Prosecco stehen, zwinkert er mir zu. Ich habe Befürchtungen, dass der Alkoholgehalt nicht ausreichen wird.

»Du bist Restauratorin, oder?«

»Ja.«

»Also bist du eine verkappte Malerin?«

Am anderen Tisch gibt sich auch Elvis gerade die Kugel. Er hält sich zwei Finger an die Schläfe und drückt ab. Vielleicht kann ich Elvis davon überzeugen, mit mir gemeinsam in den Donaukanal zu gehen, noch heute. Sein Date dreht sich nach mir um.

»Ich bin keine verkappte Malerin, sondern Restauratorin. Ich restauriere Ölbilder, vornehmlich aus dem 18. und 19. Jahrhundert, ich hatte nie vor, Künstlerin zu werden, sondern ich habe Konservierung und Restaurierung an der Universität für Angewandte Kunst studiert.«

»Warum gibst du dann nicht an, dass du einen Titel hast?«

»Hätte ich das tun sollen? Ich dachte, Singlehearts sei eine Privatangelegenheit und kein Business-Portal. Oder ist dein *Mag. jur.* etwa das Beeindruckendste, was du zu bieten hast? Mich interessiert ja mehr das Surfen und Schnapsbrennen.«

Sehe ich da jemanden erröten? Während Andreas auf seinen Wangen hysterische Flecken entwickelt, schlürft er lautstark aus seinem Martiniglas und beeilt sich, von seinen Hobbys zu erzählen. Dabei stellt sich heraus, dass er zwar eine Surfausrüstung besitzt, jedoch niemals Surfen war, dass er eine Schnapsdestillerie besucht hat und dort ein Do-it-yourself-Set zum Schnapsbrennen erstanden, es jedoch niemals benutzt hat. In beiden Fällen, sagt er, würde er damit auf die richtige Partnerin warten. Es würde keinen Spaß machen, wenn einer zu viel Vorsprung habe.

»Du surfst ja auch nicht«, stellt er zufrieden unsere hoffentlich einzige Gemeinsamkeit fest.

»Nein. Aber ich kann schon Schnapsbrennen, leider«, lüge ich, um mich als zukünftige Partnerin gleich von vornherein aus dem Rennen zu nehmen. »Und von Malakologie habe ich auch keine Ahnung, nein, ich meine, ich habe schon eine Ahnung …«

Moment, sollte seine Partnerin jetzt die gleichen Hobbys bereits ausüben oder nicht?

»Also, ich zerschneide Nacktschnecken mit der Gartenschere«, füge ich sicherheitshalber hinzu. Das kann niemand gut finden.

Andreas zuckt mit den Schultern, auch seine malakologischen Kenntnisse beschränken sich lediglich auf das Sammeln von leeren Schneckenhäusern. Immerhin, er kann ein Schneckenhaus von Vogeldreck unterscheiden.

»Ich habe über zweihundert Stück! Alles in Vitrinen, auf Samt gebettet und mit Namen und Herkunftsort versehen.«

»So viele Schneckenarten gibt es bei uns?«

»Nein. Frauennamen.«

Jetzt wird mir langsam unheimlich.

»Du sammelst leere Schneckenhäuser und gibst ihnen Frauennamen?«

»Die Schnecke galt im Mittelalter als Symbol der Jungfräulichkeit und Auferstehung.«

Er kichert:

»Nicht alle Frauen, die ich getroffen habe, waren Jungfrauen.«

»Und die, die es waren, sind es geblieben.«

»Ein Gentleman schweigt und genießt.«

Ich blicke über das Geländer auf den Donaukanal hinunter. Wie viele Meter das wohl sind? Zehn? Vielleicht fünfzehn? Jedenfalls nicht genug, um sicher tot unten anzukommen. Währenddessen hat Andreas die Gelegenheit genützt, um mit dem spitz gefeilten, langen Nagel seines kleinen Fingers Nussreste aus den Zähnen zu kratzen und unter dem Nagel herauszulutschen. Den Rest wischt er dezent im Tischtuch ab. Dann fühlt er sich von mir ertappt:

»Im Mittelalter war das so üblich. Darf ich mich vorstellen? Junker Fenian von Streitberg, Burgherr.«

Er reicht mir seine Hand, seinen kleinen Finger, den ohne langen Nagel, ziert ein blauer Siegelring mit Familienwappen.

Ich höre mich lachen, doch es klingt eher wie das ermattete Gewieher eines Postkutschenrosses. Zufrieden spreizt Andreas seinen beringten Finger ab, fädelt eine Haarsträhne ein und wirft sie mit einer affektierten Kopfbewegung zurück. Wenn es um den Adel vor hundert Jahren schon so bestellt war, dann wundert mich der Untergang der österreichischen Monarchie überhaupt nicht mehr.

»Und aus welchem Adelsgeschlecht stammst du?«

»Aus einem der ältesten fränkischen Adelsgeschlechter, das mit Hans Wilhelm im Jahre 1670 erloschen ist.«

»Aha. Du weißt aber schon, welches Jahr wir jetzt schreiben?«

Entweder habe ich ein Date mit einem etwa dreihundertfünfzig Jahre alten Schlossgespenst, was endlich eine plausible Erklärung für sein heruntergekommenes Äußeres wäre – im Gegenteil, unter diesen Umständen müsste man ihm sogar gratulieren, wie außergewöhnlich gut er sich gehalten hat, über die Jahrhunderte –, oder ich habe ein Date mit einem Zeitreisenden, der wegen einer defekten Zeitmaschine ausgerechnet in der Datenbank von Singlehearts hängen geblieben ist, was wiederum der Grund für seine Überforderung mit den Gepflogenheiten der Fifty-fifty-Frauen im Hier und Jetzt sein dürfte.

Sein »Nein, ich lebe im Jahr 1156, zur Zeit Friedrich Barbarossas« als Erklärung macht das Ganze auch nicht besser.

Und dann folgt die ausufernde und umfassende Aufklärung über Andreas' Freizeitverhalten mit allen mir unverständlichen Details. Während andere am Wochenende Radfahren oder Tanzen gehen, fährt er seit etwa fünf Jahren nach Deutschland. Das an sich ist noch nichts besonders Erschreckendes. Dass er nach Baden-Württemberg reist, vielleicht schon eher, dass er aber praktisch jedes Wochenende irgendwo im Schwarzwald auf einer Burgruine verbringt, um dort als Junker Fenian in selbst gebastelte Kostüme zu schlüpfen, Spanferkel zu essen und auf Waldlichtungen mit Schaumstoffschwertern andere Erwachsene in Kettenhemden und Kartoffelsäcken niederzuknüppeln, übersteigt meine Toleranzschwelle. Ich empfinde plötzlich große Dankbarkeit, dass Junker Fenian sich darauf beschränkt, nur die Frisur, den Fingernagel, den Speck- und den Siegelring seiner Rolle ins echte Leben hinüberzutragen, und mich immerhin nicht in grünen Strumpfhosen, Wollkittel und Filzhut empfangen hat.

»Weißt du, welche die Lieblingsrollen der Frauen in unserem Verein sind?«

Ich versuche es mit: »Prinzessin?«

»Huren und Magierinnen.«

Seine Figur sei bekannt für ihre Fress- und Saufgelage, das ziehe Frauen an wie das Licht die Motten.

Zur Erinnerung an die erquicklichen Wochenenden hat er sich angewöhnt, für jede Frau ein Schneckenhaus zu suchen und ihm ihren Namen zu geben. Denn Fotos könne ja jeder machen – heutzutage. Damals aber musste man sich eben anders behelfen.

Seither befinden sich Prunkstücke wie Leila Uarabajev, eine Antimagierin (Was ist das? Ach, ich will es gar nicht wissen!) aus der Akademie zu Oerikon, Nasha Petrownaja, die Hure aus St. Petersburg, Ursina von Aarau, ein gefallener Engel aus dem habsburgischen Herzen der Schweiz in seiner illustren Hausschnecken-Sammlung. Er habe sie immer großzügig entlohnt, betont Junker Fenian, doch in letzter Zeit sei ihm das Geld ein bisschen knapp geworden.

»Den Großteil habe ich vertrunken, verhurt und verspielt. Glücksspiel, Alkohol und leichte Mädchen sind das einzige Kleeblatt mit nur drei Blättern, das auch Glück bringt. Aber meine Großzügigkeit treibt mich in den Ruin«, seufzt er und gießt mir ein Glas Prosecco ein.

Ich nehme einen großen Schluck. Eigentlich leere ich das Glas bis auf ein paar Tropfen in einem Zug.

»Würdest du mich bitte einen Augenblick entschuldigen?«

Ich nehme meine Handtasche von der Stuhllehne.

»Lässt du mir die als Pfand da?«

»Nein, die brauche ich auf der Toilette.«

»Die ganze Tasche?«

Ich muss plötzlich äußerst dringend aufs Klo.

Dass mir die Toilettenkabinen während meiner Abende reizvoller erscheinen, als wieder an den Tisch zurückzukehren, scheint ebenso dem Gesetz der Wiederholung unterworfen zu sein, wie die Tatsache, dass Singlehearts-Abonnenten ihre Wochenenden am Donaukanal verbringen müssen. Ich fühle mich verheerend an den Abend mit den Italienern erinnert und möchte eigentlich nicht schon wieder aus einem Fenster klettern. Der Blick auf mein Handy verrät mir, dass nicht, wie gefühlt, vier Stunden, sondern drei Viertelstunden vergangen sind, seit ich die Geisterbahn auf der *Urania*-Terrasse betreten habe. Selbst eine Stunde wäre für zukünftige Dates also noch zu großzügig anberaumt, ich verkürze mein Zeitfenster auf vierzig Minuten. Auf der Toilette fühle ich mich in meine Schulzeit zurückversetzt. Damals war mir in jeder quälenden Mathematikstunde der Gang auf die Toilette wie der Freigang beim Gefängnisaufenthalt vorgekommen, ein Ausflug ins Paradies. Dort stand ich erst lange Zeit neben der Kloschüssel, denn Müssen musste ich nie, dann betätigte ich lange und gründlich den Spülknopf, wusch mir intensiv die Hände und blickte schließlich lang aus dem Fenster in den leeren, öden, von Betonmauern umgebenen Hof, bevor ich zurück in die Klasse bummelte, um festzustellen, dass die halbe Ewigkeit, die ich hoffte, auf der Toilette versäumt zu haben, nicht einmal fünf Minuten gedauert hatte. Das Schlimmste aber war der Rückweg, das Ende des kurzen Augenblicks der Freiheit.

Als ich – sehr langsam – die Damentoilette wieder verlasse und mich, um Zeit zu schinden, auch ein wenig bei den Flyern und Postkarten aufhalte, die neben der Schale für das Trinkgeld liegen, biegt Elvis um die Ecke.

Lässig lehnt er sich an die Wand, stellt ein Bein vor das andere und verschränkt die Arme vor der breiten Brust, als warte er darauf, abgelichtet zu werden. Legendär wie Brad Pitt mit Cowboyhut an der Tankstelle in *Thelma & Louise* oder Jon Kortajarena in *A Single Man*, deren Erscheinen auf der Leinwand sämtliche Kinobesucherinnen gleichzeitig hat aufstöhnen lassen, wird er damit vielleicht nicht, aber wenigstens haben mir die trüben Gewässer, in denen ich bisher auf Singlehearts gefischt habe, diesmal ein Exemplar an die Oberfläche gespült, das in Wirklichkeit definitiv besser aussieht, als das Foto in Aussicht gestellt hat. Man wird ja genügsam.

Für mich sieht das Leben statt Brad oder Jon nur Elvis in Jeans oder Junker Fenian im Kartoffelsack vor – also brenne ich mit Elvis durch. Elvis hat das Mineralwasser für seine Angela Merkel bezahlt. Ich habe Junker Fenian auf der Rechnung sitzen lassen. Nicht nett. Nein.

Kurz darauf sitzen wir in einem weißen VW Scirocco. Elvis steigt aufs Gas, schlingert um die Kurven und ich frage mich, warum ich mein Leben ausgerechnet in so einem Auto aushauchen muss. Plötzlich hält Elvis an, springt aus dem Wagen und reißt sich die Jacke vom Leib.

»Mir ist wahnsinnig heiß.«

»Liegt das an mir?«

Elvis grinst.

»Lies mal!«

Er wendet sich mir zu.

»Hol mir mal was zu trinken, du wirst schon wieder hässlich« steht da.

T-Shirts mit Sprüchen darauf – ganz oben auf meiner *Ich reagiere allergisch auf …* -Liste.

»Ich habe den ganzen Abend geschwitzt, es reicht.«

»Warum ziehst du so etwas zum Date an?«

»Ich habe mir gedacht, falls sie mir nicht gefällt, ziehe ich einfach die Jacke aus, dann erledigt sich das Date von selbst.«

»Und warum hast du die Jacke nicht ausgezogen?«

»Sie hat mir so leidgetan.«

Elvis schlägt vor, in die Disco zu fahren. Disco? Ich dachte, auch das wäre mit Jeanskombis und Sciroccos in den frühen Neunzigern ausgestorben.

»Es ist nicht einmal neun Uhr.«

Meines Wissens öffnet kein vernünftiger Club vor zehn. In den Arbeiterbezirken gingen die Uhren anders, belehrt mich Elvis, wer täglich zu nachtschlafender Zeit aus dem Bett müsse, der könne am Wochenende nicht erst um Mitternacht zu feiern beginnen. Ich gebe zu, daran noch nie einen Gedanken verschwendet zu haben.

Wir machen Halt vor einem bekannten Heurigenlokal in Floridsdorf. Unterhalb der Terrasse mit weinseliger Biederkeit, die ich vom Martiniganslessen kenne, führt eine unscheinbare Treppe in eine mit Kacheln ausgelegte Diskothek mit Skihüttenflair. *Hallodrio* steht in bunten Lettern über der Kellertür. Nie hätte ich so ein Lokal betreten, aber ich scheine die Einzige mit dem Problem zu sein, denn es ist voll. Ein privates Security-Unternehmen bewacht die Türen und das Treiben im Lokal.

»Manchmal muss man schnell in Deckung gehen«, meint Elvis. »Dann fliegen plötzlich Gläser oder Leute.«

Da dämmert mir, dass ich das *Hallodrio* doch kenne –

aus der Zeitung: *Wieder Schießerei in einer Diskothek im 21. Bezirk.*

Aber ich habe die *Urania*-Terrasse überlebt, ebenso die Fahrt im Scirocco mit Depeche Mode bis zum Anschlag. Was sollte mir da noch passieren?

Der Graben, der sonst zwischen Zwanzig- und Sechzigjährigen verläuft, existiert hier nicht. Hier bewegen sich die jungen Lehrlinge mit den Beinahe-Rentnern einvernehmlich zur gleichen Schlagermusik – im Paartanz. Zwischendurch grölt der DJ diverse Geburtstagswünsche und Liebesgrüße in die schonungslosen Übergänge. Wolfgang Petri wechselt sich ab mit The Mamas and the Papas, dicht gefolgt von Andrea Berg und Bushido. Auch musikalische Grenzen gibt es nicht. Ebenso ungehemmt präsentiert sich dem Betrachter ein fröhliches Panoptikum an Frisuren, Modestilen und deren Entgleisungen aus sämtlichen Epochen der vergangenen dreißig Jahre. Man hat sich Mühe gegeben.

In wenigen Stunden ist der Zauber des alkohol- und musikgetränkten Vergessens wieder für eine Woche vorbei und die Realität knallt einem das Leben vor die Füße, die Gewichtsprobleme, die finanziellen Sorgen, die Probleme mit den Kindern, der Familie.

Zwei Filialen einer Kosmetikkette feiern ihren Betriebsausflug. Der DJ will wissen, ob sie sich bemerkbar machen können. Ein paar junge Frauen kreischen begeistert.

Der DJ weiß, dass auch eine siebzehn Mann starke Autowerkstatt vertreten ist. Er lässt sie johlen.

»Und jetzt …«, brüllt er begeistert ins Mikrofon, »… alle Arbeitslosen! Leuteeeeee, wo seid iiiiihr?«

Jubel bricht los. Gut ein Drittel des Lokals feiert heute mit sich selbst Betriebsausflug.

»Ein paar von denen bessern sich die Kasse eh mit Prostitution auf«, sagt Elvis.

»Woher willst denn du das wissen?«

»Ich bin Polizist.«

»Ich dachte, du bist Fitnesstrainer?«

»Das auch. Für Politiker«, nimmt Elvis einen tiefen Lungenzug.

»Für welche Politiker?«

»Ich gehe mit dem Bundeskanzler joggen.«

Ich verstehe. Raucht, säuft, ist Fitnesstrainer und jetzt auch noch Polizist. Als er mir erzählt, dass er gern ermitteln gehe, besonders nachts, so wie heute im *Hallodrio*, weiß ich gar nicht mehr, was ich von all seinen Geschichten glauben soll. Möglicherweise gehört er einfach nur zu den zahlreichen Gästen mit viel Tagesfreizeit und dies ist das skurrile Resultat seiner Wunschträume.

»Ich schau mir die Leute an. Ich vergesse nie ein Gesicht. Du musst die Orte kennen, an denen sich gewisse Subjekte bewegen, die Leute kehren immer an dieselben Orte zurück. Das ist so. Und ich weiß dann schon vor ihnen, wo ich sie erwischen werde.«

Er zeigt mir einen verlebt wirkenden Mann in glänzender Anzughose und eng anliegendem T-Shirt, dessen Gesicht von schwerer Akne zerfurcht ist, und behauptet, dass dieser ein ehemaliger serbischer Freischärler sei, der heute sein Geld mit illegalen Waffen mache. Wie alle, die sich in die Leidenschaft fantastischer Verdächtigungen und Verschwörungstheorien verstricken, ist auch Elvis davon überzeugt, dass bei genauer Betrachtung wenig Gutes vom Menschen bleibe. An der Nase sehe er es den Leuten an, ob sie etwas im Schilde führten.

»Ich kann dir fünf Lokale in Wien zeigen, in denen der sicher schon mit Waffen gehandelt hat.«

»Und wieso verhaftest du ihn jetzt nicht?«

Zumindest könnte dies den Unterhaltungswert meines Abends erheblich steigern. Doch Elvis winkt ab und erklärt mir sehr ernst, dass der nur Mittelsmann sei.

»Das reicht für eine Verhaftung nicht. Der macht sich die Hände nicht mehr schmutzig. Da drüben steht einer seiner Kunden. Zuhälter von Beruf.«

»Und heute werden da Geschäfte gemacht?«

»Nur aus Zufall ist weder der eine noch der andere da.«

»Ich kann dir sogar sagen, was die kaufen werden. Siehst du den da? Das ist der Barkeeper und nachher werden beide bei ihm ein Bier bestellen«, mache ich mich über Elvis' Prophezeiung lustig.

»Du glaubst mir nicht? Ich zeig dir was. Hier gibt es illegale Prostitution.«

Jetzt ist der Augenblick gekommen, mich zu fragen, ob ich nicht doch besser zum Schnecken sammelnden Andreas zurückgekehrt wäre. Aber ich bin mit meinem Abend noch nicht fertig. Ich will mich nicht geschlagen geben. Einlassen solle ich mich, tönt mir der Vorwurf meiner Schwestern, Freundinnen und Exfreunde im Ohr.

»Triff ein paar Männer und schau, was passiert«, hat Milli gesagt.

Bitte sehr. Allerdings bezweifle ich, dass sie damit gemeint hat: »Geh Waffenschieber, Zuhälter und illegale Prostituierte jagen.«

Für Milli hatte Singlehearts ein ganz anderes Programm parat gehabt. Ihr Ole war das dritte Date. Vor ihm hatte sich die Ärmste mit einem Segelyacht besitzenden Jungwinzer und einem Schokoladenfabrikantensohn *abgeplagt*. Beim ersten Date habe sie sich betrunken, beim zweiten vollgefressen, aber von Ole könne sie bis heute nicht genug bekommen. Weder vom Jungwinzer noch vom Schokoladenfabrikantensohn wollte sie mir die Telefonnummer herausrücken und ich wundere mich, weshalb sie die so eisern unter Verschluss hält.

Wie ein Ausflug in den Zoo mutet es an, als mich Elvis in den rückwärtigen Raum des *Hallodrio* zieht, vorbei an den tanzenden Kosmetikerinnen, den bierschnelltrinkenden Automechanikern, hinein in die Bussistube, wie an der Tür zu lesen ist. Triumphierend hält er vor der großen Sensation: illegale Prostituierte.

Und ich soll jetzt staunen? Ich sehe lediglich ein paar weibliche Gäste, die sich, zugegeben, recht spärlich bekleidet in den Ecken der Bussistube herumdrücken. Elvis' schöne Augen leuchten bläulich weiß, nur die großen schwarzen Pupillen heben sich ab. Wo die Iris endet und das Weiße beginnt, ist im Schwarzlicht nicht zu erkennen. Er verzieht das Gesicht zu einem strahlenden Lächeln. Seine perfekte Zahnreihe blitzt mich gelb an. Das Ambiente zur Anbahnung käuflicher Liebschaften habe ich mir schmeichelhafter vorgestellt, röter vielleicht, plüschiger, puffiger eben. Elvis' Pickel auf der Stirn, der mir bisher überhaupt nicht aufgefallen ist, leuchtet, und jede seiner Lachfalten gräbt sich als tiefer Schatten ins Gesicht.

»Du glaubst mir nicht?«

Skeptisch lege ich die Stirn kraus und frage mich, wie das wohl in diesem Licht aussieht.

»Da. Schau!«

Mit einer unauffälligen Kopfbewegung bedeutet er mir, mich umzudrehen. Auf der Bar hat es sich eine unscheinbare, geradezu bieder wirkende Frau bequem gemacht. Sie räkelt sich und stellt beiläufig ein Bein auf, sodass ihr weißer Schlüpfer im Schwarzlicht grell zu mehr einlädt.

»Die daneben hat gar kein Hoserl an.«

Elvis beugt sich nach vorn, um der Nächsten unter den Rock zu schauen. Ich möchte im Erdboden versinken. Während Frauen wie Milli sich auf ein gepflegtes Glas Wein in ein schickes Restaurant zum Blind Date ausführen lassen, verbringe ich meine Freizeit mit Männern, die fremden Frauen unter den Rock spähen. Und die haben nicht einmal etwas dagegen.

»Komm, wir fragen die jetzt, was sie für einen Dreier will«, sagt Elvis. »Welche willst denn? Die mit Hoserl oder ohne?«

Elvis steuert zielstrebig auf die beiden Damen los. Die Unterhosenlose gibt ohne Umschweife Auskunft darüber, dass sie es sich ganz gut mit uns beiden vorstellen könnte. Elvis wirft ihr einen Preis an den Kopf. Da wird sie vorsichtig. Aus Elvis wird sie nicht schlau, ein kurzer Blick zu mir genügt ihr aber, um die Situation richtig einzuschätzen. Sie zieht sich sofort zurück. Wie bei einer Muschel, die sich bei der kleinsten Berührung schließt, verschwindet, was sie nur einen Augenblick zuvor noch unverblümt zur Schau gestellt hat. Nun ist sie wieder ein Gast, wie jede andere.

Während ich Elvis bei der Geschäftsanbahnung beobachtet habe, ist mir Paolo wieder eingefallen. Die Erinnerung an diesen Abend ist plötzlich sehr beschädigt. Bisher war ich geneigt gewesen, die Tatsache, dass er nach unserem Intermezzo am Donaukanal die *Cherry-Bar* aufgesucht hat, auszublenden, zu vergessen. Nicht zuletzt, weil es mir nicht gelungen war, eine Vorstellung davon zu entwickeln. Nun aber konkretisiert sich das Bild vor meinen Augen und mir wird schlecht.

Sollen sie mich gerne altmodisch nennen, aber ich zwinge mich nicht zu einer libertinen Lebens- und Liebesweise, nur weil dies als Lösung aller Partnerschaftsprobleme gepriesen wird. Ich will nicht akzeptieren müssen, nicht die Einzige sein zu dürfen oder zu können. Wenigstens für eine Nacht, wie in Paolos Fall. Ist das schon zu viel verlangt?

Ob Elvis die *Cherry-Bar* kenne, höre ich mich schon fragen und kann mir kaum ausmalen, dass dieser hässliche Schuppen mehr Leuten bekannt ist als jenen, die täglich vorbeikommen, weil sie, wie bedauerlich, in der Gegend wohnen müssen. Elvis bejaht, ein arger Schuppen sei das. Berühmt-berüchtigt.

Ob Frauen wirklich nicht ins Puff gehen könnten, will ich wissen.

»Mit mir kannst schon mitgehen«, blickt mich Elvis herausfordernd an. »Du scheinst mir eh eine Abenteuerlustige zu sein.«

Das schmeichelt mir, wenngleich mein Motiv, ins Bordell zu gehen, weit weniger mit Abenteuerlust denn mit Resignation zu tun hat. Wenn ich schon kein vernünftiges Date abkriege, will ich wenigstens etwas erleben.

Als wir das *Hallodrio* verlassen, fliegen zwar keine Gläser oder Leute, dafür entdecke ich den serbischen Freischärler beim konspirativen Bier mit seinem *Kunden*, dem Zuhälter. Ich bin versucht, Elvis Glauben zu schenken, und zwar so lange, bis wir im Scirocco wieder Schlangenlinien durch Wien ziehen, weil er im *Hallodrio* mehrere Bier hinuntergestürzt hat, als wäre er ein dehydrierter Radrennfahrer in der Zieleinfahrt.

»Solltest du als Polizist nicht eher nüchtern sein beim Autofahren?«

»Ja, ich weiß«, gibt Elvis freimütig zu. »Das ist eh ein *bissl* ein Problem.«

Dann bin ich ja beruhigt, dass wir das beide so sehen. Ich habe ein *bissl* ein Problem, weil ich mitfahre, er hat ein *bissl* ein Problem, weil er fährt. Fröhlich baumelt der Fuchsschwanz am Rückspiegel.

»Immerhin, ich sitze in einem VW«, rede ich mir schweigend zu, »mit so einem Auto baut man keine spektakulären Unfälle.«

Da Elvis jedoch das Hobby hat, auf weniger befahrenen Nebenstraßen die Handbremse zu ziehen, um den Wagen in die Kurve zu schleudern, statt einfach zu lenken, stehen die Chancen, heute statt im Bordell noch an irgendeinem Baum zu landen, verhältnismäßig hoch.

Zu David-Guetta-Gedröhne scheppert die Seitenverkleidung der Türen im Takt. Als Elvis zum vierten Mal den Repeat-Knopf drückt, und ich vorschlage, vielleicht das nächste Lied zu probieren, weil ich mich langsam sattgehört hätte, schaut er mich verständnislos an. Das sei doch thematisch passend jetzt, oder? Elvis dreht noch lauter, damit ich den Text besser verstehen kann.

Damn girl, damn, you're a sexy bitch, a sexy bitch, damn, you're a sexy bitch …

Ah. So.

Wie Paolo verschwinden auch wir in dem renovierungsbedürftigen Eingang mit dem rosa leuchtenden Schriftzug: *Cherry-Bar*. Daneben zwei Kirschen mit blinkenden Brustwarzen. Die Einsicht in das Lokal verdirbt ein schwerer brauner Filzvorhang, Elvis schiebt ihn lässig beiseite. Sein Auftritt bleibt von niemandem unbemerkt – was allerdings nicht an ihm liegt. Sondern an mir.

Mit verzagter Miene schnarrt eine Stimme aus dem Dunkel der Bar hervor:

»Geh, Burli, was bringst denn da a Frau daher? Wir ham eh gnua Fraun do.«

»Geh, halt die Gosch'n, Cherry.«

Cherry bezeichnet nicht nur das Etablissement, sondern auch die mit dem Inventar eins gewordene Puffmutter höchstselbst, deren einst attraktives Gesicht von den langen Nächten Schrammen und Kratzer abbekommen hat.

»Geh, bestell an Schampus, damit's a Ruh gibt«, raunt Elvis mir zu und wirft sich auf eine freie Couch neben eine zierliche Prostituierte mit rehbraunen Augen und verkümmertem Arm. Verwundert akzeptiert sie meine Anwesenheit. Wider mein Erwarten trägt sie keine Lackstiefel oder Lederkorsage, keine durchsichtigen Dessous oder ähnliche Bestellware aus dem Beate-Uhse-Katalog. Wie ihre illegalen Kolleginnen im *Hallodrio* hat sie sich an günstig genähter Sommerware vergriffen, kurz, knapp, eng, elastisch, bunt, made in Italy; günstig von den chinesischen Schwarzarbeitern in Prato hergestellt. Es ist dieselbe Mode, auf die sich Italientouristinnen wie ich auf den Wochenmärkten stürzen. Dass ich dort aber Kleidung gekauft habe, mit der ich sogar im Bordell reüssieren könnte, diese Idee ist mir dabei nie gekommen. Die Frauen hier sehen aus wie ich, wenn ich mich für eine Nacht in einem Club aufrüste. Und sie sitzen mit ihren Männern auf der Couch. Wie ich. Wie zu Hause. Jetzt ist mir der Sinn eines Bordellbesuchs noch unklarer. Für mich sind Prostituierte immer so etwas wie Außerirdische gewesen, schließlich können sie Männern etwas bieten, was wir anderen irgendwie nicht hinkriegen – und jetzt weiß ich endlich, was es ist: im Minikleidchen und nicht im Jogger auf der Couch lümmeln.

In meiner Jeans komme ich mir geradezu prüde vor, emotionslos beäugt von der üppig dekolletierten Mittvierzigerin gegenüber, deren dickes, hellgelb blondiertes Haar in dem düsteren Raum leuchtet wie ein altmodischer Lampenschirm. Neben ihr ein hagerer, junger Mann in einer Lederjacke. Wahrscheinlich hofft er, unentdeckt zu bleiben, denn er verkriecht sich hinter dem Blondschopf wie hinter dem Rockzipfel seiner Mutter. Er fremdelt noch ein bisschen.

Der Schampus, den Cherry an alle, die mit uns den Tisch teilen, und am großzügigsten an sich selbst ausschenkt, entpuppt sich als günstiger Supermarktsekt, dessen Verkaufspreis den Einkaufspreis etwa um das fünfundzwanzigfache übersteigt. Mit jedem Kunden diesen Kopfweh-Perlwein ungarischer Provenienz zu saufen, tagein, tagaus – mir kommt kaum eine betrüblichere Arbeitsroutine in den Sinn.

Später, als ich wieder einen heimlichen Blick durch das Lokal wage, bleibe ich an der Bar hängen, genauer an einem nackten, behaarten Männerpopo. Wie Gott ihn schuf, und der hat sich dabei herzlich wenig Mühe gegeben, lehnt er am Tresen und streichelt gelangweilt die Pobacken unter dem weißen Minikleidchen seiner mit Gold behängten Dame. Seinem säuerlichen Gesichtsausdruck nach dürfte das aber nicht sehr vergnüglich sein.

»Normalerweise hat er einen Ständer«, erläutert mir Elvis.

Ich verstehe. Deswegen ist er so schlecht gelaunt. Warum er dafür aber mir vorwurfsvolle Blicke zuwirft, ist nicht einzusehen.

Als Elvis nach draußen geht, um ein *wichtiges* Telefonat zu führen – weit nach Mitternacht –, bricht mir der Angstschweiß aus. An einem Ort, an dem ich wirklich nichts zu suchen habe, bleibe ich allein zurück. Man schweigt mich von allen Seiten beredt an. Wenn ich mich jetzt umdrehe, bin ich ein Voyeur? Ich versuche, mich so natürlich wie möglich zu verhalten. Stumm starre ich geradeaus.

Wie immer, wenn mir unwohl ist, streichle ich meinen nackten Arm. Es ist dann so, als wäre ich nicht ganz allein, es beruhigt mich, mir ist weniger beklommen zumute. Aber diesmal hilft alles Streicheln nichts. Interessiert beobachte ich die baumelnden Plüschkordeln des Vorhangs, durch den der Nackte mit seiner Goldbehängten verschwunden ist, und frage mich, wie ich Small Talk mit einer Prostituierten führen soll. Mir kommt nichts Unverfängliches in den Sinn. Zwar wirkt hier sowieso alles wie eine große Zigarettenpause, aber ich will nicht schuld sein, wenn die Magere neben mir Schläge kassiert. Wer würde ihr denn glauben, dass ausgerechnet eine redselige Tussi sie vom Geld Verdienen abgehalten haben soll?

Selbst ohne mein Zutun scheint sie geschäftsuntüchtig zu sein, denn auch sie schweigt die Wand an, ab und zu zieht sie an ihrer Zigarette, die sie danach jedes Mal sorgfältig zurück in den Aschenbecher legt. Jetzt dämpft sie die Marlboro aus.

»Und? Was machst du so?«

Die Dünne mit der verbogenen Hand beugt sich zu mir.

»Äh. Ich –«

»Bist du auch Polizistin?«

Ich finde, das ist eine gute Idee.

»Ja. Wir sind – ähm – Kollegen.«

Sie nickt und glaubt mir kein Wort. Wo bleibt denn Elvis? Die Eingangstür bewegt sich nicht, dafür aber Cherry, die eine Bestellung wittert. Ungefragt ersetzt sie die nächste geleerte Flasche durch eine neue und nimmt misslaunig dem Lampenschirm und seiner Lederjacke die halb vollen Gläser weg.

»Geh kumm, genug geschlempert. Gehst jetzt amal pudern, oder was? Die Mascha verdient ja sonst nix.«

»Ja, ja, gleich. Hinten ist ja alles besetzt«, antwortet der junge Mann höflich.

»Na, geht's halt rüber zur Schacklin pudern.«

Mascha verzieht keine Miene und auch der junge Mann rührt sich nicht. Breitärschig setzt sich Cherry auf den Couchtisch, nicht etwa um mit mir Plauderstündchen zu halten, sondern um den Druck auf Maschas Kunden zu erhöhen.

Endlich kommt Elvis zurück.

»Rutsch rüber«, meint er, als ich ihm den Platz zwischen mir und der Hure überlassen will.

»Heast, die hält mir ja den ganzen Betrieb auf«, grantelt Cherry Elvis an, so, dass auch ich sie sicher hören kann.

»Traut er sich nicht?«, lächelt Elvis der Lederjacke aufmunternd zu.

»Na. Und die Cristina hockt a nur fad herum. Alle hocken fad herum.«

In Cherrys Gegenwart wird Cristina neben mir plötzlich geschäftig. Sie rückt näher, um meinen Namen zu erfragen.

»Evelyn.«

Evelyn? Wie komme ich auf Evelyn?

»Evelyn«, blickt sie mich treuherzig an, als hätte sie längst den Grund meines Besuchs erraten, »möchtest du auch mit aufs Zimmer gehen?«

Aus der Nähe betrachtet, ist sie eine sehr junge Frau. Sie böhmakelt. Ich finde den Akzent sehr charmant. Trotzdem lehne ich das Angebot dankend ab.

»Ihrer Familie daheim erzählt's, sie arbeitet als Kellnerin. Das is mit der verkrüppelten Hand gleich nach Zirkusakrobatin ungefähr das Letzte, für was die sich eignet«, sagt Cherry und trinkt ihren Sekt, als handle es sich um Mineralwasser. Sie wirft mir einen gequälten Blick zu. Ich leere mein Sektglas und halte es ihr trotzig zum Nachfüllen hin. Da ich zumindest meinen Willen zum gewinnträchtigen Konsum bekunde, schenkt sie mir ergeben nach. Schon wieder eine Flasche leer.

»Wo is'n der Nackerte?«, will Elvis wissen.

»Na, hinten«, sagt Cherry.

»Der steht jeden Freitag nackert an der Bar mit einer gewaltigen Vorfreude«, erklärt mir Elvis. »Im Zimmer braucht er dann höchstens zehn Minuten. Manchmal bringt er's gleich am Tresen hinter sich.«

»Geh, tu ned alles ausplaudern«, rügt ihn Cherry, »heut rennt da eh nix.«

»Die Hütt'n is von morgens bis abends voll. Trotzdem nörgelt's immer, die Cherry«, sagt Elvis.

Dass die *Cherry-Bar* dafür berühmt sei, dass es manchmal direkt im Lokal zur Sache gehe, erzählt mir Elvis vergnügt, aber dass eine einzige angezogene Frau genüge, um alles zum Erliegen zu bringen, belustigt ihn am meisten.

»Läuft hier ernsthaft meinetwegen nichts?«

Elvis schaut mir tief in die Augen: »Du bist eine Spaßbremse!«

Der Nackte schlüpft, diesmal angezogen, durch den Kordelvorhang zurück. Das Säuerliche auf seinen Gesichtszügen ist einer sichtbaren Entspannung gewichen. Wie einfach scheint plötzlich das Leben. Tatsächlich sind keine zehn Minuten vergangen und er ist wie ausgewechselt. Wir *anderen* werden das Geheimnis, das Befreiende, das dem Besuch eines Bordells innewohnt, niemals ergründen, es ist ein Geheimzirkel, in den uns zwar nicht der Zutritt, aber der Einblick verwehrt bleibt.

Uns bleibt zur Entspannung dafür der ganze Rest: Kurzurlaube, Fitnesscenter, Crashdiäten, Kochkurse, Yoga, Tantra, Meditation, Naturreligion, Kosmetik, Friseur, Massage, Maniküre, Pediküre, Tupperwareparties, Dildoparties, Dessousparties, Hexenzirkel, Sex- und andere Seminare, Selbstfindungskurse, und wenn uns dann noch immer langweilig ist, machen wir eine Psychotherapie, das dauert Jahre.

Männer gehen ins Bordell. Nach einer Stunde ist ihnen leichter. Uns ist das wahrscheinlich nicht kompliziert genug.

Noch mehr Erkenntnisse wird mir der Abend wohl nicht liefern, und jetzt droht schon wieder alles auf der Toilette zu enden.

Hinter dem Kordelvorhang führt ein schmaler, nüchterner Gang zu den Damentoiletten, links und rechts gehen Türen ab, wie in einer lieblos gestalteten Frühstückspension.

Als ich aus der Toilettenkabine trete, steht eine Nackte vor mir und ich schwöre mir, nie wieder in einem Lokal ein WC aufzusuchen. Aber was hätte mir schon vorher die Einsicht genützt, dass es sich bei der Damentoilette hier schwerlich um ein Kunden-WC handeln kann?

Verschwitzt, mit aufgelöstem Haar und Make-up, geröteten Wangen wie nach dem Work-out im Fitnesscenter, mit roten Flecken und Striemen am ganzen Körper versucht die Brünette gar nicht, sich mit den Handtüchern, die sie auf dem Arm hält, zu bedecken. Im Gegenteil, sie blickt an meinen langen Hosen hinauf, als wären sie eine persönliche Beleidigung, als wäre ich die Nackte und soeben in ihre Wohnung geplatzt.

Mit einer kräftigen Handbewegung wirft sie die gebrauchten Handtücher zu den anderen in den überquellenden Korb unter dem Waschbecken. Ich spüre den Luftzug, der an mir vorbeifliegenden Tücher. Dann schiebt sie mich wortlos beiseite und verschwindet in der Kabine, wo sie ächzend lang und laut furzt.

Die frische Luft, das Unerbittliche des heranbrechenden Tages trifft mich wie eine Ohrfeige, in der *Cherry-Bar* ist es unmöglich, den Tag von der Nacht zu unterscheiden, jedes Zeitgefühl ist mir verloren gegangen. In der von Rausch und Sex geschwängerten Atmosphäre habe ich nicht bemerkt, wie fest mich der Schwindel bereits im Griff hat.

Bisher war ich der Meinung gewesen, dass uns der Sex mit hässlichen, schrägen oder ungepflegten Männern von den *berühmt-berüchtigten* Damen abgenommen würde, wofür ich immer eine gewisse Dankbarkeit empfunden habe. Dass aber Gutaussehende für Sex bezahlen, fand ich widersinnig.

Elvis packt mich und zieht mich an sich. Seltsam, an ihm scheint die Nacht keine Spuren hinterlassen zu haben. Seine Haut wirkt glatt, seine blauen Augen reflektieren die ersten gelben Sonnenstrahlen, ich rieche nicht einmal eine Fahne, als er mir nahe kommt und meint, ich sähe ein wenig mitgenommen aus, aber das Verruchte, leicht Heruntergekommene würde mir stehen. Sein schalkhaftes Lachen zieht mich an, er gefällt mir außerordentlich gut, wenn er lacht, er ist frech, er hat Humor, ich befürchte, ich habe ihn mir schön getrunken, so schön, dass ich sogar sein T-Shirt lustig finde. Wir sind uns wortlos einig: Wir wollen diese Nacht noch nicht enden lassen und stolpern bei Jacqueline nebenan, dem Ausweichquartier, wenn bei Cherry wieder Überbelegung herrscht, rein.

»Bei welcher Dame bist du eigentlich Stammkunde?«

»Bei keiner. Wenn das so wäre, glaubst du wirklich, ich hätte dich mitgenommen?«

»Warum sonst kennen dich in der *Cherry-Bar* alle?«

»Die Cherry ist die beste Schulfreundin meiner Mutter.«

»Nennt dich Cherry deswegen Burli?«

»Es ist ihr nicht abzugewöhnen.«

Bei Jacqueline ist nichts los, nur hinter den geschlossenen Türen im ersten Stock herrscht Betrieb. Ein dicklicher, nicht sonderlich alter Freier mit großer Hornbrille zwischen zwei schläfrigen Prostituierten im Jaguarprint-Partnerlook ist der einzige Gast.

Knutschend sitzen Elvis und ich bei Gin Tonic an der Bar. Jacqueline, die *Gala* lesend die Schlüssel zu den Zimmern und die Kasse verwaltet, steht Cherry mit ihrer mürrischen Laune in nichts nach, als sie mich sieht.

Plötzlich steht der Dicke zwischen uns. Kaum hat er den Tisch verlassen, suchen die Jaguardamen das Weite.

»Is was?«, will Elvis unfreundlich wissen.

Der Dicke grinst.

»Geh schleich dich«, wird Elvis ungehalten.

Elvis küsst mich erneut, fährt mir unter mein Oberteil, meine Hand wandert seine Oberschenkel hinauf. Interessant, was sich da tut.

»Ich zahl euch 's Zimmer, wenn wir zuschauen dürfen.«

Der Dicke lässt sich nicht abwimmeln. Sofort schnattert auch Jacqueline geschäftig hinter ihrer *Gala* hervor:

»Für die Frau musst aber extra zahl'n. Des is ja keine von uns.«

»Wer is wir?«, will Elvis wissen.

Der Dicke zeigt auf seinen Schritt, über den er im Pluralis Majestatis gesprochen hat.

Jetzt bin ich es, die Elvis herausfordert. Noch ein Gin Tonic und ich bin nicht nur mutig, sondern auch betrunken genug.

»Bist du abenteuerlustig?«

Er schluckt sichtbar, aber er zieht mit.

Auf der Treppe nach oben küsst Elvis meinen Hintern, großartig sei der, meint er.

Elvis hat den schönsten Körper, den ich je in die Finger bekommen habe. Sehnige Muskeln, kein Gramm Fett, für anatomische Studien perfekt: Hier sehen sie den musculus rectus femoris, einen fantastischen musculus deltoideus und ein besonders schön ausgeprägtes Exemplar des musculus glutaeus maximus. Kein langweiliger Proteinschwamm, der Gewichte stemmend mehrmals wöchentlich an einer Maschine hängt, sondern eine von reiner Körperarbeit trainierte Muskulatur, wie sie Kletterer, Akrobaten und Leichtathleten haben. Ein Körper, der sich selbst als Trainingsgerät genügt. Vermutlich der Meinung, doppelt so viel wäre doppelt so gut, hat sich auch der Dicke seiner Kleidung entledigt. Was dabei zum Vorschein gekommen ist, muss ebenfalls das Ergebnis jahrelanger Praxis sein.

Fasziniert beobachtet er uns, vergisst sich vor lauter Begeisterung selbst und rückt immer näher. Elvis unterbricht, streckt seinen Zeigefinger drohend aus. Schmollend verzieht sich der Dicke in seine Ecke. Irgendwann ist er verschwunden und es existieren nur Elvis und ich. Ich mache Verrenkungen, von denen ich nicht wusste, dass mein Körper dazu imstande ist und fühle mich dabei federleicht. Bald weiß ich, weshalb mich Elvis so mühelos hebt, dreht und wendet. Der Mann hat drei Arme. Wo ich auch hinsehe, ist eine Hand: Auf meinen Brüsten, zwischen meinen Schenkeln, auf meinem Rücken, zwischen Elvis' Beinen, in Elvis Gesicht, ah nein, das ist nicht seine Hand, das ist meine Hand, nein, Moment mal, meine Hände sind auf Elvis Pobacken, oder? Ich schließe die Augen – schwarz mit grünen Flecken darin, da sind sie wieder, die Farben meiner Extase. Das Bett schwankt, es dreht sich alles. Gegen extreme Schwindelgefühle hilft es, ein Bein fest auf den Boden zu stellen, aber wie soll ich das anstellen, meine Beine ragen gerade senkrecht in die Luft, glaube ich.

Als ich die Augen wieder öffne, ist Elvis dabei, mit zwei Händen auf seine dritte Hand einzuschlagen, die zwischen seinem und meinem Körper hin und her irrt.

»Schleich dich!«, keucht Elvis. »Finger weg!«

Wieder patscht Elvis auf die Hand ein, die sich an meinen Hüften vorbei den Weg nach unten bahnt. Erschrocken zieht sich die Hand zurück. Elvis packt mich, wirbelt mich herum, es plätschert.

»Nicht so schnell«, stöhne ich, mein Gleichgewichtssinn ist mir mittlerweile völlig abhandengekommen und das wilde Geschaukel auf dem schlecht befüllten Wasserbett trägt sein Übriges dazu bei, dass ich mich fühle wie auf einem Schlauchboot mitten im Atlantik.

Auf allen vieren klammere ich mich jetzt an die Plastikgriffe des Wasserbettes, und da sind wir wieder zu dritt: Aus dem goldgerahmten Spiegel mit den geschmacklosen Verzierungen in den Ecken wächst mir ein zerrauftes Etwas entgegen, das bin vermutlich ich, dahinter ragt Elvis auf und hinter Elvis wuchert der Dicke hervor und versenkt sich, durch seine schiefe Brille staunend, gerade in die intensive Betrachtung von Elvis' prächtigem glutaeus maximus. Man sieht ihm den Kampf mit der Beherrschung an, aufgeregt leckt er seine Lippen und gibt endlich seine Zurückhaltung auf. Mit Wonne landet seine Hand auf Elvis' Pobacke. Ein seliges Lächeln breitet sich in seinem Gesicht aus. Begeistert tätschelt er Elvis' Hintern.

Jetzt hört für Elvis der Spaß auf. Nach einem kurzen Blick in den Spiegel ist ihm klar, dass es sich unmöglich um meine Hand handeln kann. Mit einem Handgriff packt er den Dicken schwer am Genick und schleudert ihn zurück in seine Ecke.

»Da bleibst jetzt stehen«, brüllt er.

Doch kaum hat sich Elvis wieder mir gewidmet, steht der Dicke wieder da, magisch angezogen von diesem schönen Körper und streckt den Arm aus – der wollte gar nicht meinetwegen mit auf das Zimmer kommen:

»Der steht auf dich!«

Elvis stößt fest zu, wütend.

Als der Dicke aber versucht, an meine Brüste zu gelangen, reicht es Elvis endgültig.

»Na. Aus. Für das bist mir du zu schad'!«

»Nicht aufhör'n«, jammert der Dicke verzweifelt.

Plötzlich wirft sich Elvis über mich:

»Duck dich!«

Ich habe es nicht kommen sehen.

Etwas fliegt durch die Luft und klatscht gegen Elvis' Stirn, ich höre Elvis fluchen und einen dumpfen Knall. Ich bin aus dem Bett gefallen.

Geweckt werde ich durch lautes Schnarchen an meinem linken Ohr. In einem fremden Haus, auf einer fremden Bettkante. Der Rest des französischen Bettes ist von Elvis besetzt.

Ich habe einen Filmriss.

Immerhin sind wir beide wieder angezogen und, soweit ich feststellen kann, ist zumindest der Dicke verschwunden. Aber vielleicht habe ich das alles nur geträumt? Hoffnungsvoll kneife ich die Augen zu, als ich sie wieder öffne, sind das Haus, das Bett und Elvis noch immer da. Als ich ins Freie trete, schleudert mir die Sonne den prallen Tag ins Gesicht. Ich habe keine Ahnung, wie viel Uhr es ist, wo ich bin und am wenigsten weiß ich, wie ich hier hingeraten bin.

Plötzlich fällt die Tür ins Schloss.

Baufällig und wenig robust wirkt das Häuschen in dem verwilderten Garten, aber bei dem Versuch, meine vergessene Handtasche zu befreien, entpuppt es sich als Festung. Klopfen, klingeln, rufen, es hilft alles nichts. Von drinnen höre ich Elvis schnarchen.

Ich kann mir nicht einmal vorstellen, in welcher Himmelsrichtung mein Zuhause liegen könnte. Die Hoffnung, vielleicht nicht allzu weit entfernt davon zu sein, zerschlägt sich schon am Gartentor, als ich Elvis' Scirocco sehe. Sind wir wirklich noch mit dem Auto gefahren? Weit mehr entsetzte mich jedoch das Nummernschild: MD XXYX 1.

Ich war irgendwo im Süden Wiens gelandet. Auf dem Land! Und dabei bin ich doch völlig verloren außerhalb der Großstadt, nicht überlebensfähig, orientierungslos. Aber vor allem ist es mir unheimlich. Mutterseelenallein in irgendeiner Landschaft herumzustehen ist für mich alles, nur sicher nicht entspannend.

Kein Taxi, keine Telefonzelle, nicht einmal eine Tankstelle. Schöne Felder Weg 7. Ja, das kommt ungefähr hin. Bäume, Felder, Weinberge, Bäume, Felder und ab und zu ein Haus.

Irgendwann erreiche ich endlich eine Busstation. Der Bus geht dreimal am Tag. Morgens, mittags, nachmittags. Froh hocke ich mich auf die Bank im Wartehäuschen. Es riecht komisch. Egal, wo ich mich hinsetze, es hört nicht auf zu stinken. Nach Alkohol, Zwiebel, Rauch, Schweiß – und Sex. Ich hauche in meine Hand.

Während ich darüber nachgrübele, wann ich auch noch Zwiebel gegessen habe, regt sich auf der gegenüberliegenden Straßenseite, in der *Villa Elsa*, wie über der Einfahrt zu lesen ist, Leben. Der Schriftzug kommt mir bekannt vor, aber ich erinnere mich nicht, woher. Ein schwarzer Mercedes biegt in die Einfahrt. Beruhigend. Es gibt in dieser gottverlassenen Gegend zumindest einen anderen Menschen. MD 463 MW, der Kofferraumdeckel springt auf. Nun setzt mein Gehirn die spärlichen Informationen zusammen und veranlasst mich, hinter das Wartehäuschen zu springen.

Keinesfalls will ich in diesem Zustand gesehen werden.

»Luisa? Hallo?«

Ich drücke mich fester an die Rückwand des Wartehäuschens, stelle mich taub und hoffe, dass Nicolas mich eventuell für eine optische Täuschung hält und umkehrt.

Aber Nicolas kehrt keineswegs um. Er will unbedingt auch noch den Kopf um die Ecke hinter das Wartehäuschen stecken.

»Hallo!«

Ich halte mir die Hand vor den Mund, damit Nicolas mich nicht riechen kann und tue so, als wäre es das Natürlichste, nicht vor, sondern hinter dem Häuschen auf den Bus zu warten:

»Allo?!«

Geistesgegenwärtig lasse ich das H weg – zu sehr gehaucht.

»Hast du dich verirrt?«

»Ich bin auf der Suche nach der Uhrzeit.«

»Nach der Uhrzeit.«

»Ja. Ich habe meine Handtasche verloren«, nuschele ich hinter meiner Hand hervor. (Immerhin nicht meine Kleider. Irgendwie bin ich fast stolz auf mich.)

»Wie bitte?«

Nicolas schmunzelt. Ich schüttle nur stumm den Kopf.

»Ich fahre gleich nach Wien. Soll ich dich mitnehmen?«

»Danke, aber der Bus kommt wahrscheinlich bald.«

Ich bin sicher, dass das Gebläse seines Mercedes, selbst auf Orkanstärke gestellt, nicht ausreichen würde, um meine Ausdünstungen davonzupusten.

»Du weißt, dass das ein Schulbus ist?«

»Ach«, winke ich ab, »das macht mir nichts.«

Nicolas grinst schon wieder von einem Ohr bis zum anderen. Ich weiß nicht, was ihn daran, bitte schön, amüsiert.

Kurz darauf hält ein Taxi an der Bushaltestelle. Ob ich das Taxi bestellt hätte? Nein, aber ich krieche dankbar wie selten in meinem Leben hinein. Die saftige Rechnung will mir der Taxifahrer dann per Post schicken. Schon beim Aussteigen ziehe ich ernsthaft in Erwägung, an eine unbekannte Adresse zu verziehen.

Zu Hause erwartet mich ein Empfangskomitee vor der Wohnungstür, bestehend aus Roman, der immer noch auf Loredana wartet, und Carlos. Er ist aus Buenos Aires eingeflogen und hat sich mit Roman im Stiegenhaus häuslich niedergelassen. Ich kämpfe mich an den einträchtig schlummernden Verehrern Loredanas vorbei. Roman hat ein blaues Auge, Carlos eine geplatzte Lippe. Gerahmt wird das Tableau vivant von Bier- und Whiskeyflaschen. Ein Idyll. Kaum habe ich die Wohnungstür geschlossen, schießt Loredana aus dem Wohnzimmer, um durch den Türspäher zu lugen.

»Sie prügeln sich schon wieder! Das ist so blödsinnig.«

Hinter dem ehrlichen Bemühen, Entrüstung zu heucheln, blitzt unübersehbar die Überheblichkeit der von zwei Männern Begehrten auf.

Als ich durch den Späher schaue, reicht Roman Carlos gerade mit schmerzverzerrtem Gesicht die Whiskeyflasche. Carlos greift zu und stößt mit Roman an. Nun hat auch er eine Schramme über dem Auge, scheint aber nicht willens, sich geschlagen zu geben. Keuchend hocken sie auf dem Boden, um Kraft für die nächste Runde zu tanken.

»Sieht nicht gut aus für Carlos.«

Loredana drängt mich besorgt beiseite, um einen Blick auf Carlos zu werfen.

»Ach, solang er noch trinken kann …«, stellt sie beruhigt fest.

Spätabends muss Carlos angekommen sein. Statt zu läuten, hat er sich gleich mit nicht zu bremsendem, südamerikanischem Temperament auf den Nebenbuhler gestürzt oder der Nebenbuhler sich auf ihn. So genau weiß Loredana das nicht.

»Übrigens wirklich sehr nett, dein Nachbar«, sagt Loredana. »Er hat Carlos und Ramon die ganze Nacht mit Getränken und Snacks versorgt.«

Auf der einen Seite des Flurs Loredana hinter dem Spion, auf der anderen Seite Matto als Serviermädchen und Zaungast, ich würde sagen, da sind beide auf ihre Kosten gekommen.

»Warum du dir Ramon nicht geschnappt hast, verstehe ich nicht. Sieht sogar betrunken und verprügelt recht gut aus, auf den zweiten Blick. Und ich glaube, er und Carlos würden sich gut verstehen.«

Loredana sieht mich treuherzig an.

»Ich gehe schlafen.«

»Vielleicht solltest du vorher noch duschen.«

Mir tut vor allem Carlos leid. Zuerst wird er von seiner Freundin verlassen, weil sie Heimweh hat, dann von deren Liebhaber verprügelt und nicht einmal zur Audienz vorgelassen. Aber so herzlos Loredana sich verhält, so sehr hat sie, scheint es, recht. Wegen mir hat sich nie ein Mann geprügelt, geschweige denn zwei.

Als ich wieder aufwache, dämmert es. Loredana steht hinter der Tür, in der Hand eine Schüssel Spaghetti, die sie nachlässig in sich hineinstopft, und lächelt zufrieden.

Prügeln die sich immer noch? Ich blicke durch den Spion und sehe Elvis. Er verabschiedet sich mit pubertärem Handshake von Carlos, Roman und Matto. Im Flur herrscht Pfadfinderlageratmosphäre. Die *Buben* würden es wahrscheinlich lieber haben, mit Cowboys verglichen zu werden, aber dafür ist das *Lagerfeuer* einfach zu mickrig und auch ein bisschen zu schwul. Matto hat Kerzen und einen Gasbrenner aufgestellt und schickt sich an, Würstchen und Dosenbohnen aufzuwärmen. Statt Blechgeschirr gibt es buntes Porzellan von Villeroy & Boch.

»Wie lang war er da?«

»Drei Stunden, vielleicht. Er hat deine Tasche für dich abgegeben.«

Loredana hält mir meine Handtasche hin.

»Eine wahre Fundgrube, das Internet.«

Ich spüre, wie mir heiß wird vor Zorn. Langsam finde ich Loredanas bissige Bemerkungen über meine Blind Dates reichlich abgenutzt.

»Im Unterschied zu dir jage ich meine Liebhaber wenigstens nicht kreischend aus dem Haus.«

»Stimmt. Du machst das viel subtiler. Du stiehlst dich einfach davon. Aber gerade dann, wenn man sie nicht will, wird man sie eh nicht los.«

»Wer sagt, dass ich Elvis nicht will?«

»Der heißt Elvis?«

Loredana verschluckt sich beinahe an den Spaghetti.

»Nein, ich nenne ihn so.«

»Und wie heißt er wirklich?«

»Weiß ich nicht. Habe ich vergessen.«

Um von mir abzulenken, frage ich Loredana, wie lang sie vorhabe, Carlos und Ramon-Roman schmoren zu lassen. So lang, wie es Carlos Spaß mache, meint sie. Loredana-Logik.

»Ramon ist doch nur in die Vorstellung, mich zu erobern, verliebt. Bei Ramon ist alles Show, auch wenn er sich abmüht, etwas Echtes zu fühlen.«

»Und weiß Carlos das auch?«

»Carlos wird hier nicht weggehen, bis ich mit ihm gesprochen habe. Und er weiß, dass ich ihm früher oder später die Tür öffnen werde.«

Jetzt tut mir Roman leid. Ich bin versucht, das Pfadfinderlager vor meiner Wohnung aufzulösen. All die Schrammen, das blaue Auge, der Kater – für nichts. Und er weiß noch nicht einmal etwas davon.

Sie wurden von *Lockstoff* verabschiedet. Wer war das denn? Christoph. Christoph! Er hat schon wieder ohne mich im *Café Hummel* gefrühstückt. Wenn er wüsste, in welchem Zustand ich ihm heute Morgen entgangen bin! Er wäre dankbar dafür. Aber die Gelegenheit, ihm das mitzuteilen, wird sich nicht mehr ergeben.

In meiner Tasche krame ich nach meinem Handy. Ein Brief von Elvis fällt mir in die Hände. Nur zwei Zeilen: Du bist ein verrücktes Huhn. Ruf mich an. Darunter ein schlecht ausgedrucktes Foto. Ich mit Taucherbrille und Schnorchel auf dem Kopf, zwei riesigen Flossen in der einen und einem Einmachglas in der anderen Hand, in einem Brunnen stehend. Rundherum Menschen mit ihren Wochenendeinkäufen. Wann und wo und warum ist das denn passiert?

Auf meinem Handy habe ich sieben versäumte Anrufe. Zwei von meiner Mutter, nicht ohne das obligatorische *Ruf mich an!*, fünf von Christoph. Nach dem ersten und nach dem letzten Anruf hat er eine Nachricht hinterlassen.

»Hi. Christoph. Du hast mich nicht wieder versetzt, oder? Ich hoffe, du bist nur zu spät, so wie alle Frauen beim ersten Date. Sitze hinten links. Habe schon bestellt.«

Eine halbe Stunde später klingt die Nachricht so: »Ich frage mich ernsthaft, was du eigentlich auf Singlehearts zu suchen hast. Bin jetzt fertig mit dem Frühstück und mit dir auch. Ciao.«

Ungerührt lösche ich Christophs Nachrichten. Vielleicht hat mein Vater recht. Wer sich nicht bemühen muss, etwas zu bekommen, gibt sich erst recht keine Mühe, es zu behalten. Aber die Regalreihen bei Singlehearts sind prall gefüllt mit Sonderangeboten. Schlimmer noch, wie beim All-inclusive-Urlaub habe ich pauschal bezahlt und kann mich volllaufen lassen oder jeden Cocktail nach einem Schluck wegschütten, wenn er mir nicht schmeckt, ich kann am Buffet naschen oder fressen, bis ich platze, es wird immer Nachschub geben und die verschmähten Reste werden kommentarlos abserviert.

Scheu drückt sich Loredana zur Tür herein.

»Prügeln sich die Jungs nicht mehr?«

»Nein«, klingt es fast bedauernd, »dafür ist jetzt so ein kleiner, feister Typ dazugekommen.«

Ich schließe mit mir selbst eine Wette ab, dass es sich dabei um Johnny handelt. Loredana setzt sich auf mein Bett und schweigt. Nach einer kleinen Weile seufzt sie bedeutungsschwanger. Ich ignoriere das und klicke mich weiter durch die Singlehearts-Profile. Dass Loredana mitliest, daran hege ich keinen Zweifel.

»Der klingt aber nett.«

»Wer?«

»Na, dieser *Fox on the Run.*«

»Er hat mir eine gereimte Kontaktanfrage gesendet.«

Loredana findet das cool.

»Außerdem ist er locker fünfzig.«

»Na und? Irgendwann wirst du auch fünfzig sein. Zeig her.«

Loredana findet Günther, alias *Fox on the Run*, gut aussehend.

»Eine Mischung aus Daniel Craig und – wie heißt der Trainer von den Deutschen?«

»Welchen Deutschen?«

»Fußballern.«

»Keine Ahnung, wen du meinst.«

»Aber wie der jedenfalls, der immer im blauen Hemd herumspringt.«

»Wie Jogi Löw?«

Das will ich mir eigentlich nicht vorstellen und klicke Günther weg.

Meine Schwester blickt müde aus dem Fenster. Als ich ihren Blick auffange, spüre ich mit einem Mal die Einsamkeit, die sie umgibt. Sie wirkt so verloren, entwurzelt, zwischen den Welten hängend, gefangen in ihren Gefühlen und Sehnsüchten.

Wir sind aus dem Fenster gestiegen, auf das Dach meines Ateliers gesprungen, über das Holzgerüst der Kletterrosen hinunter in den Hof gelangt und auf den Cobenzl gefahren. Das Café im Rondeau-Stil auf einem der Wiener Hausberge versprüht den Charme der Fünfzigerjahre und ist dabei so unwirklich wie das Bild, das Loredana von Wien geblieben ist. Ein Klavierspieler spielt Wiener Lieder und zu Recht vergessene Operettenmelodien, ein älterer Herr singt mit kräftiger Stimme und noch kräftigeren Texthängern die Melodie dazu. Vom Ober wird er beflissen als *Herr Kammersänger* angesprochen, der er sicher niemals war. Applaus spenden rundum die Damen, sie haben sich aufgeputzt für den Ausflug am Samstagabend und zollen den schönen Künsten Respekt durch aufmerksames Zuhören und Kopfnicken im Takt.

Vom ersten Bissen ihres Milchrahmstrudels bekommt Loredana wieder glasige Augen. Zur verblödeten Touristin sei sie verkommen, sagt sie, im *Kleinen Café* sei sie gewesen, beim Sepp auf ein Schnitzel, im *Palmenhaus*, am Zentralfriedhof, im Volksgarten Pavillon, in der *Loos*-Bar auf einen Wodka Sour, sogar mit dem Riesenrad und mit der Liliputbahn sei sie gefahren. Sie klappere Stationen ab, hechte von einem Ort ihrer inneren Landkarte zum anderen, aber in der Erinnerung sei das alles viel schöner gewesen. Selbst der Millirahmstrudel schmecke nicht mehr so gut wie früher.

Der *Herr Kammersänger* schmettert jetzt Schubert: »Dein ist mein Herz, dein ist mein Herz und soll es ehiwihig ehiwihig ehiwiehiglihich bleieieieeiben.«

»Das ist doch alles grässlich«, nörgelt Loredana. »Schauerlich. Warum zieht es manche nach vielen Jahren, nach Jahrzehnten im Ausland trotzdem in die Heimat zurück? Weil sie nie ein echtes neues Zuhause gefunden haben. Aber wenn sie dann heimkehren, fühlt sich auch da nichts mehr nach Geborgenheit an. Ich frage mich, wonach ich mich, bitte sehr, in den vergangenen Monaten gesehnt habe? Nach dem fettigen Schnitzel? Nach dem lauwarmen Millirahmstrudel? Nach dem verhunzten Schwarzenbergplatz und dem noch verhunzteren, bis zur Unkenntlichkeit verhunzten Prater? Ganz zu schweigen von dem schiachen Westbahnhof und der noch schiacheren Donauplatte. Und überhaupt, das kann ich dir sagen, ist Wien so was von provinziell, dass einem die Tränen kommen. Eine Weltstadt, wovon reden die da bitte? Vom Zentralfriedhof vielleicht, ja, da gibt's eine halbwegs vernünftige Dichte an wichtigen Persönlichkeiten, der hat Metropolencharakter, meinetwegen, aber sonst …?!«

Nach drei appetitlosen Bissen schiebt sie den Milchrahmstrudel weit von sich. In dem Millirahm schwimmt kein Strudel, sondern ganz Wien. Sie nimmt Abschied. Von uns, von sich in Wien, ich spüre das. Sie wird uns auch weiterhin besuchen kommen, daran habe ich keinen Zweifel, aber es wird anders sein. Bisher ist sie nach Wien nach Hause gekommen, zu uns, bald wird sie nach Hause fliegen, weg von uns. Sie hat eine neue Heimat gefunden.

»Da, wo Carlos ist, ist mein Zuhause.«

Loredana bricht ab und versinkt in ihr berühmtes Schweigen. Wie immer macht sie alles mit sich selbst aus. Das Ergebnis wird sie uns später mitteilen.

In den Stillstand von Loredanas Monolog platzt ein Anruf unserer Mutter.

Na endlich, beschwert sie sich und fällt mit der Tür ins Haus, ob ich nicht etwas wüsste, wo Leonie heiraten könnte.

Als ob ausgerechnet ich die Spezialistin dafür wäre?

Ich schlage ihr vor, in der *Villa Elsa* anzurufen, weil mir nichts anderes einfällt, sehr nett, wirklich, beteuere ich und hoffe insgeheim, dass es in der *Villa Elsa* kein Telefon gibt.

»Wie kommst du denn auf die *Villa Elsa*?«, fragt Loredana verwundert.

»Kennst du das Hotel?«

»Ich war mit Anna Ritter auf der Hotelfachschule.«

»Wer ist Anna Ritter?«

»Die Tochter der Besitzer.«

Die Tochter ist mir ja herzlich egal, aber ob Loredana auch von Nicolas etwas weiß, interessiert mich brennend.

»Nein, warum?«

»Nur so …«

»Nur so, ja, klar«, stichelt Loredana.

»Ich habe ihn zufällig kennengelernt …«

»Zufällig im Internet?«

Sie kann es sich nicht verkneifen. Die Stimmung zwischen Loredana und mir droht zu kippen. Loredana sieht mich durchdringend an wie beim Polizeiverhör. Vielleicht ist Nicolas Annas Mann?

»Nicolas ist ihr Bruder«, lenkt Loredana ein. »So viel weiß ich schon. Ich habe ihn nie kennengelernt. Als ich mit Anna in der Schule war, ist er entweder auf Kreuzfahrtschiffen unterwegs gewesen oder hat irgendwo in New York gearbeitet. Mehr weiß ich nicht, Anna und ich haben uns nach der Schule aus den Augen verloren.«

»Verstehe.«

Scheinbar hat sie Nicolas in meiner Werkstatt nicht erkannt, ich sehe davon ab, sie einzuweihen.

»Würde mich echt interessieren, was aus der *Villa Elsa* geworden ist. Anna ist einer der stilsichersten Menschen, die ich kenne. Falls sie das Hotel übernommen hat, hat es sicher noch dazugewonnen.«

Schön. Wie konnte ich Nicolas für einen Taxifahrer halten? Schlimmer sind nur die stillosen Zustände, in denen mich Nicolas herumkutschiert oder angetroffen hat.

7

Ich sitze vor meinem Kleiderschrank, als säße ich vor einem versalzenen Schokoladenkuchen. Es sieht toll aus, aber sobald ich etwas davon anziehe, wird es scheußlich; zu eng, zu weit, zu kurz, zu lang, zu sexy, zu fad, zu grün, zu blau, zu rot, zu eindeutig, zu zweideutig; habe ich endlich ein Oberteil gefunden, passt das wieder nicht zum Rock, den ich unbedingt anziehen will, passt die Bluse zum Rock, passt das Make-up nicht zur Bluse oder die Frisur nicht zum Kragen. Während mir die Zeit davonläuft, gestalte ich mich hektisch mehrmals um. Und zwar komplett. Wenn ich mich innerlich nicht wohlfühle, werde ich in Bezug auf mein Äußeres zwanghaft. Schließlich schaffe ich es immerhin bis zum Haustor, genau jetzt sollte ich im *Palmenhaus* sein und dort Christian treffen, aber schon an der Treppe werde ich überholt, von einem Wasserfleck, der sich am Saum meines Satinrocks ausgebreitet hat. Alles noch einmal von vorne. Panisch haste ich zurück in die Wohnung, interessiert beobachtet von Carlos, Roman, Johnny, Matto, dem Regisseur und dem Hauptdarsteller seiner neuen Produktion und – der unscheinbaren Blondine aus dem *Vestibül*. Was macht die denn hier? Aus dem Boxring war erst ein Pfadfinderlager geworden und nun ist es ein Sit-in. Matto hat sein Wohnzimmer in den

Flur übersiedelt. Ziemlich ramponiert sitzen Carlos und Roman, fein säuberlich getrennt von der Blondine in ihrer Mitte, aufgefädelt auf Mattos rotem Samtsofa. Wer zuerst aufsteht, hat verloren. Statt Muskelkraft wird Sitzfleisch demonstriert. Alle Staffeln von *Mad Men* ohne Pause anzusehen ist das neue Ziel. Johnny, der Regisseur und der Hauptdarsteller haben sich – womit auch immer – solidarisch erklärt. Nur die Rolle der Blondine ist mir noch nicht ganz klar.

Wie viel Zeit habe ich in diesem Sommer eigentlich allein damit zugebracht, mir zu überlegen, was ich anziehen soll, Mails zu lesen, zu schreiben, zu löschen, Männerprofile zu studieren und den Weizen von der Spreu zu trennen, in der Hoffnung, endlich auch ein Korn zu finden, aber ich blindes Huhn habe trotzdem immer daneben gepickt. Hätte ich doch einfach einen Töpferkurs besucht oder versucht, mich in einen Männerchor zu schummeln, oder den Segelschein gemacht und mich dort umgeschaut, dann hätte ich dabei wenigstens etwas gelernt. Die Auswahl wäre vielleicht eher beschränkt gewesen, besonders beim Töpferkurs, dafür aber überschaubar. Einmal mehr erweist es sich als unpraktisch, wenn mir alle Möglichkeiten offenstehen. Dann ist es wie beim Kaufrausch im Schlussverkauf, wenn ich alles haben kann, weiß ich nicht mehr, was ich nehmen soll, aber im Unterschied zu Singlehearts machen die Läden glücklicherweise irgendwann einfach zu.

Mich lähmt die Auswahl mehr, als dass sie mich beflügelt, ich werde davon entscheidungsschwach. Aber damit lebe ich in bester Gesellschaft: Alles ist relativ und am relativsten sind Entscheidungen. Wir sind die Apfel+z-Generation: Wir können alles revidieren, relativieren, rückgängig machen. Heute so und morgen anders, das ist die einzige Verlässlichkeit, die uns geblieben ist.

Das greift auch über auf unsere Art, Freundschaften zu pflegen oder Beziehungen zu führen – immer mit dem Gefühl, es könnte doch noch ein besseres Schnäppchen geben. Das Einzige, was wir aber davon haben, ist unsere latente Unzufriedenheit.

Dass der Mensch an seinen unbegrenzten Auswahlmöglichkeiten scheitert, davon profitiert die Firma mit dem angefressenen Apfel. In Zeiten der Totalindividualisierung und persönlichen Totaloptimierung begeistert sie mit einer geradezu planwirtschaftlich anmutenden Produktpalette. Zwei Modelle für alle (eines in weiß, eines in schwarz, eines in Alu und eines in Plastik). Die Menschen stehen wie in den ehemaligen Ostblockstaaten Schlange vor den Geschäften, um es bei der Markteinführung als Erste zu ergattern – etwas, wovon es sowieso immer Nachschub geben wird. Wie paradox.

Alle haben das Gleiche, aber doch irgendwie anders, und alle sind zufrieden. Ach wäre es doch bei den Männern genauso. Dann müsste ich mir nicht mehr dauernd denken, es müsste irgendwo noch ein besseres Modell geben.

Während ich am liebsten alles aufkündigen würde, keimt in mir zugleich die Angst, dadurch das eine endlich passende Modell zu versäumen, denn vielleicht ist ausgerechnet der Nächste der Richtige. Deshalb kämpfe ich mich tapfer weiter durch die Flut an Männern, die über mir zusammenschwappt und mir zunehmend die Urteilsfähigkeit raubt. Je mehr Profile ich lese, desto mehr Männer erscheinen es mir wert, sie kennenzulernen, und desto weniger klar sehe ich, was mir gefällt und was nicht.

Ich bin hin- und hergerissen zwischen Sylvain, der mich seit Tagen mit Musik betört, die er an jedes Mail hängt, Alexander, dem Koch, der mir eloquent sein Können abseits der Küche schmackhaft macht, und auch Christian, dem Immobilienmakler, der vor allem meine Vorliebe für schwarze Komödien und Bauhaus-Architektur teilt.

So fühle ich mich vor einem Blind Date so sehr unter Druck wie vor einem Bewerbungsgespräch. Die Angst, nicht zu bestehen, steht in direktem Zusammenhang mit meiner eigenen Erwartungshaltung, die sich umso höherschraubt, je länger der Mailwechsel dauert. Besser wäre es, möglichst wenig schriftlich zu kommunizieren, das spart Zeit und vor allem Gedanken. Bis ich den Mann getroffen habe, jage ich ja doch nur ein Phantom.

Zum zweiten Mal endlich tatsächlich auf dem Weg zu meinem Date mit Christian, meine ich, echte Fortschritte zu bemerken. Ich habe mehr Sorgfalt darauf verwendet, eventuelle Gemeinsamkeiten und Übereinstimmungen herauszufiltern, ich habe das Treffen auf ein Zeitfenster von eineinhalb Stunden begrenzt – gut, wegen meiner Garderobenprobleme haben wir nur noch eine knappe Stunde – und ich habe mehrere Fotos verlangt und diese eingehend betrachtet. Auch und besonders gründlich den Hintergrund. Wenn er zufällig ins Bild rutscht, ist er das Aufschlussreichste. Ein Bügelbrett, ein Foto von der (Ex-)Freundin, ein pastellfarbener Polyesterschlüpfer unter dem Heizkörper, rosa Kuscheldecken und Plüschtiere auf einer Wohnlandschaft, Troll- und Elfenfiguren im Stapelwandprogramm vom Möbeldiscounter, eine Art-déco-Kredenz, entwürdigt durch ein Katzenklo daneben und ein Paar Adiletten. Das ist peinlich.

Bewusst ausgewählte Hintergründe sind hingegen oft beängstigend, geradezu beklemmend. Eine stolz präsentierte Hausbar in Globenform, die Kraftmaschine im fichtenholzvertäfelten Keller neben dem Heizboiler, das Doppelbett mit schwarz glänzender Satinbettwäsche, die acht Quadratmeter Fernsehwand in Wurzelholzoptik.

Für solche Fotos bin ich dankbar. Sie nehmen mir die Entscheidung ab. Warum ich mich für Christian und nicht für Alexander entschieden habe, ist vor allem auf den Bildhintergrund zurückzuführen. Während Christian in der *Vertigo Bar* in Bangkok war und beim Kameltrekking in der Sahara, hat sich Alexander im *Spiderman*-Shirt auf der Alster beim Tretbootfahren ablichten lassen. Das Boot hatte die Form einer Ente.

Christians erster Anruf: um neun Uhr morgens. Er plane sein Wochenende, ich solle dringend zurückrufen. Der nächste Anruf um zehn. Ich bin kein Morgenmensch, noch um zehn Uhr fällt es mir schwer, mich zu unterhalten, schon gar nicht über die Abendgestaltung, wenn ich noch nicht einmal herausgefunden habe, wie der Morgen so ist.

Heute sollten wir unbedingt auf einen Kaffee gehen, damit wir *es* schon bald wüssten, meint er um elf, sehr freundlich klingt er, er wolle sicher nicht zwei Wochen warten, bis er wieder Zeit für ein Date hätte, denn er würde sich sehr freuen … die Liebenswürdigkeiten sprudeln nur so aus ihm heraus.

»Ja, ich freue mich auch«, sage ich.

Er sei in totaler Hochstimmung, eine Superwoche sei das gewesen, das Wochenende wolle er mit mir voll auskosten. Wir könnten einen Kaffee trinken und nachher feiern gehen, eine Spritztour nach Budapest machen oder nach Bratislava.

»Was machst'n du eigentlich so?«, plappert er weiter.

»Ich – äh – trinke …«

Weiter komme ich nicht, weil er gestern zwei Jahresgehälter verdient hat, und mich unterbrechen muss, um mir auch das mitzuteilen, bevor ich es schaffe, das in diesem Zusammenhang nicht ganz unbedeutende Objekt – Kaffee – auszusprechen.

»Zwei Jahresgehälter auf einen Schlag, ein Wahnsinn!«

Seine Stimme schnappt über vor Begeisterung.

Ich finde zwei Jahresgehälter eine recht diffuse Mengenangabe. In Mosambik zum Beispiel hätte auch ich gestern zwei Jahresgehälter verdient.

»Wie?«, frage ich nicht besonders eloquent, dafür aber prägnant.

Jetzt hängt eine irritierte Pause in der Leitung.

»Na, mit einem Haus.«

Eine Luxusvilla habe er an einen Russen losgeschlagen, mit Superprovision. Damit könne er den Rest des Jahres seinen Launen unterwerfen, sagt er. Nicht das Geld auf seinem Konto, sondern dieser Nachsatz war es, der mich beeindruckte und der mir später zum Verhängnis wurde.

Christian bewegt sich also in anderen Sphären als ich in Mosambik.

Mir war das Zustandekommen derartiger Maklerprovisionen immer eher unverständlich. Schließlich handelt es sich dabei um Wohnungen und nicht um in Leder gebundene Ausgaben des Neuen Testaments. Das an den Mann zu bringen ist wahrscheinlich ein Knochenjob, aber Wohnungen in der Finanzkrise? Die Arbeit erledigt sich doch von selbst.

»Und sonst?«, frage ich.

»Nix, wieso?«

»Na, was machst du sonst, außer Feiern?«

»Studieren. Architektur. Zweiter Abschnitt. Ist aber ziemlich zäh. Häuser verkaufen geht schneller, als Häuser bauen«, lacht er.

Wir verabreden uns für halb sieben im *Palmenhaus*. Um halb sieben ruft er an und erklärt mir:

»Ich bin gerade erst aufgewacht.«

Das war, als ich zum ersten Mal versucht habe, das Haus zu verlassen mit dem Wasserfleck auf dem Rock.

Um sieben sei er im *Palmenhaus*.

Ich auch. Vielleicht. Hängt von meiner Frisur ab. Immerhin sind wir beide ähnlich kompetent im Einhalten von Verabredungen.

Um fünf vor sieben will er wissen, wo ich sei. Christian hat es wirklich eilig, mich kennenzulernen. Er klingt ungehalten. Ich sei eh gleich da, beruhige ich. Um zehn nach sieben bin ich im *Palmenhaus*.

Im hintersten Winkel wartet Christian, eine zerfledderte Tenniskappe tief ins Gesicht gezogen. Die Kappe ist lachsrosa. Sie verleiht seinen schmalen Gesichtszügen etwas Pudriges. Er wirkt zerbrechlich, gestresst, genervt. Er sieht alles andere als besonders feierlich aus. Ich vermute, dass es sich der Russe anders überlegt hat.

Er schmeißt die Zeitung beiseite, steht auf, gibt mir wie einer Kundschaft die Hand. Ein Handgriff wie am

Fließband. Im Stehen stürzt er seinen Espresso hinunter, wirft die Tasse zurück auf den Teller, klirrend springt der Löffel davon.

»Gehma weg von da. Woandershin.«

Ich drehe auf dem Absatz um und gehe vor ihm aus dem Lokal. Im Rücken spüre ich seine Ungeduld.

Sein Job scheint Christian an die Substanz gegangen zu sein. Sein Körper ist ausgemergelt, ausgezehrt, ein ausgeleierter Pullover schlabbert ihm um den Leib. Draußen entschuldigt er sich für die ruppige Begrüßung und schlägt vor, in eine Cocktailbar zu gehen, die ich nicht kenne. Dann hasten wir im Stechschritt durch den Burggarten.

»Warum bist du denn zu spät?«

Ich hoffe, mich verhört zu haben.

»Warum kommst du so spät?«

Nein, ich habe mich nicht verhört, sondern die Platte, die irgendwer einmal aufgelegt hat und die mein Leben abspielt, ist schon wieder hängen geblieben in der Rille mit: Du kommst zu spät. Um es abzukürzen, schubse ich die Nadel einfach weiter und entschuldige mich knapp. Doch es folgt: Thema mit Variationen.

»Ich habe gesagt um sieben, das war schon eine halbe Stunde später als eigentlich ausgemacht. Und ich war dann zehn vor sieben da.«

Also dafür bin ich ja wohl nicht verantwortlich. Mit einem Blick zur Seite versuche ich, einen Eindruck von Christians Stimmungslage zu erhaschen und mit seinem olympiareifen Schritttempo mitzuhalten, und beschließe, dass er das nicht ernst meint.

»Was kann ich denn dafür, dass du zu früh kommst?«

»Da hättest du ja schon seit zwanzig Minuten da sein sollen.«

»Ich habe dir ja gesagt, dass ich auch nicht da bin.«

»Aber dann bist du noch einmal später gekommen. Du bist die Steigerung von zu spät.«

»Es gibt keine Steigerung von zu spät.«

»Doch. Du bist noch später als zu spät. Das ist eine Steigerung.«

Ich muss lachen. Christian bleibt todernst.

»Überhaupt, du bist eine *volle Stunde* zu spät.«

»Wieso denn eine Stunde?«

Mit den Fingern rechnet er mir vor:

»Zuerst bist du um halb sieben nicht da gewesen, dann um zehn vor sieben nicht – macht zwanzig Minuten –, dann um sieben nicht – macht dreißig Minuten dazu – und dann *noch mal* zehn Minuten oben drauf! Macht eine volle Stunde, die du mich lässig warten hast lassen.«

Mit säuerlicher Miene hat er sich in den Pedanten hineintheatert und anscheinend nicht vor, seine Vorstellung zu beenden.

»Nein«, keuche ich vor Lachen, »es waren läppische zehn Minuten.«

»Real«, hebt er den Zeigefinger, »sind es vielleicht zehn Minuten, *effektiv* aber sind es einmal zwanzig Minuten gewesen – von halb sieben bis zehn vor sieben –, einmal dreißig Minuten –, von halb sieben bis sieben – und dann noch mal zwanzig Minuten. Von zehn vor sieben bis zehn nach sieben.«

»Das macht ja jetzt schon siebzig Minuten.«

Langsam dämmert mir, wie Christian zu seinen zwei Jahresgehältern gekommen sein mag. Zwei Wohnungen, die er viermal verkaufen hätte können, plus ein Haus, das er fast dreimal verkauft hätte, plus eine Villa, die er beinahe zwei Leuten angedreht hätte und eine Wohnung, die er schließlich losgetreten hat. Alles zusammengerechnet mal drei bis sechs Prozent macht *effektiv* zwei Jahresgehälter. Der Mann würde sich abseits seiner Immobilienmaklerei auch noch bestens als Chef der Europäischen Zentralbank eignen.

»Ja, siebzig Minuten sind die Zeit, die ich *effektiv* mit Warten vertan hätte.«

»Effektiv in einem Satz mit einer Konjunktivkonstruktion zu gebrauchen ist an sich schon paradox.«

»Was soll das sein?«

»Widersinnig.«

»Widersinnig ist, dass ich noch hier bin.«

»Na, da hab ich ja wieder mal Glück gehabt. Jahrelang, als ich jeden Tag zu spät in die Schule gekommen bin, habe ich mir genau das gewünscht: dass sie einmal nicht mehr da wäre. Aber auch sie ist immer geblieben. Leider.«

Plötzlich lacht auch er und fällt aus der Rolle.

»Echt, satte vierzig Minuten zu spät! Das ist unfassbar.«

»Nein«, sage ich, »zehn Minuten.«

»Mann, bist du stur«, grinst er. »Und nachher«, wechselt er übergangslos das Thema, »triffst du diese Leute vom Theater, statt mit mir weiterzuziehen?«

»Ja. Wahrscheinlich.«

Was ich mit denen zu schaffen hätte? Das seien Freunde. Um überzeugender lügen zu können, sollte man sich einen wahren Hintergrund ausdenken, an den man glauben kann. Also habe ich gesagt, ich hätte später am Abend leider schon etwas vor – mit Matto und seinen Kollegen vom Theater. Ungelogen werde ich sie sicher in meinem Hausflur wiedertreffen.

Was ich mit Theater zu schaffen hätte, will Christian wissen. Nichts. Er verzieht das Gesicht. Diese Theaterleute seien sowieso ein komisches Volk, ziemlich komisch. Er schüttelt sich, dreht die Augen zum Himmel, bis man nur noch das Weiße sieht, exaltierte Alkoholiker, größenwahnsinnige Spinner, egozentrische Exzentriker, obergescheite Dummköpfe und allesamt und sonders mit Extrawürsten beim Wohnen und Wünschen, fächert er sich Luft zu, seufzt, holt tief Luft und outriert: »Mit Balkönchen in den Innenhof, aber mit Aussicht, familienfreundlich, aber keine Nachbarn mit Kindern, im Grünen, aber schon mitten in der Stadt, mit Garage, aber, bitte, ohne Verkehr, nur ganz oben mit Dachgarten. Und Swimmingpool, wenn's leicht geht, das Ganze ohne Treppen, aber mit Dachschrägen, aber nicht zu viel, eine Galerie wär auch ganz schön, nicht? Ja. Nicht zu groß und nicht zu klein. Unter dreihundert Quadratmeter ist mir eigentlich zu klein. Haben Sie nichts Größeres? Aber es sollte schon trotzdem *cosy* sein, irgendwie, mit zwei Badezimmern, das ist das Mindeste. Aber kosten darf das Ganze nicht mehr als ein Kellerabteil. Und wenn sie wieder ausziehen, nach spätestens einem Jahr, ist alles renovierungsbedürftig: grüne, violette, rote Wände, gelbe Türstöcke, hellblaue Fensterrahmen, alles verziert und angepinselt.«

Ich setze dazu an, meine Freunde, die gerade meinen Hausflur bewohnen, zu verteidigen, als Christian in die Cocktailbar abbiegt, er stürmt durch den schlauchförmigen Raum nach hinten, bis es nicht mehr weitergeht, dann erst blickt er sich um, ratlos, welchen Tisch wir nehmen sollen. Der Kellner watschelt hinterher, mit blasiertem Handschlag begrüßt er uns. Dann Christians Beschluss, uns nebeneinander auf die einzige freie Bank in der hintersten Ecke zu setzen.

Während Christian die Karte studiert, versuche ich, unter den Schirm seiner Kappe zu lugen. Habe ich mich vorhin etwa verschaut? Seine Augen sind gelb. Wie flüssiger Honig, ins Licht gehalten. Rastlos suchen sie die Getränke ab, umrandet von ein bisschen zu blonden, langen Wimpern. Dafür sorgen dunkle, fast schwarze Augenringe für den notwendigen Kontrast. Er blickt von der Karte auf, nun meine ich mich doch getäuscht zu haben – sie sind grün, ein dunkles Wassergrün, so etwas habe ich noch nicht gesehen.

Bei schönen Augen werde ich obsessiv. Ich habe eine Schwäche für schöne Augen und exotische Augenfarben. Es ist nicht einfach, sich ungestört in die Betrachtung schöner Augen zu versenken, denn es bleibt so gut wie nie unbemerkt. Entdecke ich in der Straßenbahn jemanden mit besonders großen, besonders schön geschnittenen Augen oder einer besonderen Augenfarbe, fällt es mir schwer, davon zu lassen. Ich muss hinschauen. Eine Schwäche für Hände oder Beine, Lippen oder Ohrläppchen lässt sich diskreter ausleben.

Es ist nicht das verkitschte *Tor zur Seele*, die damit verbundene mystische Zuordnung, die ich dahinter wittere, oder der besondere Ausdruck, mich begeistert das Zusammenspiel von Farben und Kontrasten, von Lichteinfall und Schatten und deren Wirkung. Ich jage mein Leben lang schon den Blicken in Gottes Farbtiegel hinterher. Jahrelang habe ich Augen gesammelt. Aus Zeitschriften,

Magazinen habe ich Augen ausgeschnitten und eine ganze Wand damit tapeziert. Das habe ich dann aber nicht ausgehalten, denn plötzlich haben sie alle zurückgestarrt. Die Lust, mich in Augen zu versenken, ist mir geblieben und ich bin auf der Jagd nach grünen und noch viel selteneren gelben, bernsteingelben und violetten Augen.

Als Christian zu mir aufblickt, ärgere ich mich über den Schatten, den seine Kappe auf das Gesicht wirft. Ich habe den Verdacht, dass er sogar zwei verschiedenfarbige Augen hat.

»Ich find nix. Ich nehm' einen Aperol Spritz.«

Ich habe seit Neuestem nur noch Lust auf Mineralwasser.

Lieblos lässt Christian die Karte auf den Tisch fallen und schaut sich um.

Dem Nebentisch nähert sich eine Frau mit großen, sehr gemachten Brüsten, die sie vorsichtig vor sich herträgt. Schwer beeindruckt heftet Christian sein honigfarbenes und, tatsächlich, sein bergseegrünes Auge an sie wie ein Dürstender die Lippen an eine sprudelnde Quelle. Wie kleine Sonnenflecken tanzen zwei gelbe, sternförmige Ringe um seine, vermutlich aus Freude über die Erscheinung am Nebentisch geweitete Pupille. Welche Augenfarbe hat eigentlich Nicolas? Grün, vielleicht? Blau?

Das andere Auge hingegen wie ein geronnener Tropfen Harz, ein Bernstein mit kleinen braunen Einschlüssen.

Endlich wandern Christians Augen zurück zu mir.

»Wo hast du eigentlich deine Brüste?«

Er starrt auf meine Brust.

»Ich sitze eben auf meinem Kapital.«

Er lacht charmant.

»Manche Frauen haben so wenig Busen, dass die ungarische Puszta dagegen richtig hügelig ist.«

Er wirkt ratlos, als stünde er in voller Skimontur mitten in selbiger Steppenlandschaft verzweifelt auf der Suche nach einer Bergbahn.

Als Christian wieder aufsieht, trifft sein Blick frontal meinen. Ein Lichtstrahl fällt seitlich auf sein gelbes Aug, das grüne dagegen erlischt.

»Was ist? Glotz nicht so romantisch!«

Ich, ausgerechnet ich glotze romantisch?

»Weißt du was? Lassen wir das. Du bist mir jetzt schon zuwider.«

Mit seinen ungleichen Augen starrt er mich an, so verblüfft, dass er zum ersten Mal schweigt.

»Ja, genau«, schreit er dann. »Lassen wir das!«

Unvermittelt springt er auf, tritt zornig gegen den Tisch, doch der rührt sich nicht und weil es auch mir nicht gelingt, rechtzeitig Platz zu machen, schiebt er mich mit dem Ellenbogen beiseite, angewidert zwängt er sich zwischen mir und dem Tisch durch, drückt mir dabei absichtlich seinen Arsch ins Gesicht und rennt aus dem Lokal.

Es gibt ja genug Frauen, die Christians Vorliebe erfüllen können. Aber er kann offenbar nicht lesen. *Unvollbusig,* was genau hat er daran in meinem Profil nicht verstanden?

Ich nehme meine Tasche und schlendere hinaus. Das, was ich inzwischen auf Singlehearts betreibe, kann nicht mehr die Suche nach einem passenden Mann sein, eher handelt es sich dabei um eine sonderbare Art Wissenschaft. Etwas wie Kryptozoologie: das Erforschen und Aufspüren von Wesen, die es gar nicht gibt, nicht geben darf, an deren Existenz niemand glauben will, bis er sie selbst gesehen hat. Der Kellner wünscht mir einen schönen Abend. Vor mir sehe ich die rennende lachsrosa Kappe in der Menge verschwinden.

Mein Handy klingelt, am anderen Ende Stimmengewirr, ein Martinshorn. Leonie schluchzt hinein. Es brenne, sagt sie. Vor zwei Tagen ist sie aus Paris nach Wien zurückgezogen, die Mühe hätte sie sich sparen können. Ob ich sie abholen könne. Meine Frage, ob sie sich etwa von Philipp getrennt habe, versteht sie wegen der Sirenen nicht und legt auf.

Ich kehre um und bahne mir den Weg durch die von billigen Modeketten verschandelte Kärntnerstraße. Beim Anblick der zwischen den Schaufenstern hin und her mäandernden Paare entwickle ich ein unbestimmtes Würgen, der bittere Nachgeschmack eines Beziehungsstreites stößt mir auf. Ich habe es geschafft, mit einem Unbekannten einen Streit zu haben, der den sinnlosen Vorwürfen in einer schlecht funktionierenden Beziehung in nichts nachsteht. Mir hängt diese Begegnung mit Christian nach, auch wenn sie bedeutunglos war, liegt sie mir im Magen wie schlechtes Essen. Ich fühle mich leer, müde, ausgebrannt. Ich bin ausgelaugt von den immer gleichen Treffen und Gesprächen, dem ewigen *Zurück an den Start*. Mensch-ärgere-dich-nicht. Jedes Mal fliege ich aus dem Spiel, manchmal gleich am Anfang, manchmal rücke ich ein bisschen weiter, aber nie, nie, nie bringe ich meinen Stein ins Ziel.

Der Versuch, bei diesen Blind Dates Gefühlen nachzuspüren, einen gemeinsamen Nenner zu finden, wo einfach keiner ist, einen Menschen mit meinen Wünschen, Träumen, Illusionen und Projektionen zu düngen, damit aus ihm das wird, was mir entspricht, ist in etwa so vergeblich, wie etwas in der Wüste zum Blühen zu bringen. Ich will nicht mehr weiterwürfeln und dabei hoffen, Erwartungen haben oder träumen. Kann man einen Burn-out vom Singlesein haben? Zerschlagene Hoffnungen können genauso ermattend sein wie eine zerbrochene Realität. Ich bin wütend auf die Zweisamkeit, die mir entgegenschlendert, eng umschlungen kommen die feierabendlich entspannten Händchenhalter in ihrer rosa Seifenblase dahergeschwommen, am liebsten würde ich mit einer dicken Stricknadel hineinstechen, dass sie mit einem lauten Knall zerplatzt. Küssen in der Öffentlichkeit sollte verboten werden und Bummeln schon überhaupt, aus Rücksicht auf alle, die das nicht haben oder nicht wollen. Ich binde ja auch nicht jedem auf die Nase, dass ich alleine bin.

Was, wenn mein Deckel zu mir Topf schon auf einem anderen Topf klebt, schlecht und undicht vielleicht, aber in dem Glauben, es würde schon passen? Wie viele meiner Freundinnen haben ihre Männer genau so gefunden? Sie haben sie einer anderen aus den Händen gerissen und die Männer haben sich nicht selten bereitwillig reißen lassen.

Als ich in der Wollzeile bei Leonies und Philipps neuer Bleibe ankomme, schlagen nach wie vor die Flammen aus dem dritten Stock des Barockhauses. Ich bin erleichtert. Philipp scheint diesmal nicht das Problem zu sein. Leonie drückt ihre weiche Wange an mein Gesicht.

»Die Irma hat versucht, Feuer zu machen!«

»Na, das ist ihr eh gelungen.«

»Im Nachtkästchen! Mit dem Grillanzünder. Und weil ihr das nicht gereicht hat, hat sie mit dem Blasebalg nachgeholfen. Dann hat sie das Fenster aufgemacht und ist rausgegangen, weil der Rauch schon im ganzen Zimmer gehangen ist, und hat sich vor den Fernseher gesetzt.«

Leonie schnieft den eilig hantierenden Feuerwehrleuten hinterher, die die Flammen löschen, die Philipps demente Großtante entfacht hat.

»Und alles, was nicht verbrennt, ruinieren sie jetzt mit dem Löschwasser. Ich habe nichts mehr! Die ganze Schufterei mit dem Umzug, das hätte ich genauso gut bleiben lassen und mein Zeug einfach in die Seine kippen können.«

Ich nehme Leonie in die Arme. Umschlungen hängen wir aneinander und betrachten Irmas Werk. Schweigend, untätig und zunehmend ruhig sehen wir zu, wie alles, trotz unermüdlichen Einsatzes der Feuerwehrmänner, in schwarzem Rauch verpufft. Verstohlen sehe ich mich um. Zu jung, zu alt, zu dünn, zu viel Doppelkinn, zu wenig Haare oder zu viele, und schäme mich. Da entdecke ich einen mit blondem Bart und blondem Haar, schlank, hochgewachsen, er bedient die Steuerung der Drehleiter.

»Können wir uns ein bisschen weiter rüberstellen?«, schiebe ich Leonie in seine Richtung.

Als sich unsere Körper berührt haben, meinte ich Leonies Bauch zu spüren. Und wirklich, man sieht schon eine leichte Wölbung, mit der sich das Wesen, das sich in ihrem Körper ausbreitet, in die Welt zu strecken beginnt.

»Darf ich?«, frage ich.

Leonie nickt. Ich berühre ihr kleines Bäuchlein. Zaghaft, denn seit wir Kinder waren, bin ich ihr vermutlich nie wieder so nah gekommen.

»Spürst du schon etwas?«

»Ich glaube, vorgestern waren da ein paar kleine Tritte.«

Mitten in ihrem kleinen Flammenunglück flackert Leonies großes Babyglück auf.

»Wo ist die Tante?«

»Im Spital. Ist aber nur zur Sicherheit. Sie hat nichts.«

»Und Philipp?«

»Ist gestern nach Salzburg gefahren. Arbeiten, die ganze Woche.«

Die Schaulustigen haben sich schon mehrmals abgewechselt, als sie die Straßensperre endlich aufheben und die Wohnung ausgebrannt und mit Löschwasser durchtränkt ist. Leonie und ich sind bis zum Schluss geblieben. Leonie, weil sie Abschied nehmen wollte von der Idee, in Irmas Wohnung zu wohnen, und ich, wie unsensibel, weil mir der Mann an der Drehleiter gefiel. Nachdem sich Leonie damit abgefunden hat, dass ihr Leben vor der Schwangerschaft nun endgültig zu Ende und nur noch Erinnerung, also Schall und Rauch sei, und wir bei mir zu Hause ankommen, regt sie sich auf, als wäre es ihr Mann gewesen, auf den ich es abgesehen hatte.

»Du hast einen verheirateten Mann angebraten!«

»Ich habe ihn nur gefragt, wie diese Steuerung funktioniert und wie weit er seine Leiter ausfahren kann.«

»*Seine Leiter ausfahren*«, ätzt Leonie. »Bravo, Luisa.«

»Dreißig Meter, das ist eh nicht sehr viel.«

»*Apropos Zahlen, ich hab da auch ein paar Zahlen für dich … hier ist meine Telefonnummer.* Du bist echt unglaublich.«

»Er fand's lustig.«

»Klar hat er's lustig gefunden. Aber frag mal seine Frau.«

»Leonie, willst du nicht lieber bei den Eltern wohnen?«

»Nein. Weißt du, es ist viel praktischer, wenn ich vorübergehend bei dir bleibe, dann kann ich mir gleich alles ausborgen«, sagt Leonie und dreht meine Kleiderberge um auf der Suche nach einem passenden Pyjama. »Hast du eine frische Zahnbürste für mich?«

Meine Schwester ist wieder ganz sie selbst. Pragmatisch, realistisch, unsentimental.

8

Günther sperrt sorgfältig die Wohnungstür zu und steckt den Schlüsselbund in die Hosentasche. Es ist nicht klug, mit Fremden nach Hause zu gehen, wie oft ist mir das als Kind eingebläut worden? Und Günther hatte mich nicht einmal mit einem Bonbon gelockt, ich war freiwillig, ganz ohne Zuckerl so dumm gewesen und bin mitgegangen. Ungerührt steht Günther mir in dem altmodisch tapezierten Vorzimmer gegenüber, die Hand mit dem Schlüsselbund sicher verwahrt in der Hosentasche. Und was jetzt?

»Ich bin ein Chaot«, hatte er mir zuvor im Beisl hinter dem Karmelitermarkt erzählt, in dem ihn der Wirt hatte anschreiben lassen, weil er, wie er sagte, wieder einmal seine Geldbörse vergessen hatte. Jeden Morgen aber, egal, wie spät oder fröhlich es am Vorabend geworden sei, stünde er vor der Leinwand.

»Die Malerei ist mein Lebenselixier.«

Der Drang, immer weiterzumachen, die Neugierde, was mit dem Bild passiere, wenn er den Pinsel wieder ansetze, treibe ihn aus dem Bett. Mehrere Stunden täglich verbringe er in seinem Atelier, die Routine verhelfe ihm dazu, in seiner Arbeit auszubrechen aus dem Leben.

Ich konnte nicht herausfinden, ob ich Günther auf den zahllosen Vernissagen, die ich in meinem Leben besucht hatte, begegnet war. Seinen Nachnamen kannte ich nicht, ihn danach zu fragen wagte ich nicht. Um ihn nicht zu brüskieren, tat ich so, als wüsste ich genau, wer er war. Es ist immer besser, so zu tun, als würde man jemanden nicht Berühmten kennen, als jemanden Berühmten nicht zu erkennen. Seine nachlässige Art, sich zu kleiden, das am Kragen zerschlissene Jackett, die ausgetretenen Lederschuhe und der zerfledderte Panamahut waren vermutlich einst nicht ganz billig, nun aber nicht einmal mehr für die Kleidersammlung brauchbar. Eine nicht seltene Lieblingsattitüde selbst gut verdienender Künstler.

Mit seiner eisernen Disziplin müsse er ein enorm produktiver Maler sein, mutmaßte ich.

Günther nickte und nippte an seinem Achtel Hauswein, das der Wirt auf dem fleckigen Bierdeckel vor ihm abgestellt hatte. In der Resopaltischmitte prangte das Beisldreigestirn aus Salzstreuer, Zahnstocherbehälter und einer dunkelbraun verklebten Flasche Maggi Suppenwürze. Unter den dumpfen, von der Ottakringer Brauerei und Santoria Kaffee zur Verfügung gestellten, mit dem Firmenschriftzug versehenen Leuchtmitteln dampften die Bierfahnen und Rauchwolken die dunkle Holzvertäfelung empor und vereinten sich an der Decke mit dem Frittierfett der heiß gebackenen Wiener Schnitzel. An der Wand oberhalb der Schank in Gold gerahmt die Mannschaftsfotos des verehrten Fußballklubs. In den Vereinsfarben Violett und Gelb Wimpel und ein sorgfältig um einen Stoffbären drapierter Fanschal. Am Stammtisch neben uns Diskussionen über die Geschicke des Klubs, begleitet von bedrohlichem Anschwellen der Lautstärke in Relation zu den Unstimmigkeiten über die Leistungen der Lieblingssportler.

Anatol, der triefäugige Boxer des Wirts, suchte Asyl unter unserem Tisch. Seufzend ließ er sich auf meinen Füßen nieder und begann alsbald, laut zu schnarchen und träumend mit den Beinen zu zappeln, vermutlich hinter einem Hasen her oder einer hübschen Boxerin.

»Wo hat man dich denn zuletzt gesehen?«, tastete ich mich langsam vor.

Ausstellungen in der Kunsthalle, in New York, London, Berlin, mit seinem Galeristen sei er auf der *Art Basel* und auf der *Art Cologne* gewesen.

»In den vergangenen Jahren?«

Günther winkte ab. Mit Zwischenfragen wollte er sich beim Schwadronieren über seine Auffassung von Malerei nicht aufhalten. Er würde nicht wie andere Fotos abmalen, sondern aus dem Gedächtnis abstrahieren, Fotos abmalen, eine Unsitte sei das, im Gedächtnis erst trete das wirklich Wichtige in den Vordergrund. Der Realität die Bedeutung der Dinge im Kopf abtrotzen, nannte er das. Er habe immer in der Landschaft herumgesessen und ausschließlich bei schlechtem Wetter gemalt. Aus der Erinnerung habe er Gesichter gemalt, die aus der Masse herausstachen und dann wieder für immer darin verschwanden. Gesichter male er nur aus der Erinnerung, dann würden sie so, wie er sie in dem Moment gesehen habe.

Hernach versank Günther wie schon zuvor manchmal in Schweigen. Da waren es nur einige Sekunden gewesen, nun aber schwieg er für eine Minute oder mehr, er war einfach abwesend. In einer Ecke dümpelten ein paar Studenten über einer Partie Würfelpoker.

Günther blickte auf seine Hände, die er im Schoß liegen hatte, spähte an die Holzvertäfelung zu seiner Rechten – und schwieg. Dort gab es nichts zu sehen als das, was ihn in seinem Innersten bedrückte.

Dann, als tauchte er aus einem Schwimmbecken auf, holte er Luft und sprach weiter, irgendwo, als ob er den Dialog innerlich fortgesetzt und lediglich vergessen hätte, dabei laut weiterzusprechen.

»Manchmal dauert ein Augenblick sogar ein Leben lang, aber er ist immer zu Ende, bevor wir seiner gewahr werden. Unwiederbringlich. Zu Ende. Der Mensch mag seine Vergänglichkeit nicht und ist doch sein Leben lang von nichts anderem umgeben. Ich konserviere den Augenblick, aber anders als ein Fotograf kann ich ihn ausdehnen, sein Ende hinauszögern, so lange ich will. Ich frage dich: Wann ist etwas zu Ende? Vollbracht? Fertig? Wer entscheidet das?«

Das frage ich mich auch: Wer ist das? Mein Singledasein wird er heute jedenfalls nicht beenden. Wie Günther mit seinen Augenblicken trete auch ich mit meiner Suche auf der Stelle.

Ein Pulk Jungschauspieler schwappte herein, offenbar wegen des Rindsbratens in Rotweinapfelsoße, denn sie bestellten ihn alle. Anni, die Köchin, ist die Frau des Wirts, aber eigentlich macht sie die ganze Arbeit allein. Ihr Mann ist mit Fußballergebnissen beschäftigt.

»Mit dem Essen hat sich die Anni in den *Gault Millau* hineingekocht«, wertete Günther stolz seinen Lokalvorschlag auf.

Eigentlich habe ich Günther nur getroffen, um ganz sicher zu sein, dass er es nicht ist. Inzwischen suche ich nämlich nach dem Ausschlussverfahren. Zuerst dachte ich, durch meine Anmeldung auf Singlehearts würde alles endlich zielgerichteter und fokussierter werden, aber ich bin für zielgerichtetes Handeln nicht geeignet. Das hat die Auswahl meiner bisherigen Dates hinlänglich bewiesen. Statt mit Zielfernrohr jage ich mit Augenklappe. Bei meiner Verabredung mit Günther habe ich beide Augen zugedrückt und mich auf Loredanas, nicht mein eigenes Urteil verlassen. Vielleicht hat sie ja recht, habe ich gedacht, er sieht nett aus.

Auf dem Weg zu Günther hoffte ich noch, es wären nicht allzu viele Jahre Altersunterschied, denn ein bisschen Zeit wollte ich ja doch mit ihm verbringen. Andererseits kann mir ohnehin keiner garantieren, dass ein Zwanzigjähriger nicht schon fünf Tage, nachdem ich mich unsterblich in ihn verliebt habe, von einem Laster überfahren wird. Wenigstens wären es fünf schöne Tage gewesen. Allerdings wäre die Suche danach noch schwieriger: Ich würde nichts Unbekanntes mehr suchen wie bisher, sondern etwas Vergleichbares.

Als ich mich anschickte, das dritte Glas vom nicht günstigen Hauswein zu bestellen, schlug mir Günther gut gelaunt vor, mir sein neuestes Bild zu zeigen, sowieso sei sein Atelier gleich ums Eck, er habe Wein und bräuchte eine Meinung.

Aus Neugier war ich mitgegangen, in der Erwartung, dort herauszufinden, mit welchem bekannten Wiener Maler ich mich, ohne es zu wissen, verabredet hatte. Ohne dieses Geheimnis gelüftet zu haben, wollte ich nicht nach Hause gehen.

In der schwarz verrußten Fassade des Biedermeierhauses steckte passgenau hineingebaut die Front eines ausrangierten Sattelschleppers, so wirkte das Haus wie das Passepartout, die Straße wie der Rahmen eines Pop-Art-Bildes. Die Scheinwerfer glupschten schelmisch auf die Beine der Passanten. Hinter der heruntergekommenen Fassade ein wenig begrünter Innenhof und ein Stahlgerüst, das das Haus vor dem völligen Zusammenbruch bewahrte. Aus den aufgebogenen oder aufgebrochenen Postkästen hingen lose die Reste der Türchen zwischen der schlampig hineingestopften Post hervor. Im Stiegenaufgang ein bunt geschmücktes Madonnenbild, liebevoll gepflegt, geputzt und beleuchtet. Durch die teils gebrochenen Bretter der Pawlatschengänge konnte ich auf das bemooste Pflaster des Hofes blicken. Nach dem ersten Treppenabsatz warnte mich Günther vor einem Loch. Mit einem linkischen Sprung machte er mir die Überwindung des Lochs vor, überschätzte sich, fing sich stolpernd und reichte mir noch zitternd von der unfreiwillig komischen Einlage besorgt seine Hand. Mit einem großen Schritt überquerte ich das Loch und spürte, wie auch das nächste Brett sich unter meinem Gewicht bog, eine Frage der Zeit, bis auch dieses den Kampf gegen seine Vergänglichkeit verlieren würde.

Im zweiten Stock mussten wir eine wuchernde Begonienzucht überwinden, deren rot blühende Üppigkeit in die schattige Tristesse der Baufälligkeit hineinleuchtete. Beschwingt lavierte Günther sich hindurch und stieß mit der Hüfte einen Topf um, der krachend in den Innenhof stürzte.

»Macht nix. Kein Malheur«, versicherte er mir.

Günthers Nachbarin hatte sich in den Flur hinaus ausgedehnt mit ihrem Bügeltag. Die offene Wohnungstür gab den Blick frei auf eine vollgeräumte Küche, in der die zu trocknende Wäsche an alle sich bietenden Gegenstände gehängt war. Das Bügelbrett im Eingang auf-, das Radio auf flotte Schlagermusik eingestellt, hatte sie sich der beim Bügeln entwickelnden Hitze wegen ihres Oberteils entledigt. Zwischen Begonien, Wäschestücken und transparenter Büstenhalterspitze hingen zwei schwere weiße Brüste. Karierte Shorts verhüllten unten herum gut gefütterte Schenkel.

»Servus, Trudi.«

»'n Abend«, schmachtete die Trudi den Günther schwitzend an und schob schwerfällig das zischende Bügeleisen auf der bunten Tischwäsche hin und her.

»Sie wohnt gern bei offener Türe«, erklärte Günther und schloss seine Türe hinter uns ab.

Mein Herz rast. Wortlos hält Günther nun die Faust um den Schlüssel in seiner Hose geballt. Ich kann die Wölbung sehen. In einer fremden Wohnung, noch dazu in dieser fremden Wohnung eingesperrt zu sein, in der mich niemand suchen würde, ist äußerst unvorteilhaft. Vor den Gefahren des Internets kann gar nicht oft genug gewarnt werden. Luisa K. wurde zuletzt gesehen im Beisl *Zum Schluckspecht* mit einem polizeibekannten Kriminellen, der sich als Jogi Löw, Daniel Craig oder auch als Günther ausgibt. Danach verliert sich jede Spur. Sachdienliche Hinweise werden belohnt. Vielleicht könnte ich Günther dazu überreden, mir zumindest den Fernseher aufzudrehen, dann könnte ich mir hin und wieder die Meldungen über mein Verschwinden ansehen und mich damit beruhigen, dass man immerhin nach mir sucht, sofern er mich nicht gleich killt, röstet und verspeist.

Stumm besinnt sich Günther und hängt umständlich den Schlüsselbund an die Türschnalle, zur freien Entnahme, und bittet mich weiter in sein spartanisch eingerichtetes Zimmer. Mein rasendes Herz fällt langsam zurück in seinen alten Trott.

Günthers Atelier ist seine Wohnung. Eine Einzimmerwohnung. Zwei knarrende Holzstühle um einen kleinen Tisch, eine Matratze auf dem Fußboden, abgehängt mit einem verschossenen indischen Tuch, das er an einer Paketschnur aufgezogen hat. Auf einer gesprenkelten Buchenholzstellage liegen verstreut sorgfältig ausgestrichene Farbtuben. Sie scheinen seit längerer Zeit nicht verschoben worden zu sein. An der Wand ein Ölbild mit zart, ja sparsam aufgetragener Farbe. Ölfarben sind teuer. Vergeblich suche ich nach einem Zweitbild oder Bilderstapeln, wie sie in einem Atelier zu erwarten sind. In einem gefleckten Nutellaglas lösen sich in grau-blauem Wasser zwei Pinsel auf.

Ausgelassen trägt Günther zwei schlecht ausgewaschene Gläser auf, und schenkt Wein aus einer Doppeliterflasche ein.

»Sehr zum Wohl«, prostet er mir zu.

»Also«, sagt er, springt auf und reißt dabei seinen Stuhl um. Ich weiß nicht, ob Günther nervös, blind oder betrunken ist, als er wie ein Stehaufmännchen durch den Raum taumelt und mit einem letzten ausladenden Schlenker knapp vor dem Ölbild doch sein Gleichgewicht wiederfindet.

»Was hältst du davon?«, reißt er den Kopf herum.

Um Zeit zu gewinnen, stelle ich mich zu Günther. Dann erläutert er mir die Bedeutung des Bildes, als stünden wir im Louvre vor der Mona Lisa.

Was darauf zu sehen ist?

Das Beisl. Die würfelnden Studenten, der dicke Wirt und sein Stammtisch, der schnarchende Anatol. Ganz vorne an einem Tisch sitzt eine Frau mit geschlossenen Augen. An der Wand statt der Fußballklubaccessoires ein eingeschlagenes Kastenfenster. Es dampft und dünstet, die Gäste brüten über ihren Resopaltischen, die Anni trägt schwer an ihren Tellern.

»Es regnet«, sagt Günther. »Auf allen meinen Bildern regnet es.«

Das Gesicht der Frau ist verschwommen, ganz leicht, als säße sie hinter einer Scheibe, an der das Wasser herunterrinnt.

»Seit sechs Jahren male ich an diesem Bild.«

Das Bild schwappt in die Realität über und umgekehrt, ich fühle mich in einer Schleife gefangen, habe ich nicht soeben dieses Beisl, in dem sich abgespielt hat, was ich nun betrachte, verlassen? Wo ist der Anfang, wo ist das Ende? Bin ich sechs Jahre in diesem Beisl gesessen? Es ist aber doch keine Zeit vergangen, denn es ist ja auch nichts passiert? Genau da, wo die Frau mit den geschlossenen Augen sitzt, habe ich gesessen. Mir ist plötzlich, als würde auch ich nicht seit zwei Monaten sondern, wie Günther, seit vielen Jahren jeden Tag das Gleiche machen: den *einen* Mann meines Lebens suchen.

»An manchen Tagen ist es nur ein Pinselstrich. Ein einziger, aber der verändert alles.«

Obwohl es ein Fenster gibt, gibt es kein Entrinnen, einer dürfte es versucht und dabei die Scheibe zerbrochen haben, aber dahinter erwartet ihn nichts. Der Augenblick hat alle Anwesenden festgefroren. Mich fröstelt, das Bild ist mir unangenehm und ich weiß nicht, warum. Es bildet die Realität ab und doch verzerrt sie sich, sie scheint sich zu krümmen in Raum und Zeit und ich bin nicht sicher, ob Günther das auch tatsächlich beabsichtigt hat.

»Wer ist das?«

»Meine Frau.«

»Wo ist sie?«

»Sie hat mich vor drei Jahren verlassen.«

Günther legt den Arm um mich, es ist keine Berührung, die Vitalität oder Virilität hat, es ist eine zögerliche, unbeholfene Berührung, wie die ersten Schritte von einem, der viele Wochen im Krankenbett gelegen ist. Ich glaube, Günther hat seit langer Zeit keinen Schritt mehr gemacht, er weiß nicht, wie er sich mir annähern soll, seine Lippen haben vom Rotwein einen blauen Rand, die Zähne sind dunkel verfärbt. Der Mensch braucht Berührung und wenn es nur wenige Sekunden sind pro Tag, ohne die verkümmert er.

Ich drehe mich weg zum Fenster. Die innere Scheibe des Kastenfensters ist gebrochen.

Günther lächelt mich mit seinen blauen Zähnen verheißungsvoll an:

»Irgendetwas fehlt, aber ich weiß noch nicht genau, was.«

Talent fehlt. Wenn ich ehrlich wäre, würde ich ihm das sagen, aber das bringe ich nicht übers Herz. Nicht nach sechs Jahren des Zögerns und Zauderns, das dieses Bild in jedem Pinselstrich ausdrückt.

Im beengten Vorzimmer hängen Fotos, die von besseren Tagen berichten. Von Tagen in Gesellschaft mit Künstlern, sorglosen Trinkern und fröhlichen Hungerleidern. Günther in jungen Jahren inmitten einiger mir und auch dem Rest der Wiener Welt bekannter Künstler. Zwei von ihnen sind inzwischen tot, die anderen leben ganz gut von ihrer Kunst. Günther ist auf der Strecke geblieben. Es gibt immer welche, die auf der Strecke bleiben. Manche sehen es ein, andere nicht. Sie machen weiter, hoffen weiter, weil ihnen nichts bleibt als das. Max Frisch fällt mir bei dem Foto ein, das jene Frau zeigt, die Günther seit sechs Jahren malt. *Können Sie einen Menschen lieben, der früher oder später, weil er Sie zu kennen meint, wenig Hoffnung auf Sie setzt?*

Und umgekehrt – wie lang kann man einem Menschen bei seinem hoffnungslosen Unterfangen zusehen und ihn auch weiterhin lieben? Ist man verpflichtet, nur weil man liebt, auch mit zu hoffen? Wie lang hat Günthers Frau mit ihm gehofft? *Wie oft muss eine bestimmte Hoffnung sich nicht erfüllen, damit Sie die betroffene Hoffnung aufgeben?* Ich weiß nicht, ob Günthers Frau gestorben oder einfach gegangen ist.

»Alle großen Maler haben für jemanden gemalt. Die einen für Geld und ihre Mäzene, die anderen für Gott und die Kirche und wieder andere für ihre Frauen. Mäzene habe ich nicht und Gott kann mir gestohlen bleiben. Ich brauche eine Muse, Inspiration. Also, was sagst du?«

Feige ziehe ich mich auf eine sachliche Aussage zurück.

»Die Perspektive stimmt nicht ganz – oder ist das Absicht? Da sind drei Fluchtpunkte, wo nur einer sein dürfte.«

Das fand Günther dann ziemlich kleinlich von mir. In knappen Worten teilte er mir mit, dass ich als Muse für ihn eher doch nicht taugen würde. Wenig später duckte ich mich unter den Begonien durch, die Nachbarin hatte von ihrem Bügelbrett aufgesehen und mir zugenickt. Wer weiß, wie viele Musen Günther schon unverrichteter Dinge an ihr vorbei wieder nach Hause geschickt hat?

Beim Beisl machte ich noch einmal kehrt.

»Es ist halt Monatsende«, sagte der Wirt und wischte mit einem schmutzigen Lappen den Tresen sauber.

Ich habe Günthers Schulden bezahlt. Das machen Musen doch auch, oder?

Nackt in Donau gesprungen – tot.

Angezogen wäre das nicht passiert.

Amor ist eine Frau.

Elefant auf Heroinentzug.

Auch das noch.

Frau legte sich selbst statt Koffer auf Förderband.

»Moment«, denke ich und blättere zurück. Den kenne ich doch: Nicolas' Schulfreund, der Büroleiter, teilt in der Rubrik *Nebenbei* der Welt im *Überblick* mit, dass er sich verliebt hat. Auch die Frau an seiner Seite kommt mir irgendwie bekannt vor.

Amor ist eine Frau

Dass Amor mit seinem Pfeil und Bogen öfter mal daneben schießt, ist den meisten von uns schmerzlich bekannt. Dass Amor deswegen aber seit Kurzem mit Rotwein auf seine Opfer zielt – und zwar in Gestalt einer Frau – ist neu. Letzteres erklärt aber vielleicht die Ursache für die geringe Zielsicherheit im Umgang mit dem Schießgerät. Weil Frau Amor an jenem Abend im Juli im Tropfenkönig *ihren Köcher überhaupt zu Hause vergessen hatte, lieh sie sich kurzentschlossen Theresa Michels Rotwein und schüttete ihn Oliver Steiner ins Gesicht. »Eigentlich war es ein Missgeschick«, sagt Steiner und schmunzelt. Aber seither ist er in Liebe zu Theresa entbrannt. Ein Heiratsantrag macht das Glück beinahe komplett. Doch einen Wunsch haben die beiden: Sie möchten die Frau finden, der sie ihr Liebesglück verdanken. Sie soll ihre Trauzeugin sein.*

Missgeschick? Ich muss das nochmals lesen.

Theresa heißt sie also, die mich vor – wie lang ist das her? – sieben Wochen als *frustrierte Tussi* bezeichnet hat. Und jetzt will sie heiraten und ich soll ihre Trauzeugin sein? Genau.

Das Schmierblatt landet wieder auf dem U-Bahn-Sitz und ich auf dem Bahnsteig der falschen Station. Ich bin zu weit gefahren.

Zu Hause ist Mattos Couch verwaist und Loredana verschwunden. Mit Carlos oder Roman oder mit beiden? Leonie weiß es nicht. Sie ist dabei, Philipp mit Vorwürfen zu überhäufen.

»Aber du hast doch gesagt, dass ich nicht kommen muss.«

»Trotzdem hättest du kommen sollen.«

»Aber wieso denn?«

»Weil *deine* Großtante *meine* Sachen niedergebrannt hat!«

»Aber ich hätte ja eh nichts dagegen machen können.«

»Na und? Du hättest *da* sein können.«

»Ich bin doch *da*.«

»Jetzt. Jetzt wärst du aber sowieso da.«

»Hä?«

Ratlos blickt mich Philipp an.

Fällt das auch unter Zivilcourage, eine Schwangere zur

Vernunft zu bringen? Aufgebracht wie Leonie ist, könnte das schlecht für mich ausgehen.

»Du hättest eben schon *dann* da sein sollen.«

»Aber du hast doch gesagt, es wäre nicht nötig, dass ich komme.«

»Das habe ich aber *nicht* so gemeint. Das hättest du *wissen* müssen.«

Während ich noch erwäge, ob ich mich zivilcouragieren soll oder nicht, hat Philipp schon die Wohnung verlassen.

»Typisch«, schnaubt Leonie ihm hinterher und sucht nach einem neuen Opfer, und das bin erwartungsgemäß ich, »und *du* hättest ruhig auch was sagen können.«

9

Ich kann nicht schlafen. Wie hat es Loredana so lang auf dieser Couch ausgehalten? Vielleicht waren es ihre Rückenschmerzen, die sie in die Arme von Carlos oder Roman zurückgetrieben haben. Ich denke, sie ist bei dem mit der besseren Matratze. Es sollen sich Frauen ja schon aus weniger triftigen Gründen für einen Mann entschieden haben. Mein Bett mit der guten Matratze habe ich Leonie ganz überlassen, nicht aus Selbstlosigkeit, aus Selbstschutz. Im Fernsehen läuft auf drei Kanälen gleichzeitig *Dancing Stars*, *Dancing with the Stars* und *Ballando con le stelle*.

»Was kann ich für dich tun, Erika?«, fragt auf dem einzigen Kanal, auf dem zufällig nicht *Dancing with the Stars* läuft, einer, der aussieht, als hätte sich Winnetou als Axl Rose verkleidet. Er arbeitet jetzt als Weissager und trägt Lipgloss. Da bleibe ich hängen.

»Mein Mann hat sich von mir getrennt«, wispert Erika aus Prinzendorf schüchtern ins Telefon. »Das war vor dreizehn Jahren. Jetzt wollte ich wissen, ob es für mich noch einmal Liebe geben wird?«

Ihrem Wohnort nach zu urteilen, sitzt diese Frau doch an der Quelle.

Axl Winnetou beugt sich über seine Schnapskarten.

»In diesem Jahr sehe ich nichts. Auch im nächsten Jahr wirst du dich gedulden müssen«, hellsieht er mit nicht unter Kontrolle zu bringendem Schweizer Akzent. »Aber dann wirst du jemanden kennenlernen.«

»Wann ungefähr?«, haucht Erika.

Da wird selbst mir zum Heulen zumute.

Winnetou blickt in seine Karten.

»Ja, leider erst in der zweiten Jahreshälfte.«

Erika schluchzt.

»Bist du einsam, gell?«, will Winnetou wissen.

»Ja ...«

»Aber weißt du«, hält Winnetou triumphierend eine bunte Karte in die Höhe, »dann, das sagt mir *diese* Karte ganz deutlich, erwartet dich das große Glück.«

Als die Telefonnummer eingeblendet wird, habe ich den Telefonhörer in der Hand.

Der Mensch braucht Zuspruch.

Würde Winnetou mir weissagen, dass ich in acht Monaten um 16 Uhr 33 an der 13A Haltestelle Strozzigasse dem Mann meines Lebens begegnete, ich würde sofort nur noch sinnvolle Dinge tun, für die mir jetzt die Zeit fehlt, weil ich dauernd damit beschäftigt bin, Indizien dafür zu suchen, wo ich den Mann meines Lebens treffen könnte. Das ist enorm zeitraubend.

Dann bin ich mir aber plötzlich sicher, dass es sich hierbei um Mattos Lieblingssendung handelt und noch sicherer bin ich, dass er mich sofort erkennen würde, und lege auf.

Meine Freundin Olga hat jahrelang selbst beim Brotholen am Sonntagmorgen ausgesehen, als spazierte sie über den Laufsteg. Wie viel Schlaf sie dieses morgendliche Auftakeln gekostet hat, hat sie mir einmal vorgerechnet: volle acht Tage. Und wo ist sie schließlich dem Vater ihrer Tochter begegnet? Beim Flaschenentsorgen am Altglascontainer – im Pyjama. Sie behauptet, es wäre ihr Hausanzug gewesen, aber wir wissen es alle besser. Das Flanellding mit den rosa Elefanten drauf war der erklärte Lieblingspyjama. Und genau deshalb hat Vincent sich in sie verliebt: weil sie so natürlich ist. Wir haben alle geschwiegen.

Im Kaffeehaus durchforste ich regelmäßig die Horoskope aller Blätter nach Hinweisen auf bessere Zeiten. Viele Cappuccinos später habe ich Herzrasen und endlich ein Horoskop gefunden, das mir gefällt. Davon hängt dann meine Abendgestaltung ab. *Eine aufregende Begegnung macht aus einem kleinen Abenteuer vielleicht sogar mehr.* Wenn ich so etwas lese, kann ich unmöglich zu Hause bleiben.

Laut Jahreshoroskop auf meiner Pinnwand liegen die *etwas vielversprechenderen* Monate dieses Jahres längst *weniger vielversprechend* hinter mir, *viel vielversprechender* wird es nicht werden. Die Sterne meinen es nicht gut mit mir.

Beim Lesen der Mails, die ich von verheirateten und in Partnerschaften oder Familien gefangenen Männern bekomme, glaube ich ohnehin nicht mehr, dass es sich lohnen würde, hinzugehen zur 13 A Haltestelle.

Wozu soll ich weiterträumen von dem Menschen, den ich lieben kann, wenn er mir dann zum Lebensabschnittspartner verkommt? In der Liebe meinen wir, Berge versetzen und die höchsten Felsen erklimmen zu können, und dann lässt einer aus der Seilschaft den anderen dort einfach hängen. Auch Klaus ist gerade dabei, sich abzuseilen von seiner Frau Daniela. Unten warte ich auf ihn.

»Wir haben dich zusammen ausgesucht.«

Das klingt, als hätten sich Klaus und Daniela einen Hund zugelegt. Den Rottweiler wollte sie nicht, den Mops er nicht und der kleinste gemeinsame Nenner bin ich – irgendetwas zwischen Terrier und Dackel.

Klaus lehnt sich in dem dicken Sessel im *Planter's Club* zurück, er ist ein Genießer und an manchen Stellen hat sein Körper begonnen, das bisschen Zuviel, nach dem er lustvoll gegriffen hat, zu speichern. Es steht ihm aber gut.

»Daniela findet dich okay.«

»Okay?!«

»Na, sie ist einverstanden. Weil du eine fesche Katz' bist.«

Doch kein Dackelterrier. Und immerhin auch kein *Käferle*. Ein kometenhafter Aufstieg.

Klaus lächelt süffisant, während er mit mir spricht. Es gibt Menschen, die sehen ihrem Gegenüber beim Sprechen in die Augen, andere fasziniert hingegen der Mund. Bei Klaus bleibt mein Blick gegen meine Gewohnheit an Lippen mit vollmundigen Bekenntnissen zu ihrem Liebesleben hängen. Er weiß das. Die sonore Stimme und seine in sich ruhenden Bewegungen lassen mich umso fahriger mit den Armen die Luft umrühren, wenn ich spreche. Diese Saturiertheit, mit der er mir, nur wenig älter als ich, gegenübersitzt und von seiner Lust auf Frauen als Pfeffer in der Suppe seines Lebens philosophiert, regt mich auf. Er strahlt weit mehr als Befriedigung oder Zufriedenheit aus, es ist eine Art Sättigung, der nichts hinzuzufügen ist, das macht ihn so unbeeindruckbar, es scheint nichts zu geben, das ihn aus der Reserve locken könnte, nichts, das ihn provoziert, er hat alles und sucht nichts.

»Meine Kinder bedeuten mir alles, meine Frau hat sie mir geschenkt. Alle drei sind mir heilig. Die Suche nach anderen Frauen betreibe ich aus reiner Lust, nicht aus Frust. Ich habe zwei super attraktive Assistentinnen, weil ich gerne schöne Frauen ansehe, aber von ihnen lasse ich die Finger. Dass ich neben meiner Frau auch andere habe, muss niemand wissen außer mir und ihr. Diskretion ist das oberste Prinzip. Weil ich meiner Frau gegenüber loyal bin, würde ich sie niemals brüskieren, niemals etwas tun, was sie erniedrigt oder vor anderen bloßstellt. Jemanden zu betrügen ist eine Sache, ihn damit bloßzustellen, eine andere. Die Schmach ist es, die der Mensch nicht erträgt, nicht die Untreue.«

Klaus hat eine Glatze und einen schön geformten Kopf, den er kahl rasiert hat. Seine Wangen sind glatt und weich, als er mich auf dem runden Sofa in seinem *Liebesnest* küsst. Ein bisschen glamouröser habe ich mir das seinen Schilderungen nach allerdings vorgestellt. Jetzt liege ich auf einem halben Dutzend Zierkissen und Polstern mit aufgedruckten Babyfotos, eingeklemmt zwischen Infrarotkabine und Playstation, Weinregal und Basketballkorb. Wer alles in seinem Leben unterzubringen versucht, braucht viel Platz und den hat Klaus nicht.

Wenigstens liegen wir nicht im Ehebett.

»Dort nicht. Niemals.«

Um ein Sakrileg begehen zu können, muss man sich erst Heiligtümer schaffen. Dass wir jetzt halb nackt – Klaus bevorzugt Sex in nicht ganz ausgezogenem Zustand, darin läge mehr Reiz und Geheimnis als in der Nacktheit – auf der Familiencouch vögeln, das hingegen ist seiner Libido nicht hinderlich. Gestern lagen da Klaus, Daniela und die beiden viertel- und halbwüchsigen Söhne, um die neuesten Heldentaten aus dem Sportunterricht Revue passieren zu lassen oder es nahm der halbwüchsige Sohn seine ersten subtextilen Tastversuche am Körper einer frühreifen Klassenkameradin vor.

»Mmmmh. Mmmmh«, macht auch der Vater. Zufrieden, aber nicht sonderlich beeindruckt, entfährt ihm hin und wieder ein Stöhnen. Wahrscheinlich kann ich ihm nicht so viel Neues bieten wie die Klassenkameradin seinem Sohn. Klaus ist ein geübter Liebhaber. Seine Frauen haben ganze Arbeit geleistet. Er braucht nur wenige Handgriffe, um herauszufinden, wo er verweilen soll. Plötzlich beginne ich Männer, die weniger geübt sind, zu schätzen. Mir fehlt der Reiz der Überraschung, der Entdeckung, der Reiz der Hoffnung auf Steigerung. Klaus' Perfektion droht, mich zu langweilen, bei einem zu hohen Einstieg ist das Potenzial bald ausgeschöpft, die Aktie absturzgefährdet. Was kommt nach der Steigerung? Die Suche nach dem Kick beginnt.

»Du bist eine Männerjägerin«, hatte Klaus mir unter der schummrigen Stofflampe der im Kolonialstil gestalteten Bar erklärt und mir einen Jackie Brown aufgenötigt. Dass ich mir einen Zigarillo dazu anrauchte, machte ihn besonders scharf, wirklich lasterhafte, freigeistige Frauen seien rar. Die meisten verwechselten das mit ordinärem Gerede und vulgärem Gehabe, seien aber völlig uninteressant.

»Und dass ich lasterhaft bin, erkennst du an meinem Zigarillo?«

»Nein. An der Art, wie du dabei aussiehst.«

»Und wie sehe ich dabei aus?«

»Zurückhaltend. Du wägst ab. Das machen nur Frauen, die nichts anbrennen lassen.«

Wieder taxiert er mich von oben herab.

»Nein, du bist keine, die sich festlegen will. Sonst wärst du verbissener. Frauen, die Männer jagen, sind nicht auf der Suche. Nur die Suche macht verbissen, die Jagd ist etwas Fröhliches.«

Ich weiß nicht, ob er nicht von allem, was er sagt, eigentlich das Gegenteil meint. Bin ich verbissen? Frustriert vom Suchen und Nichtfinden? Wie immer ist es wie beim Einkaufen. Je unbedingter ich eine Hose brauche, desto mehr Oberteile trage ich nach Hause.

»Und du bist verheiratet und legst dich trotzdem nicht fest?«

»Einzigartigkeit ist nicht das Gleiche wie Exklusivität. Meine Frau ist für mich einzigartig, aber Exklusivität habe ich ihr nie versprochen.«

Vielleicht bin ich doch nicht der Dackelterrier, sondern der bissige Rottweiler, den Daniela nie haben wollte, mit dem sie sich aber abfinden muss. Jetzt füttert sie das rabiate Vieh, putzt es, streichelt es, führt es Gassi und hofft, ihrem Mann damit zu gefallen.

»Ich bin deine Insel. Bis du fündig geworden bist, kommst du zu mir und hast jedes Vergnügen, das du dir wünschst«, schiebt Klaus mein T-Shirt hoch und küsst meinen Nabel. Dann wälzt er sich von mir herunter, um zu verschnaufen.

Mit einer jungen Studentin habe er schon einmal so eine Beziehung gehabt, hatte er mir nach wenigen Minuten, in denen er die Parameter für unsere Begegnung festgelegt hatte, erzählt.

»Wenn du gehen willst, dann geh«, hatte er gesagt. »Du musst auch gehen, wenn du dich in mich verliebst, habe ich ihr gesagt, eines Tages hat sie mich angerufen. Ich habe mich verliebt, hat sie gesagt, aber nicht in dich.«

Klaus lachte.

»Ich hab ihr viel Glück gewünscht und wir haben uns nie wiedergesehen. Nie wieder. Ich weiß nicht, was aus ihr geworden ist.«

»Interessiert dich das nicht?«

»Nein. Ich schaue nicht zurück.«

»Was hat denn das mit zurückschauen zu tun?«

»Ich kann mich nicht um die Befindlichkeiten aller Menschen kümmern, mit denen ich je zu tun hatte. Da käme ich ja zu gar nichts mehr.«

»Aber bei deiner Frau fragst du schon ab und zu nach?«

Klaus grinste.

»Wir haben ein gutes Verhältnis. Wir sind mehr als nur Mann und Frau, wir sind Partner. Freunde.«

»Und dann erzählt ihr euch gegenseitig, wie es war?«

»Ja, manchmal.«

Während Klaus auf der Couch neben mir erschlafft und wegdämmert, hält mich der Jackie Brown aus dem *Planter's Club* auf Trab und der Durst treibt mich in die Küche durch ein in Dunkelbeige gehaltenes von einem Architekten durchgestaltetes Haus. Hier passt alles zusammen. Kein Stilbruch, kein Ausreißer, nichts, was die Farbgebung stört, alles aus einem Wurf. Nach meinem Verständnis sind Eleganz und stilvolle Einrichtung etwas Gewachsenes, Zusammengetragenes, nicht Zusammengekauftes, Klaus' und Danielas Architektenschick endet abrupt am Gartenzaun, denn der Baugrund liegt in einer Siedlung aus sorgfältig parzellierten Grundstücken, wo jeder dem anderen sein oft recht persönliches Verständnis von Geschmack vor die Nase stellen darf. Deshalb reiht sich ihr Architektentraum erbarmungswürdig an Fertigteilhaus, Baumarktjuwel und Heimwerkerselbstverwirklichung. Was bringt schon teuer zusammengekauftes Design, wenn man von dort aus dann so etwas anschauen muss?

Die einzigen Brüche hier sind die Kinder, die sich unkontrolliert zwischen dem kühlen Einrichtungsschick ergießen und ihm so etwas wie eine Seele einhauchen. Die geometrische Gerechtigkeit wird von Socken, Shirts, Schuhen, Sporttaschen, Eishockeyschlägern und zerknitterten Schulbüchern zerstört. Von allem gibt es zwei. Zwei Söhne, zwei Yuccapalmen, zwei Stehlampen, zwei Fauteuils, zwei Kommoden, zwei Stapel mit Zeitschriften, die für Männer, die für Frauen, fein säuberlich getrennt.

Fotos der Söhne säumen den Treppenaufgang aus rot gefärbtem Beton, beide sehen Klaus sehr ähnlich. Klaus mit den Söhnen im Schwimmbad, Klaus mit den Söhnen in der Wüste, Klaus mit den Söhnen auf dem Segelboot. Daniela ist nicht zu sehen. Ein einziges Bild von Daniela finde ich im Schlafzimmer. Ein Aktfoto in Schwarz-Weiß über dem Ehebett. Daniela räkelt sich im Weichzeichner auf einem Schaffell. Vermutlich ein Weihnachtsgeschenk an Klaus. Das Foto ist peinlich. Dunkle, wild gemusterte Satinbettwäsche und viele, wirklich viele Spiegel, die vom Bett aus Rundumansicht für die Akteure garantieren.

Endlich finde ich ein Foto von Klaus und Daniela. Hinter dem Futonbett an die Wand gelehnt, ein silberner Rahmen. Darin eine hochschwangere Daniela im schulterfreien Hochzeitskleid und ein noch sehr junger Klaus im Cutaway mit kurzen Hosen. Die Hochzeitslimousine ist der liebevoll hergerichtete VW Käfer, der nun nummerntafellos im Garten abgestellt vor sich hin rostet. Daniela wirkt älter als Klaus. Sie hat wässrige Augen, eine sehr große Nase und schmale Lippen. Auf dem Aktfoto hat sie eine kleine Nase und große Lippen. Plötzlich werde ich hochgehoben, das Bild fällt weich in die Satinbettwäsche und ich werde vom frisch ausgeruhten Klaus zurück in den Keller geschleppt. Er hat noch nicht genug und ich lasse mich bedienen, eigentlich nicht schlecht, so ein Inseldasein. Wenn ich die Augen schließe, kann ich sogar die Fichtenholzinfrarotkabine gegen Palmen eintauschen, das runde Samtsofa gegen weißen Sand und mir überlegen, ob ich wirklich gefunden werden will. Vielleicht macht mir mein Leben doch genau so Spaß, ich habe es nur bisher nicht bemerkt.

Ich fühle mich Klaus' Ehefrau und überhaupt allen Ehefrauen überlegen. Wo keine Steigerung mehr möglich ist, gibt es nur noch Erwartungen und die einzigen, die sich mit Sicherheit erfüllen, sind die negativen. Innerlich wird man da zum Wettkönig. Wetten, er hat wieder die Zahnpastatube offen gelassen? Wetten, sie hat wieder die Haare nicht aus dem Abfluss entfernt? Man gewinnt sie alle, die Wetten mit sich selbst. Früher haben sie gelacht, über ihre Schwächen, später haben sie nur noch Witze darüber gemacht. Wenn der Humor zum Witz verkommt, ist eine Beziehung am Ende. Meine Beziehungen waren eigentlich alle von Anfang an ein Witz.

Jetzt bin ich das Neue, ich bin die Steigerung, nein,

ich bin der Kick, das unbekannte Land, das erobert werden möchte, nicht der alte Kontinent, von dem jeder Zentimeter vermessen und penibel kartografiert ist auf der Landkarte der verflogenen Ehejahre, die keine Abzweigungen mehr zu verzeichnen hat, höchstens ein paar neue Furchen, die die Erosion in all der Zeit in die Oberfläche gerissen hat. Ich liege da, strahlend in meinem Ozean, ungerührt, und bin trotzdem aufregend. Ich bin das verheißungsvolle Land, ich bin der Goldrausch, ich bin das Abenteuer, der Strand, an den Klaus, der Eroberer, aus dem Hafen seiner Ehe angeschwemmt wird. Ich höre mich zufrieden stöhnen.

Ich öffne die Augen. Über das Blumenmuster des türkischen Teppichs vor dem runden Kellersofa sprengen osmanische Reiter davon. An den Toren Wiens mussten sie einst umkehren, die türkischen Eroberer. Auch mein Herz ist eine Festung. Keiner kann sie einnehmen. Bruno nicht, Andreas nicht, Thomas, Enzo, Peter, Damien, Samir, Xavier nicht, Klaus stürmt dagegen an, Elvis ist an meinen Toren gescheitert, Paolo ist umgekehrt, bevor meine Zugbrücke ganz heruntergerasselt war und so mancher meiner Eroberer liegt mit zerbrochenen Knochen (mit gebrochenem Herzen?) da unten in meinem Burggraben. Und ich glänze weiterhin stolz in meiner Sonne, ein paar Kanonenkugeln stecken in meinen Mauern, ein paar Schrammen habe ich wohl abbekommen, aber niedergerissen hat mich keiner. Die Reiter mit den federgeschmückten Turbanen setzen leichtfüßig über die Blumen hinweg auf der Suche nach neuer Beute, ich kann das Galoppieren der Hufe hören, klackklackklackklack.

»Gefällt er dir?«

Der Teppich?

»Mein Mann.«

Mein Inseldasein mitten im Osmanischen Reich wird empfindlich gestört von hohen Absätzen, die gekränkt die Kellertreppe herunterklappern. Die Schiffbrüchige, die Klaus über Bord geworfen hat, wird mir vor die Füße gespült in einem Beutestück vom letzten gemeinsamen Besuch einer Erotikmesse: Klaus' Frau glänzt bedrohlich in einer hautengen Rüstung aus poliertem Latex.

»Macht ruhig weiter«, schnauft Daniela und stemmt erwartungsvoll die Hand in die abgeknickte Hüfte. Die andere Hand, unschlüssig, auf wen sie zuerst schießen soll, schwankt gefährlich hin und her. Erst mit beiden Händen bringt Daniela sie endlich ins Lot und zielt mit der schweren Pistole auf Klaus.

»Du musst sie von unten mit der Handfläche abstützen.«

»Wie?« Daniela ist gereizt. »So?«

»Ja, so ähnlich.«

Daniela krallt sich an der Pistole fest.

»Halt die Klappe, ich mach das, wie ich will.«

Kess knickt sie wieder die Hüfte ab. Klaus stiehlt sich davon und ich verbarrikadiere mich notdürftig hinter den Zierkissen.

»Na? Was ist? Hab ich euch den Spaß verdorben?«

Standhaft spreizt sie ihre meterlangen Schnürstiefel auseinander und richtet sich in der Aussicht auf unseren halb nackten Interruptus schweigend ein. Doch auch mit beiden Händen wird das Schießeisen bald zu schwer. Die Pistole wackelt jetzt wieder mehr.

Dass Daniela ausgerechnet heute genug davon hat, dass

ihr Ehemann fremdgeht, ist wirklich ein Pech. Mein Pech. Als Erster wagt sich Klaus hinaus in das eisige Schweigen.

»Schatz«, holt er beschwichtigend aus, »es ist nicht so, wie du denkst.«

Ich sollte mit meinem Leben abrechnen, viel Zeit wird mir nicht bleiben, nach diesem Satz.

Wahrscheinlich spricht, wie hier, auch im Himmel nicht mehr viel für mich. Petrus wird mir die Tür zum Paradies vor der Nase zuknallen und den Schlüssel umdrehen. Dann wird er sich auf sein Wölkchen setzen, sich trällernd die Sonne auf den Bauch scheinen lassen, während ich direttissima zur Hölle fahre. Sofern auf die literarischen Überlieferungen Verlass ist, und ich Glück habe, werde ich bestenfalls nicht mitten im Höllenfeuer landen, sondern irgendwo am Rand, wo ich, dicht gedrängt mit all den anderen lüsternen Sündern, langsam, aber beständig gesotten werde, bis ich rot bin wie ein gekochter Hummer.

Die Pistole zittert schon vor Zorn, ich bin mir sicher, dass ich in der katholischen Selchkammer manch aufschlussreiche Begegnung haben werde, aber Daniela stört etwas ganz anderes:

»Hast du gerade *Schatz* zu mir gesagt?«

»Nein.«

»Was dann?«

»Herzblatt, Lustgeige, meine Wunderwumme, meine Wonnetonne.«

Daniela droht, die Kontrolle über die Pistole zu verlieren. Sie lacht.

»Okay. Wen soll ich zuerst erschießen? Die da oder dich?«

»Hör zu. Es tut mir wirklich leid, was da passiert ist. Er hat gesagt, es sei kein Problem, dass er verheiratet sei. Deswegen hab ich mir gedacht …«

»Ist eh wurscht, Hauptsache, ich hab meinen Spaß … Sag mal, was klappert denn da? Sind das deine Zähne?«

»Meine Schwester weiß, wo ich bin. Wenn ich mich um elf nicht melde, schickt sie die Polizei.«

»Na, dann hab ich ja noch gut zwei Stunden Zeit, um dich gründlich im Garten zu verbuddeln. Die anderen haben sie auch nicht gefunden.«

Klaus lacht.

»Plüschi, Fluffi«, wirft er sich mit taktischer Raffinesse für mich ins Zeug. Dass Klaus nicht Diplomat geworden ist, erweist sich dabei leider als folgerichtig. »Borstenschweinchen, komm her und gib das Ding da her, ja?«

Umständlich entsichert Daniela die Pistole und zielt damit auf mich. Ich kneife die Augen zu und warte auf eine Erleuchtung. Wenn man dem Tod ins Auge blickt, ist doch vorher wenigstens irgendeine Erkenntnis zu gewinnen, oder? Ein transzendentaler, metaphysischer Geistesblitz über die Welt und was im Innern sie zusammenhält, irgendetwas Faustisches muss es doch auch für mich geben, bevor der Teufel meine Seele hinter dem Polster mit dem Zweijährigen darauf hervorholen kommt. Nichts weniger als die Sorge kommt mir in den Sinn, wo Danielas unkontrollierter Schuss mich besser treffen soll, auf dass mein halb ausgezogener Abtritt aus der Welt durch eine Kellertür, obschon lächerlich, wenigstens nicht unästhetisch wird. Ich möchte nicht meine Darmschlingen sich aus mir ergießen oder mein Hirn über die Sofalehne verspritzt sehen.

»Sie ist draußen auf der Straße ausgerutscht.«

Bitte?

»Und dabei ist sie unter unseren Rasensprenger geraten und nass wie sie war unsere Kellertreppe hinuntergefallen und ich habe sie trockengelegt.«

Einer wird garantiert im Höllenfeuer gleich neben mir schmoren: Klaus.

»Gelegt oder geleckt?«

Was?!

Daniela lacht über ihren Wortwitz.

»Beides.«

Ich werde ohnmächtig. Ich warte nur noch darauf, dass es knallt. Aber Daniela schießt noch immer nicht.

»Gefroren hat die Ärmste wahrscheinlich auch«, ergänzt Daniela weiter und streichelt mit gespieltem Mitleid meine Wange. Ihre Hände sind kühl und trocken.

»Gefroren? Wieso?«

»Warum sonst musstest du auch gleich noch deinen Heizstab auspacken?«

Klaus drückt sich in die Lehne, als Daniela ihr lackbestiefeltes Bein zwischen uns auf die Couch stellt.

»Wie viele Durchgänge hat er denn geschafft?«, blickt sie auf Klaus herunter. Und während sie ihn aufrichtet, will sie wissen, ob sie seine *Lustorgel weiterpfeifen lassen* soll.

Daniela dreht die Pistole vor Klaus' Gesicht hin und her.

Mit einer kleinen Handbewegung lüpft sie ihr Kleid und lässt genüsslich Klaus darunter verschwinden.

Sie stößt kräftig zu und lächelt mich dabei an. Klaus stöhnt.

Wie blöd das klingt.

»Oder eher im Kreis? Hat sie es dir so besorgt?«

Daniela schwingt ihren Hintern in atemberaubender Geschwindigkeit herum, unter dem Latexkleid rinnen erste Schweißbäche herunter.

»Ja, es war nicht schlecht, im Eheausland.«

»Aber daheim ist's halt doch am schönsten.« Daniela legt Klaus die kalte Pistole zwischen die Schenkel und tobt sich aus.

Dabei zwinkert sie mir zu und das *Eheausland* ist kurz davor, um eine Kugel zu betteln.

»Wo hast denn die Pistole her?«, keucht Klaus, als Daniela von ihm abrückt und sich zufrieden zwischen mich und ihn fallen lässt.

»Aus der Requisite.«

»Geklaut?«

»Ausgeborgt. Ganz legal.«

»Wenn's recht ist«, meldet sich meine Stimme krächzend zu Wort, »würde ich dann jetzt gern gehen.«

»Du bist wirklich erschrocken, oder?« Daniela wendet sich mir tröstend zu und versucht, mir das Kissen zu entwenden. »Komm, lass dich küssen, Süße, du musst dich nicht mehr hinter meinem Sohn verstecken.«

Der Ehemann hat mir schon ganz gut gefallen, aber auf die Ehefrau habe ich überhaupt keine Lust.

Mit zusammengerafften Kleidern entsteige ich dem Keller und der Ehehölle.

»Ich habe es dir doch gesagt, die ist wahrscheinlich ein bisschen spießig.«

»Du hast es diesmal einfach übertrieben.«

»Komm, gib es zu, das war ziemlich echt.«

»Ich bin fast geplatzt vor Lachen.«

»Eben.«

»Wie heißt denn das, was du da anhast?«
»Catgirl heißt der Fetzen.«
»Als Saloonhure hast mir besser gefallen.«

»Falls zufällig die Braut oder der Bräutigam abspringen sollten, könnten Sie mich dann anrufen? … Bitte? Was heißt, Sie setzen mich auf die Warteliste?«

Wider besseren Wissens um die Vergeblichkeit ihres Tuns telefoniert meine Schwester weiterhin Hochzeitsadressen in Wien an, weil sie einfach nicht glauben will, dass es zu nichts führt.

Sie hat sich eben in den Kopf gesetzt, jetzt und nur jetzt zu heiraten. Meinen gut gemeinten Rat, die Hochzeit einfach um ein Jahr zu verschieben, pariert sie noch leicht unwillig damit, dass es doch keinen Unterschied mache, ob sie jetzt oder nächstes Jahr den Stress mit dem Organisieren habe. Als ich ihr aber vorschlage, statt eines ganzen Schlosses vielleicht ein paar Tische in einem schönen Restaurant zu reservieren, wird sie zornig:

»Glaubst du ernsthaft, ich geh ins Hinterzimmer von irgendeiner Pizzeria Hochzeit feiern?«

Warum ausgerechnet um das Heiraten so viel Aufhebens gemacht wird, ist mir rätselhaft. Überall sonst geben wir uns extra locker, form- und überhaupt stillos, aber beim Heiraten soll es auf einmal betont festlich sein. Und weil uns ohnehin nicht mehr geläufig ist, wie man sich in solchen Fällen benimmt, wird alles besonders scheußlich statt besonders festlich, da jeder nach dem anderen schielt, zu Recht besorgt, mit seinem Auftreten, seiner Kleidung, seinem Geschenk und erst recht mit seiner Begleitung, irgendwie danebenzuliegen.

Monate, wenn nicht gar Jahre im Voraus sind die Palais und Schlösser Wiens ausgelastet, reserviert für Paare, die den schönsten Tag ihres Lebens unbedingt mit Leuten feiern wollen, von denen sie die Hälfte nicht einladen wollen und von der anderen Hälfte nur die Hälfte kennen. Mit der ersten Hälfte sind sie verwandt und die zweite Hälfte besteht zur Hälfte aus gerade zufällig durch deren Lebensabschnitt geisternde Partner. Diese Gästeliste durch zwei Gastgeber geteilt ergibt unter dem Strich etwa zehn Leute, die das Brautpaar wirklich dabeihaben will, mit an Sicherheit grenzender Wahrscheinlichkeit aber für immer vergraulen wird: mit der tagelang ausgetüftelten Sitzordnung. Kaum jemand hat bei einer Hochzeit jemals an dem Tisch gesessen, an dem er wirklich sitzen wollte. An den anderen Tischen ist es immer lustiger als am eigenen. Nach der Hochzeitstorte verlässt man fluchtartig den Ort des Geschehens unter Beteuerungen, wie wunderbar das alles war. Je zahlreicher die Beteuerungen, desto grässlicher war das Fest.

Dieser Ansicht ist Leonie selbstredend nicht.

Auch Mattos Theorie, dass die langweiligsten Hochzeiten die haltbarsten Ehen ergeben, während die rauschendsten Feste praktisch immer der Auftakt zu einem wenig berauschenden Eheleben sind, kann Leonie nichts abgewinnen. Ich finde dies jedoch das stichhaltigste Argument für eine Hochzeitsfeier in der *Pizzeria Giovanni*. Auf Vorschläge, wo es richtig fad und günstig ist, geht Leonie gar nicht erst ein und wühlt weiter verdrossen in ihren Listen.

Mein Handy klingelt, weil Kasimir meine Nummer gewählt hat. Der Feuerwehrmann mit der Drehleiter vor Leonies abgebrannter Bleibe. »Wer?«

»Ich bin's, dein Feuerwehrmann. Mit der Drehleiter. Wie geht's deiner obdachlosen Schwester? Hast du sie bei dir aufgenommen?«

Mein Bedarf an verheirateten Männern ist gerade gedeckt.

»Siehst du, was du angerichtet hast?«, quittiert Leonie vorwurfsvoll den Anruf.

»Ich habe ja eh abgesagt.«

Aber das ist Leonie nicht genug:

»Das ist egal. Du hast ihn vergiftet.«

»Vergiftet?!«

»Ja. Geistig.«

Das empfinde ich als Frechheit.

»Du hast seine Gedanken vergiftet. Dein Angebot breitet sich in seinem Kopf, in seinen Gedanken aus wie Gift in den Adern. Er ist zur Untreue angestachelt.«

»Ich bin also dafür verantwortlich, wenn der fremdgeht?«

»Genau so ist es.«

»Leonie, du solltest dir überlegen, ob du tatsächlich heiraten willst.«

»Was hat denn das damit zu tun? Ich sag dir was: Du meinst, du hättest das alleinige Recht darauf, Schwierigkeiten zu machen, aber wehe, jemand könnte dir einmal Kopfzerbrechen bereiten – puff, bist du eine Staubwolke«, untermalt Leonie jedes Wort mit sehr deutlichen Gesten, dann wirft sie die flache Hand an ihre Brust. »Ich nicht. Ich, im Unterschied zu dir«, Finger auf mich, »halte Schwierigkeiten aus«, stakkatoartiges Rucken mit dem Kopf, »auch auf die Gefahr hin, dass ich mich wiederhole, aber«, Stimme höher gelegt und Augenbrauen bis zum Haaransatz gehoben, »Widrigkeiten gehören zum Leben.«

»Ach ja?«, meine Stimme überschlägt sich nicht. »Das wäre mir in den vergangenen Wochen gar nicht aufgefallen: Ihr fallt hier alle bei mir ein mit eurem ganzen Wahnsinn im Gepäck, den ihr ungefragt bei mir abladet samt überflüssigen Kommentaren und guten Tipps, aber ich bin diejenige, die Schwierigkeiten macht?!«

Da Leonie nicht mehr besonders viel besitzt, dauert es auch nicht besonders lang, bis sie alles zusammengerafft hat.

»Ich nehme mir nur deine T-Shirts mit, in die ich zufällig noch hineinpasse«, verkündet sie bei ihrem Abgang generös.

Und weg ist sie.

Bereits nach zwei Stunden ist mir die Wohnung viel zu groß. Erstaunlich, wie schnell man sich an etwas gewöhnt, an das man sich gar nicht gewöhnen wollte. Wer braucht schon so viel Platz für sich allein? Mir fällt die Entscheidung schwer, wo ich mich in meiner riesigen Zweizimmerwohnung aufhalten will. In den vergangenen Wochen musste ich mich setzen, wo gerade zufällig Platz war. Nun kann ich es mir überall bequem machen, aber nichts passt mir so richtig.

Ich suche im Internet nach Gesellschaft und fühle mich dabei armselig. Ein paar Zeilen im Chat mit einem Unbekannten – aber der Nervenkitzel des Fremden, des Anonymen ist verflogen, die Neugierde, den Menschen hinter diesen Sätzen kennenzulernen, erloschen. Ich klinke mich aus.

Auf der Suche nach einem weniger virtuellen Zeitvertreib grase ich doch wieder Singlehearts nach einem Date ab. Mein Postfach überfordert mich schon, als ich es öffne. Ich müsste eine Sekretärin anstellen, um das hier alles zu beantworten. Nur wenige Mails werden in den freizeitlichen Abendstunden oder am Wochenende verfasst, die meisten zu Bürozeiten. Da ich jedoch das Pech habe, nicht angestellt, sondern selbstständig zu sein, werde ich für meine Partnersuche nicht bezahlt. Ich muss meine Freizeit opfern.

Mir fällt das Foto, das Elvis zusammen mit meiner Handtasche abgegeben hat, in die Hände.

»Ich hol dich ab«, erklärt er sich bereit, mir Einsamkeit und Langeweile zu vertreiben, und hält eine Stunde später zu Fuß vor meiner Haustür.

Den Führerschein hat er am vergangenen Wochenende abgeben müssen.

»Ich hab ein paar Seitenspiegel abrasiert. Nicht ganz nüchtern.«

Wir gehen ums Eck essen. Der Wirt aus Dalmatien kocht selbst und hüllt Gäste und Gespräche in eine Wolke aus Fischdunst, gebratenem Knoblauch und Olivenöl. Für eine abgetrennte Küche ist das Lokal zu klein.

Wir teilen uns einen Fisch, den wir zuvor gemeinsam in der Vitrine ausgesucht haben.

»Hast du meinen Brief bekommen?«, will Elvis wissen.

»Du meinst den Zweizeiler?«

»Welchen Zweizeiler?«

»Na ja:

Du bist ein verrücktes Huhn.

Ruf mich an.

Zwei Zeilen.«

»Ja genau, den Brief.«

Unsere Vorstellungen über das Ausmaß von Schriftverkehr, das die Bezeichnung Brief verdient, klaffen ein wenig auseinander.

»Warum bist denn du eigentlich in den Brunnen geklettert?«, fragt er mich scheinheilig.

»Woher soll ich das wissen? Ich kann mich ja nicht einmal an diese Flossen erinnern.«

Elvis lacht, er weiß es sowieso besser als ich.

»Auf dem Heimweg sind wir noch auf den Flohmarkt gegangen. Du hast Flossen gekauft, zwei linke, alte Tauchgläser und einen Schnorchel, und wolltest das Ganze in dem Brunnen testen. Da war aber kein Wasser drinnen. Also hast du mir die Ausrüstung geschenkt. Und ich hab deshalb jetzt Hurghada gebucht, in zwei Wochen.«

»Was?«

»Restplatzbörse. Ich fliege Schnorcheln mit deinen zwei linken Flossen. Für vierhundertvierzig alles inklusive. Kannst ja mitkommen.«

»In welchem Brunnen bin ich denn da?«

»Am Traiskirchner Hauptplatz.«

»Das ist doch ein italienischer Renaissancebrunnen.«

»Na und? Können die in Traiskirchen nicht auch einen italienischen Renaissancebrunnen haben?«

»Nein.«

»Ah so«, gibt sich Elvis interessiert und grinst mich samt Petersilienstückchen zwischen den Schneidezähnen an. »Also, kommst du mit?«

»Nein. Was soll ich in Hurghada?«

Ich finde das irritierend. Alles.

Glücklicherweise ist wenigstens das Petersilienstückchen nach dem nächsten Bissen verschwunden.

»Ich hab dich in den Brunnen hineinkopiert«, gibt Elvis unumwunden zu. »Aber dass du mit den Flossen an den Füßen in den Supermarkt gewatschelt bist, um Rollmöpse zu kaufen, das weißt du schon noch, oder?«

Daher also die Zwiebelfahne an der Bushaltestelle.

»Du hast das ganze Glas leer gefressen«, betoniert Elvis die zweifelhaften Tatsachen ein.

Nach dem Geschenk-des-Hauses-Verdauungsgrappa schleppen wir die kroatischen Küchengerüche weiter in einen fernöstlichen Keller. Zum Karaoke. Elvis ist auch hier bestens bekannt. Zwischen rot-schwarz lackierten Chinarestaurantschnitzereien werden Cocktails in chinesischem Arbeitstempo gemixt, die Chinesinnen, die huschend die Gäste bedienen, nicken uns zur Begrüßung kurz, aber heftig zu.

»Alles Koreaner«, sagt Elvis und drückt mit gespreizten Fingern die Zigarette an seinen Mund und lässt den Stummel aufglimmen. Er saugt mit einem Zischen das Nikotin in seine Lunge. Dort bleibt der Rauch, als hätte er ihn verschluckt. Irgendwann, erst viele Sätze später steigt er wieder auf.

Nach jedem Lied klatscht Elvis laut und missmutig in die Hände.

Erst als sich das Lokal langsam leert, gelingt es Elvis endlich, die Bühne zu stürmen, fortan lässt er das Mikrofon nicht mehr los und singt sich durch einen bunten Strauß von Karaokenummern. Dazu hat er einen Hüftschwung, der dem Spitznamen, den ich ihm verpasst habe, auf ganzer Linie gerecht wird. Die Gäste scheinen ihn zu lieben und Elvis gibt alles für sein Publikum, das er in einen Schwebezustand zwischen Belustigung und Anerkennung versetzt, ich hingegen schwanke zwischen Mitleid und peinlicher Betroffenheit. Nur kurze Pausen gönnt er sich und mir, um wie ein Rockstar seine Kehle schnell mit Bier zu befeuchten. Auch als der letzte Gast das Lokal verlassen hat und ich und das geduldig abwartende Personal das einzige Publikum sind, lässt sein schweißtreibendes Engagement nicht nach, im Gegenteil, er findet, es sei Zeit für ein Duett und holt mich auf die Bühne. Unglaublich, wie viele Songs es gibt, die ich nicht kenne, aber trotzdem jetzt singe. Es ist wie beim Tanzen: Wenn man jemanden hat, der einen durch das Lied schleppt, kommt man schon irgendwie am Ende an. Als wir auf der Liste bei *White Christmas* angelangt sind, spendiert uns der freundliche Barkeeper für unsere Darbietungen einen Drink.

»Auf ex!«, stößt er mit uns an.

Es fühlt sich warm an und ein bisschen träge, als das honigfarbene Getränk die Kehle hinunterläuft, es schmeckt süß und nach Minze.

Mit einem unverblümt boshaften Lächeln nimmt er uns die Gläser ab.

Das war achtzigprozentiger Rum. Pur mit Mandelaroma und einem *Minzblättchen*.

»Das nimmt das Brennen«, sagt er. »Fein, nicht?«

Ich habe gerade einen Deziliter Achtzigprozentigen in mich hineingeschüttet?

Zwei Lieder später kann ich den Text auf der Karaokemaschine nicht mehr entziffern, das nächste Mal frage ich vorher, was ich trinke.

Zwei und ein halbes Lied später, verlassen wir die Bar und ich würde gern auf allen vieren kriechen. Kaum haben wir die Schwelle überschritten, riegelt der Barkeeper die Tür hinter uns ab, angsterfüllt, wir könnten es uns vielleicht anders überlegen und weitersingen wollen.

Draußen legt Elvis den Arm um mich, ich schlinge den Arm um seine Hüfte, hake meinen Daumen in die Gürtelschlaufe und fühle mich gut aufgehoben. Ich nehme mir vor, mich morgen daran zu erinnern. Mein Kopf sackt immer wieder auf Elvis' kräftige Schultern.

»Komm, ich zeig dir mein Tonstudio«, sagt er.

Mir ist alles recht, auch der Sex auf der ausrangierten Couch in Elvis' bis unter die Decke mit Equipment vollgestopftem Tonstudio. Daran kann man leicht den Amateur vom Profi unterscheiden: Der Amateur hat immer das Neueste und davon alles. Die Metallregale biegen sich unter der Last zahlreicher Verstärker, Schachteln, Mikrofone, verknoteter Kabel von mehreren Kilometern Länge, Lautsprecher in allen Größen, Mischpulte, Musikinstrumente, mit der er eine Musikalienhandlung betreiben könnte. Ich weiß nicht, ob sich die aus dem obersten Regal hängende Trompete selbstständig gemacht hat, weil meine Welt seit dem chinesischen Rum sowieso aus den Fugen geraten ist oder weil Elvis' heftige Liebe nicht nur mich erbeben hat lassen, sondern die ganze Einrichtung dazu.

Nur sorgfältig ineinander verflochten gelingt es uns, auf der schmalen Couch zu liegen, ohne abzustürzen.

Elvis rüttelt an dem Regal, fängt die Trompete mit einem kurzen Griff auf und hält sie mir hin. Ob ich mal probieren will. Aber ich mag dem mit Grünspan überzogenen Ding keinen Ton entlocken. Elvis dudelt eine sehr freie Improvisation vor sich hin, in der ich *Waltzing Matilda* zu erkennen meine. Dann lässt er das Instrument sinken:

»Hab ich mir selbst beigebracht.«

Matt ruht mein Kopf in Elvis' Achselhöhle, ich lausche in sein Herz hinein, ein ruhiger, tiefer Puls. Er muss ein großes Herz haben, das mit kräftigen Schlägen das Leben bejaht. Sein Takt lässt mich vergessen, wie unbequem ich liege. Wenn sich Elvis' Brust hebt, kitzeln mich ein paar Brusthaare in der Nase. Ich niese in die Stille hinein, für ein paar Schläge geht sein Herz schneller.

»Wir zwei gegen den Rest der Welt, hm?«, lehnt Elvis seine Wange an meine Stirn. Wir zwei allein ohne den Rest der Welt im fensterlosen Luftschutzkeller eines heruntergekommenen Altbaus. Sanft besonnt vom Schein einer Bienenwachskerze in Ananasform und einer Sparbirne.

Vielleicht geht das alles viel schneller ab dreißig: aneinander Gefallen finden, sich verlieben oder nicht, dann doch zusammen sein, sich gehen lassen, sich auseinander leben. Ab dem dreißigsten Geburtstag entwickeln wir die Bereitschaft, es mit jedem zu probieren, wer weiß, vielleicht bin ich in sieben Wochen verlobt, wie der Büroleiter und seine Theresa. Dann könnte ich ihnen eine Doppelhochzeit vorschlagen.

»Ich glaub, wir zwei haben eine gute Basis.«

Ich weiß nicht, ob zusammen ins Bordell zu gehen oder koreanische Karaokebars leer zu singen wirklich eine gute Basis sind, aber zumindest ist es ein zukunftsweisender Anfang: Wenn er später nachts nicht mehr nach Hause kommt, weiß ich jetzt schon, wo ich beginnen muss, nach ihm zu suchen.

»Und dann mach ich dir ein Kind oder zwei oder drei …«

»Zwei reichen, danke.«

»… und wir ziehen in mein Häuschen und die Kinder rennen im Garten herum und spielen Indianer.«

»Nein!«

»Warum nicht?«

»Indianerspielen nicht. Das kann ins Auge gehen.«

Elvis widerspricht mir nicht, hat aber keine Idee, womit wir unsere Kinder stattdessen beschäftigen könnten. Mir fällt auch nichts ein. Keine Ahnung, was Kinder in ihrer Freizeit so machen. Elvis raucht vor sich hin.

Ich kann Schweigen schon viel besser aushalten. Früher wäre ich spätestens nach fünf Minuten überzeugt gewesen, wir hätten einander nichts mehr zu sagen. Heute passiert das erst ab Minute zehn. Das ist ein Fortschritt. Zusätzlich bemerke ich an mir manchmal schon etwas mehr Bereitschaft zur Nachsicht gegenüber Männerhobbys. (Auch das qualifiziert mich, finde ich, für eine dauerhafte Beziehung.) Umso besser eigentlich, je weniger er mit mir darüber redet, also schweigt. Man muss schließlich nicht alles teilen, und ganz besonders das nicht.

»Weißt, ich brauch eine, die meinen ganzen Blödsinn mitmacht.«

»Ja«, sage ich.

Elvis tastet sich unentschieden an meinem Körper entlang. Schließlich bleibt er an meinem entblößten Busen hängen. Der scheint ihm der geeignete Ort für seinen Antrag zu sein:

»Na, probieren wir's halt miteinander, hm?«

Warum nicht? Eine Vernunftbeziehung. Das seien die haltbarsten, heißt es, ich weiß jedoch nicht genau, was damit gemeint ist. Aus dem, was Elvis und ich in den zwei Nächten, die wir zusammen verbracht haben, getan haben, lässt sich nichts Vernünftiges ableiten. Soweit ich mich erinnere, war es immerhin unterhaltsam. Ich fühle mich so gut wie unter der Haube, der ist es, vielleicht. Nicht bestimmt, aber wahrscheinlich: mein Mr. Right? Weinselig grinsend falle ich in einen traumlosen Schlaf, in den sich später Musik mischt.

»Es fällt der Stein von meinem Herzen, windet sich, ein Wurm in Schmerzen, vor dir krieche ich im Staub …«

Elvis hat seine Nacktheit mit einem Schottenrock, einem Frotteeschweißband und einer E-Gitarre bekleidet, die er liebkost, wie zuvor mich. Sie scheint aber, ähnlich wie ich, seiner schier unerschöpflichen Energie nicht standzuhalten: Jeder zweite Ton ist ein Aussetzer.

Elvis rüttelt wenig fachmännisch an den Kabeln und Drähten, die er mit Tesa zusammengeklebt hat, und hebt erneut zu einer interessanten Mischung aus dadaistischem Minnesang und irischem Trinklied an.

»Es fällt der Stein von meinem Herzen, windet sich, ein Wurm in Schmerzen, vor dir krieche ich im Staub, meine Ohren sind vor Liebe taub. Mein Hirn, von deinem Arsch ganz wirr, mein bester Freund steht stramm vor dir. Es schwinden mir all meine Sinne, ich kleb im Netz, du bist die Spinnc … Vertrottelter Scheißverstärker, vertrottelter«, tritt Elvis gegen den Kabelsalat und beendet damit sein Leben.

»Wie tot?«, will die wenig interessierte Stimme vom Notruf wissen.

»Was heißt wie tot?«

»Na, is er scho' kalt?«

»Nein! Er hat doch gerade noch gelebt.«

»Also was jetzt? Ist er tot oder nicht? Wenn er nämlich tot ist, brauchen S' Rettung auch keine mehr.«

»Sein Herz hat aufgehört zu schlagen!«

Seine Brust hat aufgehört, sich zu heben und zu senken und ich versuche verzweifelt, mich an den Erste-Hilfe-Kurs vom Führerschein zu erinnern. Ich weiß nicht einmal mehr genau, wie man das Herz findet und wo man dann wie schnell herumdrücken muss.

Die am Telefon weiß es auch nicht.

Als ich endlich wieder Licht in das Tonstudio gebracht hatte, lag Elvis regungslos auf dem Boden. Mit dem Kopf der Gitarre hatte er sich die Lippe auf- und die Ecke eines Schneidezahns ausgeschlagen.

Ich verliere kostbare Zeit damit, dieses Stück Zahn zu suchen, wühle mit meinen Fingern in Elvis' Mund, ich wünschte, ich könnte sein Herz mit einem Starterkabel einfach an meines anschließen, wie es der Pannendienst bei meinem Auto regelmäßig macht, wenn ich wieder die Scheinwerfer habe brennen lassen. Mein Herz schlägt gerade so wild, das reicht für zwei.

»Da gibt es doch ein Lied«, schreie ich ins Handy und drücke auf Elvis' Brustkorb herum. »Welches war das noch mal?«

»Bitte?«

»Das Lied! Von den Bee Gees war das, glaube ich. Oder nein, doch vielleicht Wham oder Village People?«

»Hören Sie, ich bin der Notruf, kein Wunschkonzert. Bei mir gibt's Krankenwagen. Wollen S' den jetzt oder nicht?«

»Stayin' alive!«

»Na also. Und wo sind Sie?«

»Hahahaha, stayin' alive, stayin' alive.«

Das war's. Wusste ich's doch.

»Wo?«

»Weiß nicht.«

»Schauen S' halt aus dem Fenster.«

»Geht nicht! Stayin' alive, stayin' ...«

Die bringt mich völlig aus dem Takt!

»Wieso nicht?«

»Hahahaha, stayin' alive, stayin' alive.«

Oder der *Radetzkymarsch*, der geht auch, oder *Dancing Queen* oder *Like A Prayer* oder *Highway to Hell*. Das ist der richtige Rhythmus. Den Führerschein habe ich also doch verdient.

»Was machen Sie denn da?!«

»Herzmassage!«

»Sagen Sie, sind Sie betrunken?«

Ich habe mich in meinem Atelier verschanzt. Froh bin ich, dass ich mein Arbeitsleben ohne Kollegen fristen darf. In vier Wochen werde ich in die Normandie reisen, um dort ein Schlachtgemälde in Augenschein zu nehmen. Ich hoffe, dass die Schlacht bei Waterloo, die eine Kaminzimmerwand ausfüllt, mehr als nur ein paar Kratzer und abgeblätterte Pferdehintern aufzuweisen hat. Dann bliebe ich mindestens ein Jahr fort.

Elvis hat meine Herzmassage nicht überlebt. Einmal noch hat sein Herz für mich angefangen zu schlagen. Dann hat es sich alles doch wieder anders überlegt und mir seinen Dienst versagt.

Zwei Jahre Frankreich wären mir noch lieber.

Um ehrlich zu trauern, hat mir Elvis vielleicht nicht

genug bedeutet, um ihn zu vergessen, hat er mich zu sehr beeindruckt. Um zu wissen, als was er mich verlassen hat, haben wir einander weder genügend bejaht noch deutlich genug ausgeschlossen. *Probieren wir's halt miteinander.* Es ist, als hätte ich den Geschmack auf der Zunge, von der ersten Löffelspitze Schokoladenmousse, aber bevor ich mir hätte bewusst werden können, dass es sich hierbei um die beste Schokoladenmousse handelt, von der ich je hatte kosten dürfen, hat mir der Kellner den Teller unter der Hand weggerissen. Ich hätte einen zweiten Löffel voll gebraucht, aber den gibt es für mich nicht.

Ich kann den Schock nicht von der Trauer unterscheiden, ich kann meine Gefühle nicht einordnen, mir fehlt jeder Maßstab. Irgendwann müsse man weitermachen nach einem tragischen Verlust, aber wann ist irgendwann? Ich weiß gar nicht, ob ich einen Verlust erlitten habe oder ob ich schockiert bin, weil ich zum ersten Mal in meinem Leben dem Tod begegnet bin, mit ihm um eine Seele gezankt habe.

Ich rühre die Farbe an, um auf der geflickten Leinwand Paris' Auge zu ergänzen. In meiner Schlaflosigkeit bin ich froh über alles, was ich wochenlang vor mir hergeschoben habe, das kann ich nun abarbeiten, auch das Bild, das mir Nicolas gebracht hat.

Mich schmerzt der Verlust eines Menschen, der sich mir offenbart hat, der mich in sein Herz einlassen wollte, das ich nicht imstande gewesen war, am Leben zu erhalten, das lieber stehen geblieben ist, als für mich weiterzuschlagen.

Ich frage mich, welche Augenfarbe ich Paris geben soll.

So schnell ich seine Hautfarbe ergänzt habe, so lang brauche ich zum Mischen seiner Augenbraue. Es gibt ja keinen Anhaltspunkt für mich, Paris ist im Profil dargestellt und die Putzfrau der Ritters hat ganze Arbeit geleistet, als sie ihm das Auge ausgeschlagen hat.

»Na ja, es hätt' mich anderswo schlimmer treffen können«, beißt Paris in seinen goldwangigen Apfel und kaut schmatzend darauf herum.

»Weißt«, sagt er, »es ist überall so wie bei mir: Ich hab mich entschieden und die Welt ist untergegangen. Bitt' schön, für alle nicht, aber für die Trojaner schon a bisserl ... aber wenn ich mich anders entschieden hätt' – was hätt's gebracht? Und wenn ich mich nicht entschieden hätt' – was hätt' das gebracht?«

Vielleicht keinen Trojanischen Krieg?

Paris frisst seinen Apfel. Hübsch ist er, auch ohne Auge, aber entsetzlich einfältig.

»Na super, dann tät ich mit den drei Nackerten immer noch deppert auf der Wies'n steh'n«, lamentiert er und schleckt den von seinem Handgelenk herabrinnenden Apfelsaft.

Na, wäre das so schlecht?

»Ah was, fad is des. Warum hätt' ich mich mit den drei überspannten Weibern weiterplagen sollen? Statt ihnen hab ich die knackige Helena gekriegt. Nur dem Menelaos hat das halt ned so g'schmeckt.«

Warum hat Paris nicht etwas anderes wählen können als die schönste Frau der Welt?

»Beim Zeus, wer weiß, was dann erst passiert wär, wenn ich einer von den anderen Narrischen den Apfel gegeben hätt'?«

»Es wäre einmal eine Überraschung gewesen«, murre ich.

Jetzt mampft Paris den Apfelbutzen in sich hinein und spuckt die Kerne weit von sich.

»Ich hab gedacht, ich nehm mir die schöne Frau, die nervt mich zwar sicher, aber sonst hab ich meinen Frieden. Der Rest wär mir viel zu anstrengend gewesen. Und was is passiert? Das andere hab ich trotzdem alles abgekriegt: den Ruhm, den mir die, wie hat sie geheißen, versprochen hat?«

Athene.

Wie sich der Geist nicht aussuchen kann, welchen Körper, der ihm nicht gehorchen will, er bewohnen muss, so plagt sich mancher Körper, sei er noch so schön, mit einem dumpfen Geist.

»Ja, genau, den mir die Athene versprochen hat: Wer kennt mich, bitte, nicht?! Und Macht hab ich auch, mit der mich die Hera bestechen hat wollen. Wer kann von sich schon behaupten, die Ursache zu sein, dass Tausende sich die Schädel einschlagen?«

Ich glaube ja nicht, dass das so gemeint war mit dem Ruhm und der Macht.

»Wurscht«, schnippt Paris den Stängel davon, »mich hat sowieso keiner gefragt, ob ich überhaupt irgendwas davon will. Jeder von uns Sterblichen zappelt in seinem Schicksal herum. Du drehst und wendest und wägst deine Entscheidungen ab, aber früher oder später kriegst eh trotzdem das, was du nicht willst, dafür sorgen die da oben schon. Genauso gut kannst also die Hände in den Schoß legen und schauen, was passiert.«

Paris rülpst und macht Anstalten, sich unter dem Baum im Schatten auszustrecken.

Also, was ist jetzt? Willst du dein Auge wiederhaben oder nicht?

»Blau, bitte.«

»Meinetwegen. Blau.«

Obwohl ich diesen Paris nicht leiden kann, gebe ich mir Mühe, ihm sein Augenlicht zurückzugeben. Mein Versuch, nichts mehr dem Zufall zu überlassen, ist gescheitert. Selbst das online kalkulierte Zusammenführen wirklich Interessierter bedarf immer noch genau so viel des Glücks und Zufalls, also guten Willens der Götter, des Schicksals oder wessen auch immer, wie in die Straßenbahn zu steigen und sich dort ausgerechnet neben den Menschen seines Lebens zu setzen. Und sitzen allein genügt ja nicht. Wenn ich drei Stationen benötige, um ihn anzusprechen, und er nach einer Station aber schon wieder aussteigt …

»Wie ist denn das passiert?«, hatte mich der Sanitäter mit dem Formular auf seinen Knien gefragt. Sein Bemühen, bei der Vorstellung, was zu dem Anblick geführt haben könnte, der sich ihm und seinen beiden Kollegen bei ihrer Ankunft geboten hatte, sachlich zu bleiben, war ihm deutlich anzusehen.

Ich beschränkte mich auf das Nötigste: »Der Verstärker hatte einen Wackelkontakt.«

Die Mundwinkel zuckten merklich, als die Hand des dicken Sanitäters das Nötigste auf das Mindeste reduzierte und notierte: »Wackelkontakt«.

Über das Handy hatten sie uns schließlich orten können. Gefunden hatten sie mich nackt und schwitzend, wie ich den verkleideten Elvis inzwischen mit dem *Radetzkymarsch* am Leben halten wollte, weil *Stayin' alive* nicht den gewünschten Erfolg gebracht hatte.

Ein Hirnschlag war es gewesen, ausgelöst durch ein Blutgerinnsel, hundertprozentig letal. Der gleichzeitige Stromausfall, ein purer Zufall.

Vielleicht ist es mir tatsächlich nicht beschieden, die Liebe kennenzulernen, jemanden zu treffen, der meine Welt aus den Angeln hebt. Ich wäre wohl nicht die Einzige, der es so geht, aber naturgemäß tut es mir um mich dabei mehr leid als um die anderen.

Ich rufe in der Redaktion des *Überblicks* an und gebe mich unter falschem Namen als die gesuchte Rotweinattentäterin zu erkennen. Ich möchte nun doch wissen, was an dieser Liebe des Herrn Büroleiters und seiner Theresa dran ist.

Als alte, unverheiratete, kinderlose Tante würde ich mich um meine Nichten und Neffen kümmern, die Welt bereisen, ein paar nette Affären pflegen, um mir die Zeit zwischen oder auch auf den Reisen zu vertreiben, später dann würde ich die Affären durch regelmäßige Skat- und Bridgerunden ersetzen, die Nichten und Neffen durch Großnichten und Großneffen, und ich würde meinen Freundinnen dabei zusehen, wie ihnen die Männer wegsterben, allen Frauen sterben die Männer weg, das wird mir erspart bleiben beziehungsweise ich habe das ja schon hinter mir und wenn ich dann mal ins Grab steige, dann tue ich das wie sie alle auch: alleine.

Nur einen Hund werde ich mir sicher nicht zulegen.

Weil Carlos und Roman abgesehen von Bier, Whiskey und Loredana noch eine weitere gemeinsame Leidenschaft entdeckt haben, Beachvolleyball nämlich, verbringen wir neuerdings außerordentlich viel Zeit auf der Donauinsel damit, die beiden anzufeuern. Und seit Matto den Eismann davon überzeugen konnte, zwischen seinen Calippos, Twinnis und Cornettos auch Bier und Prosecco für uns zu kühlen, lässt sich die immer noch sommerlich glühende Septemberhitze beinahe gut ertragen. Der Wärmeeinwirkung auf unsere Köpfen ist wohl auch die Idee zu verdanken, Leonies Hochzeit in meinem Atelier und im Hinterhof zu veranstalten, und Matto war sofort hochmotiviert, wie immer, wenn sich die Gelegenheit bot, unser Haus in eine Partyzone zu verwandeln.

»Leonie«, plapperte Loredana drauflos, »wir wissen, wo du deine Hochzeit feiern kannst!«

Weiter kam sie nicht, denn Matto riss ihr schon das Handy aus der Hand, um die Details durchzugeben, und weil Leonie sowieso schon zu allem außer zur *Pizzeria Giovanni* bereit war, sagte sie Ja.

Ich gebe zu, ich entwickelte Gefallen daran, mit Matto das Requisitenlager des Theaters nach Kulissenteilen, korinthischen Säulen und Statuen aus Styropor und Pappmaché, Sofas, Kandelabern, Plastikpalmen, Hirschgeweihen, Bärenfellen, Thronsesseln und weißen Stoffbahnen zu durchforsten, mit denen wir mein Atelier und den davorliegenden Innenhof schließlich in ein innenarchitektonisches Capriccio verwandelten, das seinesgleichen suchte. Als wir erneut mit einem Aufzug voll Sammelsurium und Scheinwerfern aus dem Bauch des Theaters emporfuhren, stieg plötzlich Daniela zu. Ich musste zweimal hinsehen: Sie trug einen weißen Mantel mit unzähligen Stiften, Pinseln und Bürsten in den Manteltaschen, Gesundheitsschuhe mit Schmetterlingen darauf, einen Haarreifen und dezentes Make-up, mit dem sie wirkte wie eine Hausfrau beim Wocheneinkauf, keine Spur von Lack, Leder oder gar einer Pistole. Auch sie musterte mich von Kopf bis Fuß. Dann wandte sie mir den Rücken und der Aufzugstür das Gesicht zu. Wir verzichteten beide darauf, einander erkennen zu wollen.

»Sie ist Maskenbildnerin«, sagte Matto, nachdem sie ausgestiegen war. »Warum?«

»Nur so«, ich hatte keine Lust, ihm mehr über seine Kollegin zu erzählen, als ich selbst je hätte wissen wollen. »Ziemlich graue Maus.«

»Ja. Aber ihr Mann ist fesch.«

Ich weiß.

Fest entschlossen, dieses Paar nicht sympathisch zu finden, erreiche ich das *Café Plüsch*. Schon durch die Scheibe kann ich sie miteinander turteln sehen. Ständiger Körperkontakt inklusive. Ein bisschen Tätscheln hier, ein kleines Küsschen da, mit den Wimpern klimpern, sie, ihren Hals abschlecken, er, einander vom Cappuccino kosten lassen, beide, als ob der mit Kakao obendrauf wahnsinnig anders schmecken würde als der ohne, und dann müssen sie auch noch einen Kuchen teilen. Theresa und Oliver lassen wirklich nichts aus. Wenigstens haben sie zwei Kuchengabeln bestellt, statt einander abwechselnd mit einer zu füttern. Mit ihnen am Tisch sitzt einer, der einen Espresso mit sich selber teilt.

Der blaue Kragen seines fein gewebten Hemdes schmiegt sich an einen kräftigen Hals. Der kantige Kieferknochen spannt die Haut fest um ein markantes Kinn. Ein klassisches Profil, das vertraut aussieht, als hätte ich es schon hundertmal auf alten Ölgemälden nachgezogen. Es gefällt mir außerordentlich gut. Nicht das Aussehen, es sind die Proportionen, die auf uns anziehend wirken, ein ausgewogenes Gesicht, das, wie mit dem Zentimetermaß vermessen, in drei gleich lange Teile geteilt werden kann, vom Kinn zur Nase, die Nasenpartie bis zur Wurzel und die Stirn. Das macht ein Gesicht schön, weil es das Auge befriedigt, aber es macht es noch keineswegs interessant. Erst wenn der Blick an etwas hängen bleibt und dort verweilt, beginnt die Faszination.

Fest sieht er Theresa und Oliver an, während er mit ihnen spricht. Die Knochen über seinen Augenhöhlen treten ein bisschen zu weit hervor, als wäre Tizian der Pinsel ausgekommen, und auch mit dem Schwung der Oberlippe vom Nasenansatz weg hat es der Maler sehr gut gemeint. Der Übergang von der Nase zur Oberlippe ist so stark geschwungen, dass sie über das Ziel hinausschießt und ein wenig über die volle Unterlippe steht. Ich verspüre den Drang, hineinzubeißen, in die weiche Mitte dieser Oberlippe, die ihrem Besitzer etwas Trotziges verleiht. An welches Gemälde erinnert er mich bloß? Ein Hund, ein sehr gemischter Mischling, lässt zu seinen Füßen unbeachtet das kaffeehäusliche Tassengeschepper über sich ergehen. Durch die großen Scheiben des Cafés beobachte ich den Mann mit den breiten Schultern und dem dunklen vollen Haar, der mit seiner lässigen Eleganz das Kaffeehaus und mir diesen sonnigen Vormittag verschönert. Jetzt winkt er mir zu und ich winke zurück.

»Hätte ich wenigstens noch meine Haare gewaschen«,

denke ich und bereue, darauf verzichtet zu haben, als ich heute Morgen das Haus verlassen habe. Weil ich danach mit Matto verabredet bin, um das Notwendige mit dem Nützlichen zu verbinden und noch mehr verstaubte Requisiten für Leonies Hochzeit aus dem Theaterkeller herbeizuschleppen, habe ich die nicht frisierten Haare noch mit den Glanzstücken meiner Garderobe abgerundet. Eine alte Jeans, die ich danach einfach ausziehen und dem Müll überantworten wollte, und ein T-Shirt mit Aufschrift, das ich neuerdings besitze. Ein Werbegeschenk zur vierzigsten Filialeröffnung eines österreichischen Baumarktes, feierlich überreicht von einem lächelnden Promogirl, war mir heute Morgen äußerst passend erschienen: »ztuP ned fua uaH«, spiegelt sich der rostrot auf zitronengelb quer über meine Brüste gedruckte Werbeslogan nun fröhlich in der Auslage: »Hau auf den Putz«.

Ich winke zurück und Theresa und Oliver winken auch, und überhaupt winken alle und lachen und ich lache auch und winke und der schöne Mann winkt noch immer und der schöne Mann heißt Nicolas und er sieht ohne Bart plötzlich gar nicht mehr aus wie der Weihnachtsmann, als er dem winkenden Kindergarten zuwinkt, der hinter meinem Rücken an dem Kaffeehaus vorbeizieht, und nicht mir. Zwei kleine Mädchen werfen ihm Kusshändchen zu. Wer bin ich? Was wollte ich hier? Und warum? Ich blicke mich nach mir selbst um, aber ich bin verschwunden, ich bin schon losgerannt, ich habe das Kaffeehaus gestürmt, um diesen Mann zu erobern.

Theresa und Oliver begrüßen mich, als wäre ich der eben heimgekehrte verlorene Sohn. Sonst scheint sich niemand dafür zu interessieren, dass Theresa und Oliver nun endlich ihren Amor gefunden haben. Man hat Wichtigeres zu tun; Zeitung lesen und Melange schlürfen.

»Ich habe so eine Freude, dass du dich gemeldet hast«, jauchzt Theresa meine Enttäuschung darüber nieder, dass Nicolas eher zurückhaltend reagiert hat, als Oliver ihn mir als zweiten Trauzeugen vorstellt. Hat er wirklich nicht erzählt, dass er mich kennt? (Und freut er sich überhaupt nicht, mich zu sehen?) Nur als Oliver mich ihm als *Rosalinde Palatschinkowitsch* präsentiert, kommt ihm ein kleines Schmunzeln aus.

»Palatschenkovic, mit e und c hinten dran«, beharre ich auf Richtigstellung meines falschen Namens, mit dem ich mich beim *Überblick* gemeldet habe. Nicolas zupft an seiner Nase herum. Lacht er?

Gerne würde ich mich Nicolas' neuem Gesicht zuwenden und studieren, was er bisher unter seinem Bart versteckt gehalten hat, die feinen Linien mit dem Finger nachziehen, hören, was seine schönen Lippen zu sagen haben, aber Theresa kann reden, ohne Luft zu holen, und mir bleibt nichts anderes übrig, als ihre Worte aufzuschnappen wie Nicolas' Hund den Rest Extrawurst, den er zwischen die Zähne geworfen bekommt. Hin- und hergerissen bin ich zwischen meinem beleidigten Stolz, der mir sagt, die *frustrierte Tussi* nicht auf mir sitzen zu lassen, und meiner vernünftigen Eitelkeit, die mir sagt, jetzt bloß keine *frustrierte Tussi* und nachtragend zu sein.

Nicolas als Zeugen dieser Angelegenheit an meiner Seite, noch dazu meiner unvorteilhaften rechten Seite, zu wissen bringt mich in Verlegenheit, denn die Idee, Trauzeugin zu sein, habe ich gar nicht in Erwägung gezogen. Rosalinde Palatschenkovic ist hier, um abzusagen.

»Ich freue mich auch«, sage ich und verwünsche mich für meinen Anruf.

»Also, ich stelle mir das folgendermaßen vor, also ich meine, wir stellen uns das folgendermaßen vor«, Oliver nickt zufrieden, als Theresa sich in den Plural verbessert. »Ich reite gern und Oliver spielt Polo. Wir werden zu Pferd heiraten …«

»Aha«, werfe ich ein, während ich Nicolas' Gesicht in einem Spiegel hinter Theresa entdecke. Er lächelt entspannt. Ich bemühe mich wirklich.

»… begleiten? Rosalinde? Rosalinde!«

»Hm? Dich begleiten.«

»Nein, reiten.«

»Ach so. Reiten, ja.«

»Das ist toll«, ist Theresa begeistert.

»Ja!«

»Dann kannst du mich zu Pferd begleiten.«

»Was?«

»Du reitest neben mir her.«

»Wieso?«

»Na, weil ich auf einem Pferd angeritten komme.«

»Wohin denn?«

»Na, zum Altar.«

»Ach so.«

Ich sollte mich besser konzentrieren.

»Du reitest auf einem Pferd in die Kirche?«, frage ich, um mein ungebrochenes Interesse unter Beweis zu stellen.

»Wir heiraten auf dem Schloss meiner Cousine.«

»Stimmt, hast du ja schon gesagt.«

»Nein, habe ich nicht.«

»Das habe ich mir gedacht.«

Ich bin in Hochform. Nicolas lacht, während Oliver und Theresa bedeutungsvolle Blicke wechseln. Ja, Rosalinde ist nicht ganz dicht.

»Apropos Pferd – wer hat dich eigentlich dazu gebracht, dir den Bart abzurasieren?«, wende ich mich an Nicolas und wechsle enorm geschmeidig das Thema, in der Hoffnung, er sage nicht, es sei die Idee von Katjas Schwester Regina gewesen, damit er sie beim Küssen nicht so sehr kratze.

»Regina.«

Verdammt. Ist er jetzt mit ihr zusammen? Das darf doch nicht wahr sein. Ich habe ihn zuerst gesehen!

»Sieht viel besser aus, nicht?«, ist auch Theresa der Meinung.

»Ja«, pflichte ich bei.

»Ihr kennt euch?«, fällt es Oliver und Theresa wie Schuppen von den Augen.

Nicolas hat tatsächlich verschwiegen, dass er mich kennt.

»Sie ist die Frau, wegen der ich dich auf der Hochzeit damals habe sitzen lassen«, ergänzt Nicolas.

Oliver leert seinen Apfelsaft gespritzt.

»Nicolas hätte eigentlich mich im Porsche heimfahren sollen, weil ich zu blau war, um selbst zu fahren. Aber als ich rausgekommen bin, habe ich nur noch die Rücklichter meines Autos gesehen. Ich habe dann auf einer Bank am Parkplatz geschlafen. Vielen Dank! Dir habe ich ja inzwischen eine ganze Menge zu verdanken.«

Und schon holt Nicolas aus, um die Geschichte in allen Einzelheiten zu erzählen. Lustig für die anderen, neu für mich, denn so wie er sie schildert, habe ich sie eigentlich nicht erlebt.

»Ihr kennt euch seit damals und habt euch heute hier wiedergetroffen? Das ist ja fantastisch«, jubelt Theresa und glaubt, darin auch gleich ein gutes Omen für ihre Hochzeit erkennen zu können.

Ich bin noch nie in meinem Leben auf einem Gaul geritten. Pferde sind mir unheimlich, sie sind riesig, haben Schaum vor dem Maul, schlagen aus und steigen einem auf den Zehen herum.

»Wer wird dich denn begleiten?«, frage ich Nicolas.

»Das Pferd.«

Also Regina. Die mit dem Pferdegebiss.

»Kann ich statt dem Pferd ein Pony haben?«, wende ich mich, der Verzweiflung nahe, an Theresa.

Theresa und Oliver grinsen. Nicolas wollte auch lieber einen Esel.

»Ihr könnt gerne zu Fuß gehen.«

Und wer wird Nicolas dann begleiten?

Während die Kellnerin die Kuchenreste wegträgt, geht Theresa dazu über, mir die Menüfolge auseinanderzusetzen. Ich wüsste gern, ob Regina auch dafür verantwortlich ist, dass der gemütliche Bauch weniger geworden ist, aber für diese Frage ist selbst Rosalinde nicht doof genug.

»Wir wollen mit Geflügelessenz mit Pilzcannelloni beginnen oder mit Blattgarten der Saison mit gratiniertem Ziegenkäse und Rosmarinbirnen oder Avocado gefüllt mit lauwarmem Ziegenkäse auf Blattbett mit Radieschen …«, stapft Theresa verbal durch das Gemüsebeet, während ich verstohlen um sie herumschiele, weil ich hinter ihrem Rücken wieder in Nicolas' Gesicht sehen möchte. Endlich entdecke ich ihn in dem schmalen Spiegel. Natürlich ertappt er mich dabei. Er lächelt mir zu, liebenswürdig, und tätschelt seinen Hund. Jetzt weiß ich nicht mehr, ob sein Lächeln dem Hund oder mir gegolten hat. Theresa ist inzwischen bei der siebenstöckigen Hochzeitstorte angelangt, ob ich irgendwelche Fragen hätte?

»Wer füttert eigentlich deinen Hund?«

»Bitte?«

»Den Hund? Wer füttert den?«

»Ach so«, Theresa versteht. »Das ist nicht mein Hund.«

»Wem gehört er denn? Dir?«

»Meiner Freundin«, sagt Nicolas.

»Regina?«

»Nein, Soraya.«

Rosalinde hat jetzt Schmerzen. Direkt unter »Hau auf den Putz« hat es ihr einen Stich versetzt, eher unter Putz als unter Hau, links, da, wo ihr Herz sich jetzt beschwert und zornig pochend gegen die Brust hämmert. Ich hoffe, man kann das von außen nicht sehen.

»Ich bin ja fast enttäuscht«, versuche ich, meinen Zustand zu überspielen, »dass ihr alles schon durchgeplant und organisiert habt. Ich finde Hochzeiten toll und mache nichts lieber, als Hochzeiten vorzubereiten!«

Ich lüge, dass sich die Balken biegen. Nicolas senkt den Blick und bedeutet dem Hund, unter dem Tisch zu bleiben.

»Jetzt weiß ich ja, dass ich nichts zu tun habe, also kann ich das locker behaupten«, füge ich hinzu und Theresa lacht.

Es ist ein herzliches Lachen und tatsächlich fühle ich so etwas wie Sympathie, aber nur kurz, Rosalinde will sich nicht einkochen lassen. Ich bin wirklich nicht geeignet für diesen Hochzeitsjob. Dafür müsste ich doch bestimmte Anforderungen erfüllen oder eine gewisse Erfahrung besitzen oder wenigstens so etwas wie Leidenschaft für die Materie mitbringen. Aber ich habe nichts dergleichen zu bieten, ich habe mich ja nicht einmal beworben.

»Wir wollten unsere Liebe eigentlich nicht öffentlich zur Schau stellen, schon gar nicht unsere Heiratspläne, die gehen niemanden etwas an …«, wirft Theresa Oliver einen langen Blick zu, als holte sie sich Zuspruch, »… aber ich hätte mich schwergetan, die Art, wie wir uns kennengelernt haben, einfach bei einer lustigen Anekdote zu belassen. Das ist keine lustige Anekdote. Für mich nicht. Zumindest nicht so.«

»Aha.«

Alles Weitere auszusprechen kostet sie wohl mindestens so viel Überwindung wie mich, hier zu sitzen.

»Ich möchte nicht heiraten, ohne mich zu entschuldigen. Du beweist echte Größe, dass du dich trotzdem gemeldet hast, und ich bin dir über alles dankbar dafür.«

Das ist wahrscheinlich das einzige Mal in meinem Leben, dass mir jemand so etwas wie Großmut attestiert hat. Theresa hat ein schlechtes Gewissen und ich bin, es ist entsetzlich, davon berührt. Es beeindruckt mich, dass sie den Fleck, mit dem sie die Erinnerung an diesen wichtigen Tag getrübt hat, weiß waschen will.

»Du bist impulsiv, ehrlich und wirst mich nicht schonen – das hast du bei Oliver mit meinem Rotwein ausreichend bewiesen –, wenn ich den Überblick und die Fairness in meiner Ehe zu verlieren drohe.«

»Damals war ich betrunken.«

»Das ist die beste Voraussetzung für eine Trauzeugin.«

»Ach so.«

»Du bist untrennbar mit der Erinnerung an unsere erste Begegnung verbunden«, ignoriert Theresa meine Einwürfe. »Kann ich auf dich zählen?«

Was hätte Rosalinde da schon entgegnen können? Ich betrachte das nun als eine Art unbezahltes Praktikum.

Als wir uns vor dem *Café Plüsch* trennen, reicht mir Nicolas nicht weniger distanziert als zur Begrüßung auch zum Abschied die Hand. Ganz im Unterschied zu Theresa, die mich fest umarmt und mir aufmunternd ins Ohr raunt:

»Er ist übrigens Single. Schnapp ihn dir!«

Nicht selten erwachsen aus ehrlich empfundener Antipathie dann doch die besten Freundschaften.

Festen Schrittes und aufrechten Hauptes schiebt Leonie am Arm unseres stolzen Vaters ihr gewölbtes Bäuchlein durch die zusammengewürfelte und bis auf den letzten Platz besetzte Bestuhlung zum Blumen geschmückten Tisch aus der abgespielten *Richard-II*-Inszenierung, wo Philipp mit der Standesbeamtin auf sie wartet – immerhin besser ein Tisch aus dieser Inszenierung als etwa aus der Geschichte des Frauenmörders Heinrich VIII, finde ich. Der Requisiteur hatte uns zu jedem einzelnen davongetragenen Möbelstück ehrfürchtig dessen Herkunft erläutert. Leonie haben wir erzählt, der Tisch stamme aus *Ein Sommernachtstraum*.

Statt einer märchenhaften Schlosskulisse gibt es ein Blumenmeer, dessen Duft, Formen- und Farbenpracht nun mein Atelier und Leonies Trauung erfüllt.

Vor zwei Tagen hatte auch Madame Duval aus Paris ihr Versprechen, Leonies Gäste zu verköstigen, einzulösen begonnen und war fluchend über die miserablen Arbeitsbedingungen in meiner schlecht ausgestatteten Küche dazu übergegangen, sich auch in Mattos Küche auszubreiten, und unermüdlich mit Gerätschaften, Töpfen und Einkäufen zwischen den beiden Herden und Wohnungen hin- und hergelaufen. Wir werden Monate brauchen, um unsere Küchenausstattungen wieder auseinanderzudividieren. Loredana wurde von der Duval zum Kartoffelschälen abkommandiert, während ich mit Matto, Carlos und Roman, der zum Familienmitglied zu werden droht, im Atelier und im Hof Stoffbahnen drapierte und diesen mit Blumengebinden und Scheinwerfern in eine theatralisch entrückte Kulisse verwandelte. Als Leonie an mir vorbeigekommen war, auf dem Weg zu Philipp, hatte sie sich von unserem Vater losgerissen und war mir um den Hals gefallen.

Ab da habe ich mit den Tränen gekämpft. Ich bin wohl ganz in meiner Rolle als rührselige, unverheiratete Tante angekommen.

Auch bei meiner Rede kämpfe ich mit feuchten Augen:

»Ich muss heulen, weil meine kleine Schwester unsere Familie verlässt, um ihre eigene Familie zu gründen. Wahrscheinlich ist so eine Hochzeitsfeier gar nicht so sehr für das Brautpaar gedacht, sondern vor allem für sentimentale Familienmitglieder wie mich. Sie stellt auch für die Menschen, die das Brautpaar durch das Leben begleiten, einen Wendepunkt dar. Und um einen Wendepunkt erkennen zu können, braucht der veränderungsunwillige Mensch ein Ereignis und manche Ereignisse muss man eben schaffen; besonders die freudigen, die anderen kommen meistens leider von selbst.

Unserem Verständnis von Partnerschaft nach ändert sich durch das Heiraten ja nicht gerade viel (das Entscheidendste habt ihr sowieso ohne Heirat schon fertiggebracht – Lacher aus dem Publikum, bescheiden), aber die Erinnerung an das Fest und an die schöne Zeit, die nun folgen möge, soll euch als Gedächtnisstütze dienen für den Schwur, den ihr geleistet habt. Denkt daran, in weniger trauten Momenten, und richtet euch daran auf!

Ihr habt heute euren Willen bekundet, aus zwei *Ichs* ein *Wir* zu machen und dabei trotzdem *Ich* zu bleiben und den anderen ein *Ich* sein zu lassen. Was für ein Meisterstück, was für eine Leistung, das zu schaffen, nehmt die Herausforderung an: Macht einander glücklich!«

Ich ernte Applaus und beobachte Leonie und Philipp beim Tanzen und meine Eltern, deren nervöse Anspannung, von der unser Familienausflug nach Paris noch geprägt war, sich in eine gelöste Zweisamkeit verwandelt hat. Es ist ein einschneidendes Erlebnis für alle, die sich daran beteiligen wollen, die, die es nicht wollen, die bleiben eben Zaungäste, Staffage, mitgeschleppte Angehörige. Auch von denen gibt es in meinem Atelier an diesem Abend genug. Ich habe volles Verständnis für sie, aber ich gehöre nicht mehr dazu.

Ausgelassen tanze ich mit Roman, der sich bereitwillig zu den Nummern einer Funk-Band, die Loredana in der Schweiz aufgetrieben hat, von mir auf die Füße treten lässt. Lieber wäre es ihm wohl immer noch, würde ihm Loredana auf den Zehen herumsteigen. Die Blicke, die zwischen Roman, Carlos und Loredana hin- und herfliegen, erstaunen mich, seit sich das Sit-in auf Mattos Couch vor meiner Wohnungstür aufgelöst hat und sich zu einer Ménage-à-trois zu entwickeln scheint.

Spätabends lässt sich Leonie neben mir auf einen Sessel und heimlich zwei Tränen auf ihr Stück Hochzeitstorte fallen. Hoffentlich legt sich diese Rührseligkeit nach der Geburt wieder.

Das sei das tollste Fest, auf dem sie je gewesen sei, meint sie und ist nicht sicher, ob sie dafür wirklich dankbar sein soll, schließlich erwarte sie nun eine miserable Ehe.

Ich bereue sehr, dass ich Leonie diesen Floh ins Ohr gesetzt habe.

Zwei Tage später ist die Stadt verwaist. Leonie und Philipp sind auf Hochzeitsreise nach Bali geflogen, Loredana und Carlos sind nach Argentinien zurückgekehrt – mit Roman, dieser Sache muss ich auf den Grund gehen – und ich werde in die Normandie reisen und mich dort in die Gemäldeschlacht werfen.

Zuvor aber will ich meinen Singlehearts-Account löschen. Vielleicht hatte der einfältige Paris recht und das Schicksal hat sein eigenes Tempo und ist stur. Zugegeben, ich bin erleichtert.

Welche drei Dinge würde ich auf die einsame Insel mitnehmen?

Madame Duval zum Kochen, meine Salatschleuder, vielleicht kann sie die ja brauchen, und mein Herz zum

Verschenken. Ich komme zu keinem vernünftigen Schluss und klicke die Fragen weg.

Haben Sie Angst davor, sich in einer Beziehung zu verändern?

Ja.

Weil ich eitel bin und der Meinung, ich könnte mich in einer Beziehung ausschließlich zum Schlechteren verändern.

Wollen Sie Ihr Profil wirklich löschen?

Ja.

Nein. Vielleicht sollte ich doch noch einmal nachschauen … nur so – mal schauen?

Was ertragen Sie nur mit Humor?

Mich.

Löschen.

Enter.

Ohne sein Zutun habe der Abend eine unerwartete Wendung genommen, hatte Nicolas erzählt. In Olivers Porsche habe er darauf gewartet, dass er endlich dahergetorkelt komme, an seiner statt habe jedoch eine Frau mit rosa Cowboyhut die Beifahrertür aufgerissen und die Hintertür gesucht.

Es gäbe keine Hintertür, habe er geantwortet, doch das wollte sie nicht glauben.

»Es gibt IMMER eine Hintertür«, habe sie geantwortet und sei erst nach mehreren vergeblichen Versuchen bereit gewesen, aufzugeben und resignativ auf den Beifahrersitz geplumpst.

Vor die Wahl gestellt, habe sich Nicolas gegen den stinkenden und betrunkenen Oliver für die nicht Stinkende, allerdings noch Betrunkenere als Beifahrerin entschieden, die unbedingt zum Albertplatz wollte und bis dorthin nicht mehr aufhörte zu reden. Über Hintertüren und Notausgänge, über die Liebe und das Verschlucken von Schlüsseln, über Eissorten in Süditalien und Partnervermittlungen, über das Geschlechtsleben von Steinen und den Zeitgeist der Steinzeit. Nicolas' persönlichen Höhepunkt bildete ihre Darbietung *Neuer Gesichtspunkte über die Ohren* und der *Ode an die Hühneraugen* ihres Lieblingskabarettisten Fritz Grünbaum.

Deswegen oder warum auch immer habe sie ihm schließlich den wertvollen Tipp gegeben, beim Wählen von Telefonnummern und beim Wählen im Allgemeinen sehr vorsichtig zu sein:

»Einer, der war auf den ersten Blick ganz hübsch. Auf den zweiten Blick war er verheiratet. Unter diesen Umständen werde ich nicht heiraten, ich habe nämlich keine Hühneraugen. Eines kann ich dir sagen, können wir uns duzen? Wenn ich schon vorne sitzen muss, im Taxi, können wir uns duzen auch gleich, wissen Sie? Ich habe die Nase voll von Hochzeiten, kann ich Ihre Telefonnummer haben, ich hab ja eigentlich einen Krankenwagen bestellt, aber der wollte mich auch nicht heiraten.«

Schließlich habe sie endlich den Hebel gefunden, um den Sitz nach hinten zu klappen, und geschwiegen. Kaum hatte sie das geschafft, sei sie eingeschlafen – hundert Meter vor dem Ziel. Und Nicolas habe eine Viertelstunde gebraucht, um sie wach zu kriegen.

»Übrigens schnarchst du, wenn du betrunken bist.«

Das habe ich ihm aber nicht mehr geglaubt.

Nicolas' Bild war fertig, dazu packte ich das Parfüm

ein, das ich für ihn in Florenz gekauft hatte. Als er das Bild abholte, nahm ich all meinen Mut zusammen und fragte ihn, ob er mit mir einen Kaffee trinken gehen würde. Aus dem einen Kaffee wurden vier, aus dem Kaffee wurde Wein, aus dem Wein ein Abendessen, aus dem Abendessen –

Moment. Glotze ich jetzt etwa romantisch?!

Ja.

Endlich.

Ich danke

Allen voran meinen Eltern Ena und Peter Stremnitzer und meiner Schwester Caroline für ihre liebevolle Unterstützung, ihren Enthusiasmus und ihre klugen Einwände. Und für ihre aufmunternden Worte in Zeiten des Haderns und Zweifelns.

Daniel für seinen effizienten Satzbau, mit dem er mein Herz eroberte, und für seine emmentaler Sturheit in der Erörterung logischer Probleme.

Meiner Freundin Christiane Tauzher für viele, wirklich viele Gespräche über Männer, Literatur und den Rest der Welt.

Franziska Hänsenberger dafür, dass sie mir zahlreiche Schreibstunden in Zürich ermöglicht hat.

Meinen Professoren an der Filmakademie Baden-Württemberg, insbesondere Franziska Buch, Joachim Kosack, Jan Kromschröder und Michael Schneider für dramaturgische Erleuchtung. (Auf den verschlungenen Pfaden des Schreibens ist es manchmal recht finster.)

Meinen ehemaligen Kollegen am Wiener Burgtheater für die Freude am Wort, die Hingabe ans Handwerk und die Inspiration, aus der ich bis heute schöpfe.

Und Joséphine dafür, dass sie plötzlich da war und einfach hinreißend ist.